Milan Kundera
La insoportable levedad del ser

Traducción del checo de Fernando de Valenzuela

T0043371

MAXI
TUSQUETS
EDITORES

Obra editada en colaboración con Editorial Planeta – España

Título original: *Nesnesitelná lehkost byti*

© 1984, Milan Kundera; 1987, Milan Kundera.
Todos los derechos reservados

Traducción: Fernando de Valenzuela Villaverde

© Tusquets Editores, S. A. – Barcelona, España

Derechos reservados

© 2022, Editorial Planeta Mexicana, S.A. de C.V.
Bajo el sello editorial TUSQUETS M.R.
Avenida Presidente Masarik núm. 111,
Piso 2, Polanco V Sección, Miguel Hidalgo
C.P. 11560, Ciudad de México
www.planetadelibros.com.mx

Diseño de portada: Maxi Tusquets / Área Editorial Grupo Planeta
Ilustración de la portada: 2012, Milan Kundera
Fotografía del autor: © 2005, Tusquets Editores
Diseño de la colección: FERRATERCAMPINSMORALES

Primera edición en España en colección Andanzas: diciembre de 1985
Primera edición en España en colección Maxi: enero de 2008

Primera edición en España en esta presentación en colección Maxi: marzo de 2022
ISBN: 978-84-1107-077-5

Primera edición impresa en México: julio de 2022
Tercera reimpresión en México: julio de 2023
ISBN: 978-607-07-8888-8

Impreso en los talleres de Litográfica Ingramex, S.A. de C.V.
Centeno núm. 162-1, colonia Granjas Esmeralda, Ciudad de México
Impreso en México –*Printed in Mexico*

La insoportable levedad del ser

Novela

Biografía

Milan Kundera nació en la República Checa y desde 1975 vive en Francia.

Índice

Primera parte
La levedad y el peso

1

La idea del eterno retorno es misteriosa y con ella Nietzsche dejó perplejos a los demás filósofos: ¡pensar que alguna vez haya de repetirse todo tal como lo hemos vivido ya, y que incluso esa repetición haya de repetirse hasta el infinito! ¿Qué quiere decir ese mito demencial?

El mito del eterno retorno viene a decir, per negationem, que una vida que desaparece de una vez para siempre, que no retorna, es como una sombra, carece de peso, está muerta de antemano y, si ha sido horrorosa, bella, elevada, ese horror, esa elevación o esa belleza nada significan. No es necesario que los tengamos en cuenta, igual que una guerra entre dos Estados africanos en el siglo XIV que no cambió en nada la faz de la Tierra, aunque en ella murieran, en medio de indecibles padecimientos, trescientos mil negros.

¿Cambia en algo la guerra entre dos Estados africanos si se repite incontables veces en un eterno retorno?

Cambia: se convierte en un bloque que sobresale y perdura, y su estupidez será irreparable.

Si la Revolución francesa tuviera que repetirse eternamente, la historiografía francesa estaría menos orgullosa de Robespierre. Pero dado que habla de algo que ya no volverá a ocurrir, los años sangrientos se convierten en meras palabras, en teorías, en discusiones, se vuelven más ligeros que una pluma, no dan miedo. Hay una diferencia infinita entre el

Robespierre que apareció sólo una vez en la historia y un Robespierre que volviera eternamente a cortarle la cabeza a los franceses.

Digamos, por tanto, que la idea del eterno retorno significa cierta perspectiva desde la cual las cosas aparecen de un modo distinto a como las conocemos: aparecen sin la circunstancia atenuante de su fugacidad. Esta circunstancia atenuante es la que nos impide pronunciar condena alguna. ¿Cómo es posible condenar algo fugaz? El crepúsculo de la desaparición lo baña todo con la magia de la nostalgia; todo, incluida la guillotina.

No hace mucho me sorprendí a mí mismo con una sensación increíble: estaba hojeando un libro sobre Hitler y al ver algunas de las fotografías me emocioné: me habían recordado el tiempo de mi infancia; la viví durante la guerra; algunos de mis parientes murieron en los campos de concentración de Hitler; pero ¿qué era su muerte en comparación con el hecho de que las fotografías de Hitler me habían recordado un tiempo pasado de mi vida, un tiempo que no volverá?

Esta reconciliación con Hitler demuestra la profunda perversión moral que va unida a un mundo basado esencialmente en la inexistencia del retorno, porque en ese mundo todo está perdonado de antemano y, por tanto, todo cínicamente permitido.

2

Si cada uno de los instantes de nuestra vida se va a repetir infinitas veces, estamos clavados a la eternidad como Jesucristo a la cruz. La imagen es terrible. En el mundo del eterno retorno descansa sobre cada gesto el peso de una insoportable responsabilidad. Ése es el motivo por el cual Nietzsche llamó a la idea del eterno retorno la carga más pesada *(das schwerste Gewicht)*.

Pero si el eterno retorno es la carga más pesada, entonces nuestras vidas pueden aparecer, sobre ese telón de fondo, en toda su maravillosa levedad.

Pero ¿es de verdad terrible el peso y maravillosa la levedad?

La carga más pesada nos destroza, somos derribados por ella, nos aplasta contra la tierra. Pero en la poesía amatoria de todas las épocas la mujer desea cargar con el peso del cuerpo del hombre. La carga más pesada es por lo tanto, a la vez, la imagen de la más intensa plenitud de la vida. Cuanto más pesada sea la carga, más a ras de tierra estará nuestra vida, más real y verdadera será.

Por el contrario, la ausencia absoluta de carga hace que el hombre se vuelva más ligero que el aire, vuele hacia lo alto, se distancie de la tierra, de su ser terreno, que sea real sólo a medias y sus movimientos sean tan libres como insignificantes.

Entonces, ¿qué hemos de elegir? ¿El peso o la levedad?

Éste fue el interrogante que se planteó Parménides en el siglo VI antes de Cristo. A su juicio todo el mundo estaba dividido en principios contradictorios: luz-oscuridad; sutil-tosco; calor-frío; ser-no ser. Uno de los polos de la contradicción era, según él, positivo (la luz, el calor, lo fino, el ser), el otro negativo. Semejante división entre polos positivos y negativos puede parecernos puerilmente simple. Con una excepción: ¿qué es lo positivo, el peso o la levedad?

Parménides respondió: la levedad es positiva, el peso es negativo.

¿Tenía razón o no? Es una incógnita. Sólo una cosa es segura: la contradicción entre peso y levedad es la más misteriosa y equívoca de todas las contradicciones.

3

Pienso en Tomás desde hace años, pero no había logrado verlo con claridad hasta que me lo iluminó esta reflexión. Lo vi de pie junto a la ventana de su piso, mirando a través del patio hacia la pared del edificio de enfrente, sin saber qué debe hacer.

Se encontró por primera vez a Teresa hace unas tres semanas en una pequeña ciudad checa. Pasaron juntos apenas una hora. Ella lo acompañó a la estación y esperó junto a él hasta que tomó el tren. Diez días más tarde ella vino a verle a Praga. Hicieron el amor ese mismo día. Por la noche le dio fiebre y se quedó toda una semana con gripe en casa de él.

Sintió entonces un inexplicable amor por una chica casi desconocida; le pareció un niño al que alguien hubiera colocado en un cesto untado con pez y lo hubiera mandado río abajo para que Tomás lo recogiese a la orilla de su cama.

Teresa se quedó en su casa una semana, hasta que sanó, y luego regresó a su ciudad, a unos doscientos kilómetros de Praga. Y entonces llegó ese momento del que he hablado y que me parece la llave para entrar en la vida de Tomás: está junto a la ventana, mira a través del patio hacia la pared del edificio de enfrente y piensa:

¿Debe invitarla a venir a vivir a Praga? Le da miedo semejante responsabilidad. Si la invitase ahora, vendría junto a él a ofrecerle toda su vida.

¿O ya no debe dar señales de vida? Eso significaría que Teresa seguiría siendo camarera en un restaurante de una ciudad perdida y que él ya no la vería nunca más. ¿Quería que ella viniera a verle, o no quería?

Miraba a través del patio hacia la pared de enfrente y buscaba una respuesta.

Se acordaba una y otra vez de cuando estaba acostada en su cama: no le recordaba a nadie de su vida anterior. No era ni una amante ni una esposa. Era un niño al que había sacado de un cesto untado de pez y había colocado en la orilla de su cama. Ella se durmió. Él se arrodilló a su lado. Su respiración afiebrada se aceleró y se oyó un débil gemido. Apretó su cara contra la de ella y le susurró mientras dormía palabras tranquilizadoras. Al cabo de un rato sintió que su respiración se serenaba y que la cara de ella ascendía instintivamente hacia la suya. Sintió en su boca el suave olor de la fiebre y lo aspiró como si quisiera llenarse de las intimidades de su cuerpo. Y en ese momento se imaginó que ella llevaba ya muchos años en su casa y que se estaba muriendo. De pronto tuvo la clara sensación de que no podría sobrevivir a su muerte. Se acostaría a su lado y querría morir con ella. Conmovido por esa imagen hundió en ese momento la cara en la almohada junto a la cabeza de ella y permaneció así durante mucho tiempo.

Ahora estaba junto a la ventana e invocaba ese momento. ¿Qué podía ser sino el amor que había llegado de ese modo para que él lo reconociese?

Pero ¿era amor? La sensación de que quería morir junto a ella era evidentemente desproporcionada: ¡era la segunda vez que la veía en la vida! ¿No se trataba más bien de la histeria de un hombre que en lo más profundo de su alma ha tomado conciencia de su incapacidad de amar y que por eso mismo empieza a fingir amor ante sí mismo? ¡Y su subconsciente era tan cobarde que había elegido para esa comedia precisamente a una pobre camarera de una ciudad perdida, que no tenía prácticamente la menor posibilidad de entrar a formar parte de su vida!

Miraba a través del patio la sucia pared y se daba cuenta de que no sabía si se trataba de histeria o de amor.

Y le dio pena que, en una situación como aquélla, en la que un hombre de verdad sería capaz de tomar inmediatamente una decisión, él dudase, privando así de su significado al momento más hermoso que había vivido jamás (estaba arrodillado junto a su cama y pensaba que no podría sobrevivir a su muerte).

Se enfadó consigo mismo, pero luego se le ocurrió que en realidad era bastante natural que no supiera qué quería:

El hombre nunca puede saber qué debe querer, porque vive sólo una vida y no tiene modo de compararla con sus vidas precedentes ni de enmendarla en sus vidas posteriores.

¿Es mejor estar con Teresa o quedarse solo?

No existe posibilidad alguna de comprobar cuál de las decisiones es la mejor, porque no existe comparación alguna. El hombre lo vive todo a la primera y sin preparación. Como si un actor representase su obra sin ningún tipo de ensayo. Pero ¿qué valor puede tener la vida si el primer ensayo para vivir es ya la vida misma? Por eso la vida parece un boceto. Pero ni siquiera boceto es la palabra precisa, porque un boceto es siempre un borrador de algo, la preparación para un cuadro, mientras que el boceto que es nuestra vida es un boceto para nada, un borrador sin cuadro.

«Einmal ist keinmal», repite Tomás para sí el proverbio alemán. Lo que sólo ocurre una vez es como si no ocurriera nunca. Si el hombre sólo puede vivir una vida es como si no viviera en absoluto.

4

Pero luego, un día, en un descanso entre dos operaciones, la enfermera le avisó que le llamaban al teléfono. En el auricular oyó la voz de Teresa. Le llamaba desde la estación. Se alegró. Era una lástima que para esa misma noche ya hubiera quedado en ir a visitar a unos amigos, de modo que la invitó a ir a su casa al día siguiente. En cuanto colgó se arrepintió de no haberle dicho que viniera en seguida. ¡Si aún tenía tiempo de aplazar la visita! Se puso a pensar en qué podría hacer Teresa en Praga teniendo que esperar nada menos que treinta y seis horas hasta verlo, y le dieron ganas de coger el coche e ir a buscarla por las calles de la ciudad.

Llegó al día siguiente al anochecer, llevaba un bolso colgado del hombro con una correa larga y le pareció más elegante que la otra vez. Tenía en la mano un libro grueso. Era *Ana Karenina* de Tolstoi. Su comportamiento era alegre, incluso un tanto ruidoso, y trataba de que pareciera que había ido a verle por casualidad, gracias a una feliz coincidencia: estaba en Praga por motivos de trabajo o quizá (sus explicaciones eran muy confusas) para ver si encontraba un trabajo.

Estaban acostados, más tarde, desnudos y fatigados, los dos juntos en la cama. Era ya de noche. Él le preguntó dónde se alojaba, para llevarla en coche. Le respondió tímidamente que todavía no había buscado hotel y que la maleta la tenía en la consigna de la estación.

Ayer mismo había tenido miedo de que, si la invitaba a visitarle en Praga, viniera a ofrecerle toda su vida. Cuando ahora le dijo que tenía la maleta en la consigna, se dio cuenta de inmediato de que en esa maleta estaba toda la vida de ella y de que la había dejado momentáneamente en la estación antes de ofrecérsela.

Cogió el coche, que estaba aparcado delante del edificio, fue hasta la estación, recogió la maleta (era grande y enormemente pesada) y regresó a casa, con la maleta y con ella.

¿Cómo es posible que se decidiera con tanta rapidez cuando había estado casi catorce días dudando y sin ser capaz de enviarle siquiera una postal con un saludo?

Él mismo estaba sorprendido. Estaba actuando en contra de sus principios. Hace diez años se divorció de su primera mujer y vivió el divorcio con el ánimo festivo con que otros celebran su boda. Se daba cuenta de que no había nacido para convivir con una mujer y de que sólo podía encontrarse plenamente a sí mismo viviendo como un solterón. Puso todo su empeño en organizarse tal sistema de vida que nunca pudiera ya entrar en su casa una mujer con su maleta. Ése era el motivo de que no tuviera en su casa más que una cama. A pesar de que era una cama bastante ancha, Tomás les decía a todas sus amantes que era incapaz de dormir si compartía la cama con alguien y las llevaba a todas a medianoche a sus casas. Por lo demás, la primera vez que Teresa se quedó en su casa con la gripe, no durmió con ella. La primera noche él la pasó en un sofá grande y la noche siguiente se marchó al hospital, donde tenía su despacho y en él una camilla que utilizaba durante las guardias.

Pero esta vez se durmió a su lado. Por la mañana se despertó y comprobó que Teresa, que aún dormía, lo tenía cogido de la mano. ¿Habrían estado así durante toda la noche? Le parecía difícil creerlo.

Ella respiraba profundamente entre sueños, apretaba su mano (con fuerza, no fue capaz de lograr que se la soltara), y la maleta enormemente pesada estaba a su lado, junto a la cama.

Temía intentar que le soltara la mano, por no despertarla, y con mucho cuidado se dio media vuelta hasta apoyarse en un costado para poder observarla mejor.

Volvió a imaginar que Teresa era un niño al que alguien había colocado en un cesto untado con pez y lo había mandado río abajo. ¡No se puede dejar que un cesto con un niño dentro navegue por un río embravecido! ¡Si la hija del faraón no hubiera rescatado de las olas el cesto del pequeño Moisés, no habría existido el Antiguo Testamento ni toda nuestra civilización! Hay tantos mitos que comienzan con alguien que salva a un niño abandonado. ¡Si Pólibo no se hubiera hecho cargo del pequeño Edipo, Sófocles no habría escrito su más bella tragedia!

Tomás no se daba cuenta en aquella ocasión de que las metáforas son peligrosas. Con las metáforas no se juega. El amor puede surgir de una sola metáfora.

5

Vivió apenas dos años con su primera mujer y concibió con ella un hijo. Cuando tramitaron el divorcio, el juez otorgó el niño a la madre y condenó a Tomás a pagar por él un tercio de su sueldo. Al mismo tiempo le garantizó que tendría derecho a ver al niño un domingo de cada dos.

Pero cada vez que tenía que ver a su hijo, la madre inventaba alguna excusa. Si les hubiera llevado costosos regalos, seguramente habría habido menos obstáculos para los encuentros. Comprendió que tenía que pagarle a la madre, y pagarle por anticipado, por el cariño del hijo. Se imaginó cómo en el futuro iba a pretender quijotescamente inculcar en el hijo sus opiniones, que eran diametralmente opuestas a las de la madre. Ya se sentía cansado de antemano. Un domingo, cuando la madre volvió a anular en el último momento una cita con su hijo, decidió de repente que ya no quería volver a verle nunca en la vida.

Además, ¿por qué iba a tener que sentir por este niño, al que sólo lo unía una noche imprudente, algo más que por otra persona cualquiera? ¡Pagará puntualmente lo que le corresponda, pero que nadie le pida que luche por el derecho a su hijo en nombre de quién sabe qué sentimientos paternales!

Por supuesto que nadie estuvo de acuerdo con semejante postura. Sus propios padres condenaron su actitud y dijeron que, si Tomás se negaba a interesarse por su hijo, ellos harían lo propio con el suyo. Mantuvieron en cambio excelentes relaciones con la nuera, jactándose ante los amigos de su comportamiento ejemplar y de su sentido de la justicia.

De ese modo consiguió librarse en poco tiempo de su mujer, su hijo, su madre y su padre. Lo único que le quedó de todos ellos fue el miedo a las mujeres. Las deseaba, pero les tenía miedo. Entre el miedo y el deseo no tenía más remedio que buscar una especie de compromiso; lo denominaba «amistad erótica». A sus amantes les decía: «Sólo una relación no sentimental, en la que uno no reivindique la vida y la libertad del otro, puede hacer felices a los dos».

Quería tener la seguridad de que la amistad erótica nunca llegaría a convertirse en la agresividad del amor, y por eso mantenía largas pausas entre los encuentros con cada una de sus amantes. Estaba convencido de que éste era un método perfecto y lo propagaba entre sus amigos: «Hay que mantener la regla del número tres. Es posible ver a una mujer varias veces seguidas, pero en tal caso no más de tres veces. También es posible mantener una relación durante años, pero con la condición de que entre cada encuentro pasen al menos tres semanas».

Este sistema le daba a Tomás la posibilidad de no separarse de sus amantes permanentes, teniendo al mismo tiempo una considerable cantidad de amantes pasajeras. No siempre encontraba comprensión. La que mejor le entendía de todas sus amigas era Sabina. Era una pintora. Le decía: «Te quiero porque eres el polo opuesto al kitsch. En el reino del kitsch serías un monstruo. No hay ninguna película rusa o americana en la que pudieras existir más que como ejemplo de maldad».

A ella acudió cuando necesitó encontrar un empleo en Praga para Teresa. Tal como lo exigían las reglas tácitas de la amistad erótica, Sabina le prometió que haría lo posible y, en efecto, pronto encontró un puesto en el laboratorio fotográfico de un semanario. El puesto no requería preparación especial, sin embargo elevó a Teresa del estatus de camarera al del gremio de la prensa. Ella misma acompañó a Teresa a la redacción, mientras Tomás decía para sus adentros que jamás había tenido una amiga mejor que Sabina.

6

El acuerdo tácito sobre la amistad erótica presuponía que Tomás dejaba el amor fuera de su vida. En cuanto incumpliese esta condición, sus demás amantes se encontrarían en una posición secundaria y se rebelarían.

Por eso buscó para Teresa un piso de alquiler al que ella tuvo que llevar su pesada maleta. Quería velar por ella, defenderla, disfrutar de su presencia, pero no sentía necesidad de cambiar su estilo de vida. Por eso no quería que se supiera que Teresa dormía en su casa. Dormir juntos era, en realidad, el corpus delicti del amor.

Nunca dormía con las demás amantes. Cuando iba a verlas a sus casas, la cuestión era sencilla, podía irse cuando quería. Peor era cuando ellas estaban en casa de él y había que explicarles que a medianoche debía llevarlas a sus casas porque tenía problemas de insomnio y era incapaz de dormir en la inmediata proximidad de otra persona. Aquello no estaba muy lejos de la verdad, pero la causa principal era peor y no se atrevía a contársela: en el mismo momento en que terminaba el acto amoroso sentía un deseo insuperable de quedarse solo; despertarse en medio de la noche junto a una persona extraña le desagradaba; levantarse por la mañana junto con alguien le producía rechazo; no tenía ganas de que nadie oyese cómo se limpiaba los dientes en el cuarto de baño y la intimidad del desayuno para dos no le atraía.

Por eso se sorprendió tanto cuando se despertó y Teresa cogía con fuerza su mano. La miraba y no podía entender qué había ocurrido. Se acordaba de las horas que acababan de pasar y le parecía que de ellas se desprendía el perfume de quién sabe qué felicidad desconocida.

Desde entonces los dos disfrutaban durmiendo juntos. Diría casi que el objetivo del acto amoroso no era para ellos el placer sino el sueño que venía después de aquél. Ella, en particular, no podía dormir sin él. Cuando alguna vez se quedaba sola en su piso alquilado (que iba convirtiéndose cada vez más en una simple tapadera), no podía conciliar el sueño en toda la noche. En sus brazos se dormía por más excitada que estuviera. Él le susurraba al oído historias que inventaba para ella, cosas sin sentido, palabras que repetía monótonamente, consoladoras o chistosas. Aquellas palabras se convertían en visiones confusas que la transportaban hasta el primer sueño. Tenía el sueño de ella totalmente en su poder y ella se dormía en el instante que él elegía.

Cuando dormían, se aferraba a él como la primera noche: se cogía con fuerza de su muñeca, de su dedo, de su tobillo. Si quería alejarse sin despertarla, debía utilizar algún truco. Liberaba el dedo (la muñeca, el tobillo) de su encierro, lo cual siempre la despertaba a medias, porque ni aun dormida dejaba de vigilar atentamente lo que él hacía. Se calmaba cuando en lugar de su muñeca ponía en su mano algún objeto (un pijama retorcido, un zapato, un libro) que ella luego apretaba firmemente como si fuera parte del cuerpo de él.

Una vez, mientras la adormecía y ella no había pasado aún de la primera antesala del sueño, de modo que todavía era capaz de responder a sus preguntas, le dijo: «Bueno. Yo ahora me voy». «¿Adónde?», le preguntó. «Me voy», dijo con voz severa. «¡Voy contigo!», dijo y se incorporó. «No, no puedes. Me voy para siempre», dijo y salió de la habitación al vestíbulo. Ella se levantó y con los ojos entrecerrados fue tras él. No llevaba más que un camisón corto, sin nada debajo. Su cara permanecía impasible, inexpresiva, pero sus movimientos eran enérgicos. Él salió del vestíbulo al pasillo (el pasillo común del edificio) y cerró la puerta. Ella la abrió bruscamente y fue tras él, convencida en su sueño de que quería irse para siempre y de que debía detenerlo. Él bajó las escaleras hasta el primer descansillo y allí la esperó. Ella llegó hasta él, lo cogió de la mano y se lo llevó de regreso a la cama.

Tomás se decía: hacer el amor con una mujer y dormir con una mujer son dos pasiones no sólo distintas sino casi contradictorias. El amor no se manifiesta en el deseo de acostarse con alguien (este deseo se produce en relación con una cantidad innumerable de mujeres), sino en el deseo de dormir junto a alguien (este deseo se produce en relación con una única mujer).

7

En medio de la noche empezó a gemir en sueños. Tomás la despertó, pero al ver su cara ella le dijo con odio: «¡Vete! ¡Vete!». Después le contó lo que había soñado: estaban en algún lugar juntos ellos dos y Sabina. Entraron en una habitación grande. En medio había una cama, como en un escenario de teatro. Tomás le ordenó que se quedara de pie en un rincón y después, delante de ella, hizo el amor con Sabina. Esa visión le producía un dolor que no podía soportar. Quería interrumpir el dolor del alma mediante el dolor del cuerpo y se metía agujas bajo las uñas. «Dolía tanto», decía, y mantenía los puños cerrados como si los dedos estuvieran heridos de verdad.

La abrazó y ella lentamente (aún estuvo mucho tiempo temblando) fue durmiéndose en sus brazos.

Cuando, al día siguiente, Tomás volvió a pensar en aquel sueño, recordó algo. Abrió el cajón del escritorio y sacó un paquete de cartas que le había enviado Sabina. Pronto encontró el siguiente párrafo: «Quisiera hacer el amor contigo en mi estudio, como en un escenario. Alrededor habría gente y no podrían acercarse ni un paso. Pero no podrían quitarnos los ojos de encima...».

Lo peor era que la carta llevaba fecha. Era reciente, de una época en la que hacía tiempo ya que Teresa vivía en casa de Tomás.

«¡Has estado revolviendo mis cartas!», le espetó. No lo negó y dijo: «¡Entonces échame!».

Pero no la echó. Tenía la imagen de ella ante los ojos, pegada a la pared del estudio de Sabina, clavándose agujas bajo las uñas. Cogió sus dedos, los acarició, se los llevó a los labios y los besó como si aún hubiera en ellos huellas de sangre.

Pero a partir de entonces fue como si todo se aliara en su contra. Casi todos los días ella se enteraba de algún detalle de la vida amorosa secreta de él.

Al principio él lo había negado todo. Cuando las pruebas se hicieron demasiado evidentes, procuró demostrar que su poligamia no era en absoluto contradictoria con su amor por ella. No era consecuente: a ratos negaba sus infidelidades y a ratos volvía a justificarlas.

Una vez llamó a una mujer para quedar con ella. Al terminar la conversación oyó un extraño sonido que venía de la habitación contigua, como un sonoro castañeteo de dientes.

Por casualidad, Teresa había ido a su casa sin que él lo advirtiese. Llevaba en la mano un frasco con algún calmante, se lo estaba bebiendo y el temblor de la mano hacía que el cristal le golpeara los dientes.

Se lanzó hacia ella como si la salvara de un naufragio. El frasco con la valeriana cayó al suelo y estropeó la alfombra. Ella se resistió, quería soltarse, y él tuvo que mantenerla abrazada durante un cuarto de hora como con una camisa de fuerza antes de conseguir calmarla.

Sabía que la situación en la que se encontraba no tenía justificación posible, porque se asentaba en una absoluta desigualdad.

Antes de que ella descubriera su correspondencia con Sabina habían estado con un grupo de amigos en un bar. Celebraban el nuevo empleo de Teresa. Había dejado el laboratorio y se había convertido en fotógrafa del semanario. Como a él no le gustaba bailar, un joven colega se hizo cargo de Teresa. El aspecto que tenían en la pista de baile era estupendo y Teresa le parecía más hermosa que nunca. Advertía asombrado con qué precisión y obediencia Teresa se adelantaba en una fracción de segundo a la voluntad de su compañero. Era como si aquel baile demostrara que su espíritu de sacrificio, aquella especie de deseo entusiástico de hacer todo lo que quería Tomás, antes de que él lo dijera, no estuviera ni mucho menos necesariamente ligado a la personalidad de Tomás, sino a punto para responder a la llamada de cualquier otro hombre que encontrara en su lugar. Nada más fácil que imaginar que Teresa y su compañero eran amantes. ¡La facilidad con que podía evocarse aquella imagen le dolía! Se dio cuenta de que el cuerpo de Teresa, sin el menor inconveniente, era imaginable unido amorosamente a cualquier otro cuerpo masculino y le dio un ataque de malhumor. No reconoció que estaba celoso hasta muy entrada la noche, cuando regresaron a casa.

Aquellos celos absurdos, que no se referían más que a una posibilidad teórica, eran la prueba de que consideraba que su fidelidad era una condición imprescindible. ¿Cómo podía entonces reprocharle que ella tuviera celos de sus amantes, éstas sí absolutamente reales?

8

Durante el día, Teresa trataba (aunque con éxito sólo parcial) de creer en lo que decía Tomás y de estar alegre como lo había estado hasta entonces. Pero los celos domados durante el día se manifestaban con tanta mayor fiereza en sus sueños, que terminaban siempre en un lamento del que él tenía que despertarla.

Los sueños se repetían como variaciones sobre temas o como seriales de televisión. Con frecuencia se reiteraban, por ejemplo los sueños sobre gatas que le saltaban a la cara y le clavaban las uñas. Podemos encontrar una explicación bastante sencilla para esto: en el argot checo, gata es la denominación de una mujer guapa. Teresa se sentía amenazada por las mujeres, por todas las mujeres. Todas las mujeres eran amantes en potencia de Tomás y ella les tenía miedo.

En otro ciclo de sueños, la enviaban a la muerte. Una vez, en medio de la noche, él la despertó cuando gritaba aterrorizada y ella le contó: «Había una gran piscina cubierta. Seríamos unas veinte. Todas mujeres. Todas estábamos desnudas y teníamos que marchar alrededor de la piscina. Del techo colgaba un cesto y dentro de él había un hombre de pie. Llevaba un sombrero de ala ancha que dejaba en sombras su cara, pero yo sabía que eras tú. Nos dabas órdenes. Gritabas. Mientras marchábamos teníamos que cantar y hacer flexiones. Cuando alguna hacía mal la flexión, tú le disparabas con una pistola y ella caía muerta a la piscina. Y en ese momento todas empezaban a reírse y a cantar en voz aún más alta. Tú no nos quitabas los ojos de encima y, cuando alguna volvía a hacer algo mal, le disparabas. La piscina estaba llena de cadáveres que flotaban justo debajo de la superficie del agua. ¡Y yo me daba cuenta de que ya no tenía fuerza para hacer la siguiente flexión y de que me ibas a matar!».

El tercer ciclo de sueños se refería a ella ya muerta.

Yacía en un coche fúnebre grande como un camión de mudanzas. A su lado no había más que mujeres muertas. Había tantas que las puertas tenían que quedar abiertas y las piernas de algunas sobresalían.

Teresa gritaba: «¡Si yo no estoy muerta! ¡Si lo siento todo!».

«Nosotras también lo sentimos todo», reían los cadáveres.

Reían exactamente con la misma risa que aquellas mujeres vivas que alguna vez le habían dicho con satisfacción que era del todo normal que ella tuviera un día los dientes estropeados, los ovarios enfermos y arrugas en la cara, porque ellas también tenían los dientes estropeados, los ovarios enfermos y arrugas en la cara. ¡Con la misma risa ahora le explicaban que estaba muerta y que así es como tenía que ser!

De pronto sintió ganas de hacer pis. Gritó: «¡Pero si tengo ganas de hacer pis! ¡Eso prueba que no estoy muerta!».

Y ellas volvieron a reírse: «¡Es normal que tengas ganas de hacer pis! Todas esas sensaciones permanecerán durante mucho tiempo. Es como cuando a alguien le amputan una mano y sigue sintiéndola mucho después. Nosotras ya no tenemos orina y sin embargo siempre tenemos ganas de hacer pis».

Teresa se abrazó en la cama a Tomás: «¡Y todas me tuteaban, como si me conocieran de toda la vida, como si fueran amigas mías, y yo sentía pánico de tener que quedarme con ellas para siempre!».

9

Todos los idiomas derivados del latín forman la palabra «compasión» con el prefijo «com» y la palabra *passio*, que significaba originalmente «padecimiento». Esta palabra se traduce a otros idiomas, por ejemplo al checo, al polaco, al alemán, al sueco, mediante un sustantivo compuesto de un prefijo del mismo significado, seguido de la palabra «sentimiento»; en checo: *sou-cit;* en polaco: *wspól-czucie;* en alemán: *Mit-gefühl;* en sueco: *med-känsla.*

En los idiomas derivados del latín, la palabra «compasión» significa: no podemos mirar impertérritos el sufrimiento del otro; o: participamos de los sentimientos de aquel que sufre. En otra palabra, en la francesa *pitié* (en la inglesa *pity,* en la italiana *pietà,* etc.), que tiene aproximadamente el mismo significado, se nota incluso cierta indulgencia hacia aquel que sufre. *Avoir de la pitié pour une femme* significa que nuestra situación es mejor que la de la mujer, que nos inclinamos hacia ella, que nos rebajamos.

Éste es el motivo por el que la palabra «compasión» o «piedad» produce desconfianza; parece que se refiere a un sentimiento malo, secundario, que no tiene mucho en común con el amor. Querer a alguien por compasión significa no quererlo de verdad.

En los idiomas que no forman la palabra «compasión» a partir de la raíz del «padecimiento» *(passio)*, sino del sustantivo «sentimiento», estas palabras se utilizan aproximadamente en el mismo sentido; sin embargo, es imposible afirmar que se refieran a un sentimiento secundario, malo. El secreto poder de su etimología ilumina la palabra con otra luz y le da un significado más amplio: tener compasión significa saber vivir con otro su desgracia, pero también sentir con él cualquier otro sentimiento: alegría, angustia, felicidad, dolor. Esta compasión (en el sentido de *wspólczucie, Mitgefühl; madkänsla*) significa también la máxima capacidad de imaginación sensible, el arte de la telepatía sensible; es en la jerarquía de los sentimientos el sentimiento más elevado.

Cuando Teresa soñó que se clavaba agujas bajo las uñas, reveló así que había espiado en los cajones de Tomás. Si se lo hubiera hecho alguna otra mujer, no habría vuelto a hablar con ella en la vida. Teresa lo sabía y por eso le dijo: «¡Entonces échame!». Pero no sólo no la echó, sino que le cogió la mano y le besó las yemas de los dedos, porque en ese momento él mismo sentía el dolor debajo de las uñas de ella, como si los nervios de sus dedos condujeran directamente a la corteza cerebral de él.

Un hombre que no goce del diabólico regalo denominado compasión no puede hacer otra cosa que condenar lo que hizo Teresa, porque la vida privada del otro es sagrada y los cajones que contienen su correspondencia íntima no se abren. Pero como la compasión se había convertido en el sino (o la maldición) de Tomás, le pareció que había sido él mismo quien había estado arrodillado ante el cajón abierto del escritorio, sin poder separar los ojos de las frases que había escrito Sabina. Comprendía a Teresa y no sólo era incapaz de enfadarse con ella, sino que la quería aún más.

10

Los gestos de Teresa se volvían cada vez más bruscos y alterados. Habían pasado dos años desde que descubrió sus infidelidades y la situación era cada vez peor. No tenía salida.

¿Es que realmente Tomás no podía abandonar sus amistades eróticas? No podía. Eso le hubiera destrozado. No tenía fuerzas suficientes para dominar su apetito por las demás mujeres. Además le parecía innecesario. Nadie sabía mejor que él que sus aventuras no amenazaban para nada a Teresa. ¿Por qué iba a prescindir de ellas? Le parecía igualmente absurdo que pretender renunciar a ir al fútbol.

Pero ¿podía aún hablarse de satisfacción? En el mismo momento en que salía a ver a alguna de sus amantes, notaba una sensación de rechazo hacia ella y se prometía que era la última vez que iría a verla. Tenía ante sí la imagen de Teresa y para no pensar en ella necesitaba emborracharse rápidamente. ¡Desde que conocía a Teresa era incapaz de hacer el amor con otras mujeres sin alcohol! Pero precisamente el aliento que sabía a alcohol era la huella que le permitía a Teresa comprobar con mayor facilidad sus infidelidades.

Había caído en la trampa: en cuanto iba tras ellas, desaparecían sus apetencias, pero bastaba un día sin ellas para que marcara algún número de teléfono y fijara un encuentro.

Con Sabina se sentía un poco mejor, porque sabía que era discreta y que no había peligro de que lo pusiera en evidencia. Su estudio le daba la bienvenida como un recuerdo de su vida pasada, la idílica vida de un hombre soltero.

Quién sabe si él mismo se daba cuenta de cuánto había cambiado: tenía miedo de llegar tarde a casa porque allí le esperaba Teresa. En cierta ocasión, Sabina advirtió que Tomás observaba el reloj mientras hacían el amor y trataba de acelerar su culminación.

Ella se dedicó entonces a pasearse lentamente por el estudio y se detuvo ante un cuadro que estaba sin terminar en el caballete mirando de reojo a Tomás, que se vestía apresuradamente.

Ya estaba vestido, sólo tenía un pie descalzo. Echó una mirada a su alrededor y se puso a gatas, buscando algo debajo de la mesa.

Ella le dijo: «Cuando te miro, tengo la sensación de que te estás convirtiendo en el eterno tema de mis cuadros. El encuentro entre dos mundos. La doble exposición. Tras la silueta de Tomás el libertino reluce la increíble figura del enamorado romántico. O al revés: a través de la figura del Tristán que no piensa más que en su Teresa se vislumbra el hermoso mundo traicionado por el libertino».

Tomás se puso de pie; oía las palabras de Sabina sin prestarles atención.

–¿Qué estás buscando? –le preguntó.

–Un calcetín.

Registraron juntos la habitación y él volvió a ponerse a gatas y a buscar debajo de la mesa.

–Aquí no hay ningún calcetín tuyo –dijo Sabina–. Seguro que no lo has traído.

–Cómo no lo iba a traer –gritó Tomás mirando el reloj–. ¡No iba a venir con un solo calcetín!

–Es una posibilidad que no hay que descartar. Últimamente andas muy distraído. Siempre vas con prisa, mirando el reloj, y no es de extrañar que te olvides de ponerte un calcetín.

Estaba ya decidido a ponerse el zapato sin calcetín.

–Afuera hace frío –dijo Sabina–. Te presto una media mía.

Le dio una media larga blanca, de ganchillo.

Él sabía perfectamente que aquélla era una venganza por haber mirado el reloj mientras hacían el amor. Sabina había escondido su calcetín en alguna parte. Hacía frío de verdad y no le quedaba más remedio que aceptarla. Se fue a su casa con un calcetín en un pie y una media blanca de mujer en el otro, arremangada sobre el tobillo.

Su situación no tenía salida: para sus amantes estaba marcado con la oprobiosa señal de su amor a Teresa y, para Teresa, con la oprobiosa señal de sus aventuras con sus amantes.

11

Para mitigar sus sufrimientos se casó con ella (por fin pudieron dejar el piso de alquiler en el que hacía tiempo ella ya no vivía) y le consiguió un cachorro.

La madre era una san bernardo de un compañero suyo. El padre de los cachorros, el pastor alemán de los vecinos. Nadie quería a los pequeños bastardos y a su compañero le daba pena sacrificarlos.

Tomás elegía uno de los cachorros a sabiendas de que los que no eligiera iban a tener que morir. Se sentía como un pre-

sidente de la república cuando tiene ante sí a cuatro condenados a muerte y sólo puede indultar a uno. Al fin eligió un
cachorro, una perrita cuyo cuerpo parecía recordar al del pastor mientras que la cabeza era la de la madre, la san bernardo.
Lo llevó a Teresa. Cogió la perrita, la apretó contra su pecho
e inmediatamente le meó la blusa.

Se pusieron a buscarle un nombre. Tomás quería que por
el nombre se supiera que el perro era de Teresa y se acordó del
libro que llevaba bajo el brazo cuando llegó a Praga sin avisar.
Propuso que al cachorro lo llamaran *Tolstoi*.

–No puede llamarse *Tolstoi* –replicó Teresa– porque es una
señorita. Podría ser *Ana Karenina*.

–No puede ser *Ana Karenina*, porque ninguna mujer puede tener un morro tan chistoso como éste –dijo Tomás–. Se
parece más bien a Karenin. Sí, el señor Karenin. Así es como
me lo imaginaba.

–Pero ¿no afectará a su sexualidad que la llamemos *Karenin*?

–Es posible que una perra a la que sus amos llaman permanentemente como a un perro desarrolle tendencias les-
bianas.

Las palabras de Tomás se hicieron realidad de un modo
curioso. A pesar de que habitualmente las perras tienen más
apego a sus amos que a sus amas, en el caso de *Karenin* era al
revés. Decidió enamorarse de Teresa. Tomás le estaba agrade-
cido. Le acariciaba la cabeza y le decía: «Haces bien, *Karenin*.
Esto es precisamente lo que yo quería de ti. Si yo solo no bas-
to, tú tienes que ayudarme».

Pero ni aun con la ayuda de *Karenin* logró hacerla feliz.
Se dio cuenta de ello aproximadamente al décimo día en que
su país fuera ocupado por los tanques rusos. Era el mes de
agosto de 1968 y a Tomás le llamaba todos los días por teléfono el director del hospital de Zurich con el que se habían

hecho amigos en alguna conferencia internacional. Temía por
lo que le pudiera pasar y le ofrecía un puesto de trabajo.

12

Si Tomás rechazaba la oferta del suizo casi sin pensarlo
era por Teresa. Suponía que no iba a querer marcharse. Además, ella había pasado los siete primeros días de la ocupación
en una especie de éxtasis que casi parecía felicidad. Andaba
por la calle con su cámara repartiendo fotos a los periodistas
extranjeros, que se pegaban por obtenerlas. En cierta ocasión,
mientras con excesivo descaro fotografiaba de cerca a un ofi-
cial que apuntaba con su revólver a la gente, la detuvieron y
le hicieron pasar la noche en un puesto de mando ruso. La
amenazaron con fusilarla, pero en cuanto la dejaron en libertad, volvió a salir a la calle y volvió a hacer fotos.

Por eso Tomás se quedó sorprendido cuando al décimo
día de la ocupación le dijo:

–¿Y tú por qué no quieres ir a Suiza?

–¿Y por qué iba a tener que irme?

–Aquí tienen cuentas pendientes contigo.

–¿Y con quién no las tienen? –dijo Tomás con un gesto de
despreocupación–. Pero dime: ¿tú serías capaz de vivir en el
extranjero?

–¿Y por qué no?

–Te he visto arriesgar tu vida por este país. ¿Cómo es posible que ahora estés dispuesta a abandonarlo?

–Desde que volvió Dubcek todo ha cambiado –dijo Teresa.

Era verdad: la euforia general sólo duró los siete primeros
días de la ocupación. Las autoridades del país habían sido

capturadas por el ejército ruso como si fueran criminales, nadie sabía dónde estaban, todos temblaban por su vida y el odio a los rusos embriagaba cual alcohol a la gente. Era una fiesta ebria de odio. Las ciudades checas estaban adornadas con miles de carteles pintados a mano, con textos irónicos, epigramas, poemas, caricaturas de Brezhnev y su ejército, del que todos se reían como de una banda de analfabetos. Pero no hay fiesta que dure eternamente. Mientras tanto, los rusos obligaron a los representantes del Estado detenidos a firmar en Moscú una especie de compromiso. Dubcek regresó con ellos a Praga y después leyó en la radio su discurso. Tras seis días de cárcel estaba tan destrozado que no podía hablar, se atragantaba, se quedaba sin aliento, de modo que entre frase y frase había pausas interminables que duraban casi medio minuto.

El compromiso alcanzado salvó al país de lo peor: de los fusilamientos y de las deportaciones en masa a Siberia, que espantaban a todos. Pero una cosa ya estaba clara: Bohemia iba a tener que inclinarse ante el conquistador; iba a tener que atragantarse ya para siempre, que tartamudear, que quedarse sin aliento como Alexander Dubcek. Se había acabado la fiesta. Habían llegado los días hábiles de la humillación.

Todo esto se lo decía Teresa a Tomás y él sabía que era verdad, pero que por debajo de esa verdad había otro motivo más, aún más esencial, para que Teresa quisiera irse de Praga: no era feliz con la vida que había llevado hasta entonces.

Los días más hermosos de su vida los había vivido fotografiando en las calles a los soldados rusos y exponiéndose al peligro. Fueron los únicos días en los que el serial televisivo de sus sueños se interrumpió y sus noches fueron felices. Los rusos le trajeron en sus tanques el equilibrio interior. Ahora, terminada ya la fiesta, vuelve a tener miedo de sus noches y querría huir de ellas. Sabe ya que hay situaciones en las que es capaz de sentirse fuerte y satisfecha y por eso desea ir a recorrer el mundo, con la esperanza de volver a encontrar situaciones similares.

–¿Y no te importa –le preguntó Tomás– que Sabina también haya emigrado a Suiza?

–Ginebra no es Zurich –dijo Teresa–. Seguro que allí me molestará menos de lo que me molestaba en Praga.

La persona que desea abandonar el lugar en donde vive no es feliz. Por eso Tomás aceptó el deseo de emigrar de Teresa, como el culpable acepta la condena. Se sometió a ella y un buen día se encontró, con Teresa y *Karenin,* en la mayor ciudad de Suiza.

13

Compró una cama para el piso vacío (aún no tenían dinero para los demás muebles) y se puso a trabajar con la furia de una persona que empieza una nueva vida después de los cuarenta.

Llamó varias veces a Sabina a Ginebra. Había tenido la suerte de que una exposición de cuadros suyos se inaugurara una semana antes de la invasión rusa, de modo que los suizos amantes de la pintura se dejaron llevar por la ola de simpatía hacia el pequeño país y compraron todos sus cuadros.

«Gracias a los rusos me he hecho rica», bromeaba por teléfono e invitaba a Tomás a visitarla en su nuevo estudio, que al parecer no era muy distinto del que Tomás conocía ya de Praga.

Le hubiera gustado visitarla pero no encontraba disculpa alguna que justificara su viaje ante Teresa. Así que Sabina acudió a Zurich. Se alojó en un hotel. Tomás fue a visitarla al terminar su jornada de trabajo, llamó por teléfono desde la recepción y subió a su habitación. Ella le abrió la puerta y apareció ante él con sus hermosas y largas piernas, sin vestir, sólo con el sujetador y las bragas. En la cabeza llevaba un sombrero hongo negro. Le miró largamente, inmóvil y sin decir palabra. Tomás también permanecía en silencio. De pronto se dio cuenta de que estaba emocionado. Le quitó el sombrero y lo colocó encima de la mesa, junto a la cama. Después hicieron el amor sin decir ni una sola palabra.

Cuando salió del hotel hacia su casa de Zurich (en la que desde hacía ya tiempo había una mesa, sillas, sillones, alfombra) se dijo, feliz, que llevaba consigo su modo de vida igual que un caracol su casa. Teresa y Sabina representaban los dos polos de su vida, dos polos lejanos, irreconciliables, y sin embargo ambos hermosos.

Sólo que precisamente porque él llevaba consigo su modo de vida a todas partes, como parte de su cuerpo, Teresa seguía teniendo los mismos sueños.

Llevaban ya en Zurich seis o siete meses cuando llegó una noche tarde a casa y encontró encima de la mesa una carta. Ella le comunicaba que había regresado a Praga. Regresaba porque no tenía fuerzas para vivir en el extranjero. Sabía que debía haberle servido de apoyo a Tomás, pero sabía también que no era capaz de hacerlo. Había pensado ingenuamente que en el extranjero cambiaría. Había creído que después de lo que había vivido durante los días de la ocupación ya no volvería a ser puntillosa, que se volvería mayor, sagaz, fuerte, pero se había sobreestimado. Es para él una carga y no quiere serlo. Quiere sacar las conclusiones pertinentes antes de que sea demasiado tarde. Y le pide disculpas por haberse llevado a *Karenin*.

Tomó un somnífero fuerte y a pesar de eso no se durmió hasta la madrugada. Por suerte era sábado y podía quedarse en casa. Analizaba la situación por quincuagésima vez: las fronteras entre su país y el resto del mundo ya no están abiertas como cuando emprendieron el viaje. Ya no hay telegrama ni teléfono alguno que sea capaz de devolverle a Teresa. Las autoridades no la dejarán salir. Su partida es increíblemente definitiva.

14

La conciencia de que era absolutamente impotente le hizo el efecto de un mazazo, pero al mismo tiempo lo tranquilizó. Nadie le obligaba a tomar ninguna decisión. No tiene que mirar a la pared del edificio de enfrente y preguntarse si quiere o no vivir con ella. Teresa lo ha decidido todo por su cuenta.

Fue al restaurante a almorzar. Estaba triste pero durante la comida pareció como si la desesperación inicial se hubiera fatigado, como si hubiera perdido fuerza y no hubiera quedado de ella más que melancolía. Miraba hacia atrás, hacia los años que había vivido con ella, y le parecía que su historia común no podía haberse cerrado mejor de lo que se había cerrado. Si aquella historia la hubiera inventado otra persona, no hubiera podido terminarla de otro modo:

Teresa llegó un día a su lado sin que él la hubiera invitado. Otro día, del mismo modo, se fue. Llegó con una pesada maleta. Con una pesada maleta se fue.

Pagó, salió del restaurante y se puso a pasear por las calles, lleno de una melancolía que se hacía cada vez más hermosa. Había pasado siete años de su vida con Teresa y ahora comprobaba que aquellos años eran más hermosos en el recuerdo que cuando los había vivido.

El amor que había entre él y Teresa era bello, pero también fatigoso: tenía que estar permanentemente ocultando algo, disfrazándolo, fingiendo, arreglándolo, manteniéndola contenta, consolándola, demostrando ininterrumpidamente su amor, siendo acusado por sus celos, por su sufrimiento, por sus sueños, sintiéndose culpable, justificándose y disculpándose. Aquel esfuerzo había desaparecido ahora y permanecía la belleza.

Se acercaba la noche del sábado, por primera vez paseaba solo por Zurich y aspiraba al perfume de su libertad. A la vuelta de cada esquina se escondía la aventura. El futuro había vuelto a convertirse en un secreto. Su vida de soltero le había sido devuelta, una vida para la cual antes estaba seguro de haber nacido, seguro de que era la única que le permitía ser tal como de verdad era.

Hacía ya siete años que vivía atado a Teresa y cada uno de sus pasos era observado por los ojos de ella. Era como si le hubiera atado al tobillo una bola de hierro. Su paso era ahora, de pronto, mucho más ligero. Casi flotaba. Se hallaba en el campo mágico de Parménides: disfrutaba de la dulce levedad del ser.

(¿Tenía ganas de telefonear a Sabina a Ginebra? ¿De llamar a alguna de las mujeres que había conocido en Zurich en los últimos meses? No, no tenía la menor intención de hacerlo. Intuía que, si se reunía con alguna mujer, el recuerdo de Teresa se haría al instante insoportablemente doloroso.)

15

Aquel extraño encantamiento melancólico duró hasta el domingo por la noche. El lunes todo cambió. Teresa irrumpió en su mente: sentía el estado de ánimo de ella cuando le escribía la carta de despedida; sentía cómo le temblaban las manos; la veía arrastrando la pesada maleta en una mano, la correa de *Karenin* en la otra; se la imaginaba abriendo la cerradura de la casa de Praga y sentía en su propio corazón la orfandad de la soledad que la envolvía al abrir la puerta.

Durante aquellos dos hermosos días de melancolía su compasión no había hecho más que descansar. La compasión dormía, como duerme el minero el domingo después de una semana de trabajo duro para el lunes poder bajar otra vez al tajo.

Atendía a un paciente y, en lugar de verlo a él, veía a Teresa. Él mismo se lo reprochaba: «¡No pienses en ella! ¡No pienses en ella!». Se decía: «Precisamente porque estoy enfermo de compasión, es bueno que se haya ido y que ya no la vea. ¡Tengo que liberarme, no de ella, sino de mi compasión, de esa enfermedad que antes no conocía y con cuyo bacilo me contagió!».

El sábado y el domingo sintió la dulce levedad del ser, que se acercaba a él desde las profundidades del futuro. El lunes cayó sobre él un peso hasta entonces desconocido. Las toneladas de hierro de los tanques rusos no eran nada en comparación con aquel peso. No hay nada más pesado que la compasión. Ni siquiera el propio dolor es tan pesado como el dolor sentido con alguien, por alguien, para alguien, multiplicado por la imaginación, prolongado en mil ecos.

Se hacía reproches para no rendirse a la compasión y la compasión lo oía con la cabeza gacha, como si se sintiera culpable. La compasión sabía que se estaba aprovechando de sus poderes y sin embargo se mantenía calladamente en sus trece, de modo que al quinto día de la partida de ella Tomás le comunicó al director del hospital (el mismo que después de la invasión rusa le llamaba a diario a Praga) que debía regresar de inmediato. Le daba vergüenza. Sabía que su actitud tenía que parecerle al director irresponsable e imperdonable. Tenía ganas de confesárselo todo, de hablarle de Teresa y de la carta que había dejado para él en la mesa. Pero no lo hizo. Desde el punto de vista de un médico suizo, la actuación de Teresa tenía que parecer histérica y antipática. Y Tomás no estaba dispuesto a permitir que nadie pensase mal de ella.

El director estaba verdaderamente afectado.

Tomás se encogió de hombros y dijo: «Es muss sein. Es muss sein».

Era una alusión. La última frase del último cuarteto de Beethoven está escrita sobre estos dos motivos:

Muss es sein?   *Es muss sein!*   *Es muss sein!*
(¿Tiene que ser?)   (¡Tiene que ser!)   (¡Tiene que ser!)

Para que el sentido de estas palabras quedase del todo claro, Beethoven encabezó toda la frase final con las siguientes palabras: «Der schwer gefasste Entschluss»: «Una decisión de peso».

Con aquella alusión a Beethoven, Tomás volvía a referirse, en realidad, a Teresa, porque había sido precisamente ella la que le había obligado a comprar los discos de los cuartetos y las sonatas de Beethoven.

La alusión resultó más adecuada de lo que él hubiera podido suponer, porque el director era un gran aficionado a la música. Se sonrió ligeramente y dijo en voz baja, imitando la melodía de Beethoven: «Muss es sein?».

Tomás dijo una vez más: «Ja, es muss sein».

A diferencia de Parménides, para Beethoven el peso era evidentemente algo positivo. «Der schwer gefasste Entschluss», una decisión de peso, va unida a la voz del Destino («es muss sein»); el peso, la necesidad y el valor son tres conceptos internamente unidos: sólo aquello que es necesario, tiene peso; sólo aquello que tiene peso, vale.

Esta convicción nació de la música de Beethoven y, aunque es posible (y puede que hasta probable) que sus autores hayan sido más bien los comentaristas de Beethoven y no el propio compositor, hoy la compartimos casi todos: la grandeza del hombre consiste en que *carga con* su destino como Atlas cargaba con la esfera celeste a sus espaldas. El héroe de Beethoven es un levantador de pesos metafísicos.

Tomás partió hacia la frontera suiza y yo me imagino al propio Beethoven, melenudo y huraño, dirigiendo la orquesta de los bomberos locales y tocándole, para su despedida de la emigración, una marcha llamada *Es muss sein!*

Pero luego Tomás atravesó la frontera checa y se topó con una columna de tanques soviéticos. Tuvo que detener el coche en un cruce de caminos y esperar media hora a que pasaran. Un horrible soldado en uniforme negro dirigía el tráfico en el cruce, como si todas las carreteras checas fueran de su propiedad.

«Es muss sein», repetía Tomás, pero pronto empezó a dudarlo: ¿de verdad tenía que ser así?

Sí, era insoportable permanecer en Zurich e imaginarse a Teresa viviendo sola en Praga.

Pero ¿cuánto tiempo le torturaría la compasión? ¿Toda la vida? ¿O todo un año? ¿O un mes? ¿O sólo una semana?

¿Cómo podía saberlo? ¿Cómo podía comprobarlo?

Cualquier colegial puede hacer experimentos durante la clase de física y comprobar si determinada hipótesis científica es cierta. Pero el hombre, dado que vive sólo una vida, nunca tiene la posibilidad de comprobar una hipótesis mediante un experimento y por eso nunca llega a averiguar si debía haber prestado oído a su sentimiento o no.

Con estos pensamientos abrió la puerta de la casa. *Karenin* le saltó a la cara y le hizo así más fácil el momento del encuentro. Las ganas de abrazar a Teresa (unas ganas que aún sentía en Zurich, en el momento de subir al coche) habían desaparecido por completo. Le parecía que estaba frente a ella en medio de una planicie nevada y que los dos temblaban de frío.

17

Desde el primer día de la ocupación, los aviones rusos volaban durante toda la noche sobre Praga. Tomás se había desacostumbrado a aquel ruido y no podía dormir.

Daba vueltas en la cama mientras Teresa dormía y se acordaba de lo que había dicho hacía tiempo en una conversación intrascendente. Estaban hablando de su amigo Z. y ella afirmó: «Si no te hubiera encontrado a ti, seguro que me hubiera enamorado de él».

Ya en esa ocasión aquellas palabras le produjeron a Tomás una extraña melancolía. Y es que de pronto se dio cuenta de que era mera casualidad el que Teresa lo amase a él y no a su amigo Z. Se dio cuenta de que, además del amor de ella por Tomás, hecho realidad, existe en el reino de lo posible una cantidad infinita de amores no realizados por otros hombres.

Todos consideramos impensable que el amor de nuestra vida pueda ser algo leve, sin peso; creemos que nuestro amor es algo que tenía que ser; que sin él nuestra vida no sería nuestra vida. Nos parece que el propio huraño Beethoven, con su terrible melena, toca para nuestro gran amor su «es muss sein!».

Tomás se acordaba del comentario de Teresa sobre el amigo Z. y constataba que la historia del amor de su vida no iba acompañada del sonido de ningún «es muss sein!», sino más bien por el de «es konnte auch anders sein»: también podía haber sido de otro modo.

Hace siete años se produjo *casualmente* en el hospital de la ciudad de Teresa un complicado caso de enfermedad cerebral, a causa del cual llamaron con urgencia a consulta al director del hospital de Tomás. Pero el director tenía *casualmente* ciática, no podía moverse y envió en su lugar a Tomás a aquel hospital local. En la ciudad había cinco hoteles, pero Tomás fue a parar *casualmente* justo a aquél donde trabajaba Teresa. *Casualmente* le sobró un poco de tiempo para ir al restaurante antes de la salida del tren. Teresa *casualmente* estaba de servicio y *casualmente* atendió la mesa de Tomás. Hizo falta que se produjeran seis casualidades para empujar a Tomás hacia Teresa, como si él mismo no tuviera ganas.

Regresó a Bohemia por su causa. Una decisión tan trascendental se basaba en un amor tan casual que no habría existido si su jefe no hubiera tenido ciática hacía siete años. Y aquella mujer, aquella personificación de la casualidad absoluta yace ahora a su lado y respira profundamente mientras duerme.

Estaba ya bien entrada la noche. Sentía que le empezaba a doler el estómago, tal como solía ocurrirle en los momentos de angustia.

La respiración de ella se transformó una o dos veces en un suave ronquido. Tomás no sentía en su interior ninguna clase de compasión. Lo único que sentía era la presión en el estómago y la desesperación por haber regresado.

Segunda parte
El alma y el cuerpo

1

Sería estúpido que el autor tratase de convencer al lector de que sus personajes están realmente vivos. No nacieron del cuerpo de sus madres, sino de una o dos frases sugerentes o de una situación básica. Tomás nació de la frase «einmal ist keinmal». Teresa nació de una barriga que hacía ruido.

Cuando entró por primera vez en casa de Tomás, empezaron a sonarle las tripas. No es de extrañar, no había almorzado ni cenado, sólo había comido a media mañana un sándwich en la estación antes de tomar el tren. Concentrada en su arriesgado viaje, se había olvidado de la comida. Pero aquel que no piensa en el cuerpo se convierte más fácilmente en su víctima. Era terrible encontrarse delante de Tomás y oír a sus propias vísceras hablar en voz alta. Tenía ganas de llorar. Por suerte Tomás la abrazó al cabo de diez segundos y ella pudo olvidar los sonidos de su vientre.

Teresa nació por lo tanto de una situación que desvela brutalmente la irreconciliable dualidad del cuerpo y el alma, de la experiencia humana esencial.

Hace mucho tiempo, el hombre oía extrañado el sonido de un golpeteo regular dentro de su pecho y no tenía ni idea de su origen. No podía identificarse con algo tan extraño y desconocido como era el cuerpo. El cuerpo era una jaula y dentro de ella había algo que miraba, escuchaba, temía, pensaba y se extrañaba; ese algo, ese resto que quedaba al sustraerle el cuerpo, eso era el alma.

Hoy, por supuesto, el cuerpo no es desconocido: sabemos que lo que golpea dentro del pecho es el corazón y que la nariz es la terminación de una manguera que sobresale del cuerpo para llevar oxígeno a los pulmones. La cara no es más que una especie de tablero de instrumentos en el que desembocan todos los mecanismos del cuerpo: la digestión, la vista, la audición, la respiración, el pensamiento.

Desde que sabemos denominar todas sus partes, el cuerpo desasosiega menos al hombre. Ahora también sabemos que el alma no es más que la actividad de la materia gris del cerebro. La dualidad entre el cuerpo y el alma ha quedado velada por los términos científicos y podemos reírnos alegremente de ella como de un prejuicio pasado de moda.

Pero basta que el hombre se enamore como un loco y tenga que oír al mismo tiempo el sonido de sus tripas. La unidad del cuerpo y el alma, esa ilusión lírica de la era científica, se disipa repentinamente.

3

Ella trataba de verse a sí misma a través de su cuerpo. Por eso se miraba con frecuencia al espejo. Como le daba miedo que la sorprendiera su madre, sus miradas al espejo tenían el cariz de un vicio secreto.

No era la vanidad lo que la atraía hacia el espejo, sino el asombro al ver a su propio yo. Se olvidaba de que estaba viendo el tablero de instrumentos de los mecanismos corporales. Le parecía ver su alma, que se le daba a conocer en los rasgos de su cara. Olvidaba que la nariz no es más que la terminación de una manguera que lleva el aire a los pulmones. Veía en ella la fiel expresión de su carácter.

Se miraba durante mucho tiempo y a veces le molestaba ver en su cara los rasgos de su madre. Se miraba entonces con aún mayor ahínco y trataba, con su fuerza de voluntad, de hacer abstracción de la fisionomía de la madre, de restarla, de modo que en su cara quedase sólo lo que era ella misma. Cuando lo lograba, aquél era un momento de embriaguez: el alma salía a la superficie del cuerpo como cuando los marinos salen de la bodega, ocupan toda la cubierta, agitan los brazos hacia el cielo y cantan.

4

No sólo era físicamente parecida a su madre, sino que a veces me parece que su vida no era más que una prolongación de la vida de la madre, poco más o menos como la trayectoria de una bola de billar es sólo la prolongación del movimiento de la mano del jugador.

¿Dónde y cuándo empezó aquel movimiento que posteriormente se convirtió en la vida de Teresa?

Probablemente en el momento en que el abuelo de Teresa, un comerciante praguense, empezó a manifestar en voz alta su adoración por la belleza de su hija, la madre de Teresa. Ella tendría entonces tres o cuatro años y él le contaba que se parecía a una de las madonas de Rafael. La madre de Teresa, con sus cuatro años, lo recordó perfectamente y cuando, más tarde, estaba sentada en el banco del colegio, en lugar de prestar atención al profesor, pensaba en cuál sería el cuadro al que se parecía.

Cuando llegó el momento de casarse tenía nueve pretendientes. Todos se arrodillaban en círculo a su alrededor. Ella estaba en medio como una princesa y no sabía a cuál elegir: uno era más guapo, el segundo más gracioso, el tercero más rico, el cuarto más deportista, el quinto era de buena familia, el sexto le recitaba versos, el séptimo había viajado por todo el mundo, el octavo tocaba el violín y el noveno era de todos el más varonil. Pero todos estaban arrodillados del mismo modo y tenían los mismos callos en las rodillas.

Si al final eligió al noveno no fue tanto porque fuera de todos el más varonil, sino porque, cuando ella le susurró al oído: «¡Ten cuidado, ten mucho cuidado!», mientras hacían el amor, él, intencionadamente, no tuvo cuidado y ella tuvo que casarse a toda prisa con él, porque no consiguió a tiempo un médico que le hiciera un aborto. Así nació Teresa. Sus numerosísimos parientes vinieron de todos los rincones del país, se inclinaban sobre el cochecito y murmuraban. La madre de Teresa no murmuraba. Callaba. Pensaba en los otros ocho pretendientes y todos le parecían mejores que aquel noveno.

Al igual que su hija, también la madre de Teresa disfrutaba mirándose al espejo. Un día comprobó que tenía un montón de arrugas alrededor de los ojos y se dijo que su matrimonio era un absurdo. Conoció a un hombre nada varonil, que llevaba ya varias estafas y dos divorcios. Odiaba a los amantes que tienen callos en las rodillas. Tenía unas ganas furiosas de ser ella quien se arrodillase. Cayó de rodillas ante el estafador y dejó al marido y a Teresa.

El hombre más varonil se convirtió en el hombre más triste. Estaba tan triste que todo le daba lo mismo. Decía en todas partes en voz alta lo que pensaba y la policía comunista, estupefacta ante sus desorbitadas afirmaciones, lo detuvo, lo condenó y lo encarceló. A Teresa la echaron de la casa precintada y fue a parar a la de su madre.

El hombre más triste murió al poco tiempo en la cárcel, y la madre, el estafador y Teresa se trasladaron a un piso pequeño en un pueblo de montaña. El padrastro de Teresa trabajaba en una oficina, la madre, de vendedora, en una tienda. Parió otros tres hijos. Después volvió a mirarse al espejo y comprobó que era vieja y fea.

5

Cuando constató que lo había perdido todo, se puso a buscar al culpable. Todos tenían la culpa: culpable era el primer marido varonil y no amado, que no le hizo caso cuando le susurró al oído que tuviera cuidado; culpable era el segundo marido, no varonil y amado, que la arrastró de Praga a una pequeña ciudad y que perseguía a una mujer tras otra, de modo que ella no dejaba nunca de estar celosa. Ante ambos maridos era impotente. La única persona que le pertenecía y no podía huir, el rehén que podía pagar por todos los demás, era Teresa.

Por lo demás es posible que ella fuera efectivamente la culpable del destino de su madre. Ella, es decir, ese absurdo encuentro entre el espermatozoide más varonil y el óvulo más hermoso. En ese instante fatal que se llama Teresa fue dada la señal de partida de la larga carrera de la vida arruinada de la madre.

La madre le explicaba permanentemente a Teresa que ser madre significa sacrificarlo todo. Sus palabras resultaban convincentes porque tras ellas estaba la vivencia de una mujer que lo había perdido todo por su hija. Teresa la oye y cree que el principal valor de la vida es la maternidad y que la maternidad es un gran sacrificio. Si la maternidad es el Sacrificio personificado, entonces el sino de la hija significa una Culpa que nunca es posible expiar.

6

Claro que Teresa no conocía la historia de la noche en la que su madre susurró a su padre que tuviera cuidado. La culpabilidad que sentía era oscura como el pecado original. Hacía todo lo posible para expiarla. La madre la sacó del instituto y ella se puso a trabajar de camarera desde los quince años y todo lo que ganaba se lo entregaba. Estaba dispuesta a hacer lo que fuera por merecer su amor. Se ocupaba de la casa, atendía a sus hermanos, limpiaba y lavaba la ropa todos los domingos. Fue una lástima, porque en el instituto era la mejor dotada de toda la clase. Le hubiera gustado llegar más alto, pero en esa pequeña ciudad no existía para ella ningún más alto. Teresa lavaba la ropa y junto al fregadero tenía un libro apoyado. Pasaba las hojas y sobre el libro caían gotas de agua.

En su hogar no existía la vergüenza. La madre andaba por casa en ropa interior, algunas veces sin sostén, algunas veces, en los días de verano, desnuda. El padrastro no andaba desnudo, pero entraba en el cuarto de baño cada vez que Teresa se estaba bañando. Una vez cerró la puerta del baño por ese motivo y la madre le montó un escándalo: «¿Quién te crees que eres? ¿Qué te has creído? ¿Piensas que alguien va a comerse tus encantos?».

(Esta situación demuestra claramente que el odio hacia la hija era en la madre más fuerte que los celos hacia el marido. La culpa de la hija era infinita e incluía también las infidelidades del marido. Y el que la hija quisiera emanciparse y reclamase algunos derechos –por ejemplo el de cerrar la puerta del cuarto de baño– era para la madre más inaceptable que un eventual interés sexual del marido por Teresa.)

En cierta ocasión la madre se paseaba en invierno desnuda con la luz encendida. Teresa se apresuró en seguida a correr las cortinas para que no viesen a la madre desde la casa de enfrente. Oyó detrás de sí la risa de ella. Un día más tarde fueron a visitar a su madre unas amigas: la vecina, una compañera de la tienda, la maestra local y dos o tres mujeres más que tenían la costumbre de reunirse periódicamente. Teresa, junto con el hijo de una de ellas, que tenía dieciséis años, entró a verlas un momento a la habitación. La madre lo aprovechó inmediatamente para contar que la hija había pretendido defender su intimidad el día anterior. Se rió y todas las mujeres rieron con ella. Luego la madre dijo: «Teresa no quiere hacerse a la idea de que el cuerpo humano mea y echa pedos». Teresa estaba roja de vergüenza pero la madre continuaba: «¿Hay algo de malo en eso?» y ella misma respondió de inmediato a su pregunta: soltó una sonora ventosidad. Todas las mujeres se rieron.

7

La madre se suena la nariz ruidosamente, le habla a la gente de su vida sexual, enseña su dentadura postiza. Con la lengua sabe darle la vuelta dentro de la boca con asombrosa habilidad, de modo que, en medio de una amplia sonrisa, el maxilar superior cae hacia la parte inferior de la dentadura, adquiriendo su cara de repente un aspecto horrible.

Su actuación no es más que un solo gesto brusco, con el cual se desprende de su belleza y de su juventud. En la época en que nueve pretendientes se arrodillaban en círculo a su alrededor, ella cuidaba celosamente su desnudez. Es como si el nivel de vergüenza pretendiera expresar el nivel de valor que tiene su cuerpo. Ahora, cuando prescinde de la vergüenza, lo hace de modo radical, como si con su desvergüenza quisiera hacer una solemne tachadura sobre su vida y gritar que la juventud y la belleza, que había sobrevalorado, no tienen en realidad valor alguno.

Me parece que Teresa es una prolongación de ese gesto con el que su madre arrojó lejos de sí su vida de mujer hermosa.

(Y si la propia Teresa tiene movimientos nerviosos y gestos poco armoniosos, no podemos extrañarnos: aquel gran gesto de la madre, salvaje y autodestructivo, ha quedado dentro de Teresa, ¡se ha convertido en Teresa!)

8

La madre pide justicia para sí y quiere que el culpable sea castigado. Por eso insiste en que la hija permanezca con ella en el mundo de la desvergüenza, donde la juventud y la belleza nada significan, donde todo el mundo no es más que un enorme campo de concentración de cuerpos que se parecen el uno al otro y en los que las almas son invisibles.

Ahora podemos comprender mejor el sentido del vicio secreto de Teresa, sus frecuentes y prolongadas miradas al espejo. Era una lucha contra su madre. Era un deseo de no ser un cuerpo como los demás cuerpos, de ver en la superficie de la propia cara a los marinos del alma que salieron corriendo de la bodega. No era fácil, porque el alma, triste, tímida, atemorizada, estaba escondida en las profundidades de las entrañas de Teresa y le daba vergüenza que la vieran.

Así ocurrió precisamente el día en que encontró por primera vez a Tomás. Iba sorteando a los borrachos en su restaurante, con el cuerpo inclinado bajo el peso de las cervezas que llevaba en la bandeja y el alma estaba en algún lugar del estómago o del páncreas. Y precisamente entonces la llamó Tomás. Aquella llamada fue importante porque provenía de alguien que no conocía ni a su madre ni a los borrachos que diariamente le dirigían los mismos comentarios vulgares. Su condición de forastero lo situaba por encima de los demás.

Y había otra cosa más que lo situaba por encima del resto: tenía en la mesa un libro abierto. En ese restaurante nunca nadie había abierto un libro en la mesa. El libro era para Teresa la contraseña de una hermandad secreta. Para defenderse del mundo de zafiedad que la rodeaba, tenía una sola arma: los libros que le prestaban en la biblioteca municipal; sobre todo las novelas: había leído muchísimas, desde Fielding hasta Thomas Mann. Le brindaban la posibilidad de una huida imaginaria de una vida que no la satisfacía, pero también tenían importancia para ella en tanto que objetos: le gustaba pasear por la calle llevándolos bajo el brazo. Tenían para ella el mismo significado que un bastón elegante para un dandi del siglo pasado. La diferenciaban de los demás.

(La comparación entre el libro y el elegante bastón de un dandi no es totalmente exacta. El bastón no sólo diferenciaba al dandi, sino que además hacía que fuera moderno y estuviera a la moda. El libro diferenciaba a Teresa pero la hacía pasada de moda. Claro que era demasiado joven para tener conciencia de que estaba fuera de moda. Los jovencitos que pasaban junto a ella llevando sus ruidosos transistores le parecían tontos. No se daba cuenta de que eran modernos.)

El que la había llamado era al mismo tiempo forastero y miembro de la hermandad secreta. La llamó con voz amable y Teresa sintió que su alma pugnaba por salir por todas las arterias, las venas y los poros para mostrársele.

9

Cuando Tomás regresó de Zurich a Praga, le invadió una sensación de malestar al pensar que su encuentro con Teresa había sido producido por seis casualidades improbables.

Pero ¿un acontecimiento no es tanto más significativo y privilegiado cuantas más casualidades sean necesarias para producirlo?

Sólo la casualidad puede aparecer ante nosotros como un mensaje. Lo que ocurre necesariamente, lo esperado, lo que se repite todos los días, es mudo. Sólo la casualidad nos habla. Tratamos de leer en ella como leen las gitanas las figuras formadas por el poso del café en el fondo de la taza.

Tomás apareció ante Teresa en el restaurante como la casualidad absoluta. Estaba sentado junto a un libro abierto. Levantó la vista hacia Teresa y sonrió: «Un coñac».

En ese momento sonaba la música en la radio. Teresa fue a la barra a buscar el coñac y giró el botón de la radio para que sonase aún más alta. Reconoció a Beethoven. Lo conocía de cuando fue a su ciudad un cuarteto de músicos de Praga.

Teresa (quien, como sabemos, deseaba algo «más elevado») fue al concierto. La sala estaba vacía. Además de ella sólo estaban el farmacéutico local y su mujer. De modo que en el escenario había un cuarteto de músicos y en la sala un trío de oyentes, pero los músicos fueron tan amables que no suspendieron el concierto y tocaron toda la noche, para ellos solos, los tres últimos cuartetos de Beethoven.

Después el farmacéutico invitó a los músicos a cenar y le pidió a la oyente desconocida que les acompañara. Desde entonces Beethoven se convirtió en la imagen del mundo al otro lado, del mundo que deseaba. Mientras le llevaba el coñac a Tomás desde la barra, trataba de interpretar aquella casualidad: ¿cómo es posible que precisamente mientras le lleva el coñac a ese desconocido que le gusta, oiga a Beethoven?

No es la necesidad, sino la casualidad, la que está llena de encantos. Si el amor debe ser inolvidable, las casualidades deben volar hacia él desde el primer momento, como los pájaros hacia los hombros de san Francisco de Asís.

10

La llamó para decirle que quería la cuenta. Cerró el libro (la contraseña de la hermandad secreta) y a ella le dieron ganas de preguntarle qué estaba leyendo.

–¿Me lo puede apuntar a mi habitación? –preguntó él.

–Sí –dijo–. ¿Qué número tiene?

Le enseñó la llave, a la cual estaba atada una plaquita de madera y en ella pintado un seis de color rojo.

–Es curioso –dijo ella–; la número seis.

–¿Qué tiene de curioso? –preguntó él.

Se había acordado de que, cuando vivía en Praga y sus padres aún no se habían divorciado, su casa tenía el número seis. Pero dijo otra cosa (y nosotros podemos valorar su astucia):

–Usted tiene la habitación número seis y yo termino de trabajar a las seis.

–Y mi tren sale a las siete –dijo el desconocido.

No sabía qué decir, le dio la cuenta para que la firmase y la llevó a la recepción. Cuando terminó de trabajar, el forastero ya no estaba sentado a la mesa. ¿Habría comprendido su discreto mensaje? Salió del restaurante muy nerviosa.

Enfrente había un parquecillo ralo, el pobre parquecillo de una pequeña y sucia ciudad, que siempre había representado para ella una pequeña isla de belleza: había un trozo de césped, cuatro chopos, algunos bancos, un sauce llorón y una mata de forsythia.

Estaba sentado en un banco amarillo desde el cual se veía la entrada al restaurante. ¡Precisamente en aquel banco había estado sentada ayer con un libro en el regazo! En aquel momento supo (los pájaros de la casualidad volaban hacia sus hombros) que aquel hombre desconocido le estaba predestinado. La llamó, la invitó a que se sentase junto a él. (Los marinos de su alma salieron corriendo a la cubierta del cuerpo.) Luego lo acompañó a la estación y, al despedirse él, le dio su tarjeta con su número de teléfono: «Si alguna vez viene por casualidad a Praga...».

11

Mucho más que la tarjeta que le entregó en el último momento, fueron las instrucciones de la casualidad (el libro, Beethoven, el número seis, el banco amarillo del parque) las que le dieron el valor para irse de casa y cambiar su destino. Fueron posiblemente aquellas casualidades (por lo demás bastante modestas, grises, francamente dignas de aquella ciudad insignificante) las que pusieron su amor en movimiento y se convirtieron en una fuente de energía que ella no agotará hasta el fin de su vida.

Nuestra vida cotidiana es bombardeada por casualidades, más exactamente por encuentros casuales de personas y acontecimientos a los que se llama coincidencias. Coincidencia significa que dos acontecimientos inesperados ocurren al mismo tiempo, que se encuentran: Tomás aparece en el restaurante y al mismo tiempo suena la música de Beethoven. La gente no se percata de la inmensa mayoría de estas coincidencias. Si en el restaurante hubiera estado el carnicero local en lugar de Tomás, Teresa no se hubiera dado cuenta de que en la radio sonaba Beethoven (aunque el encuentro entre Beethoven y un carnicero es también una interesante coincidencia).

Sin embargo, el amor, que se estaba aproximando, había exacerbado su sentido de la belleza y ella ya nunca olvidará aquella música. Cada vez que la oiga se conmoverá. Todo lo que ocurra en ese momento a su alrededor estará iluminado por aquella música y se hará hermoso.

Al comienzo de la novela que llevaba bajo el brazo cuando llegó a casa de Tomás, Ana se encuentra con Vronsky en circunstancias extrañas. Están en un andén en el cual alguien ha caído bajo las ruedas del tren. Al final de la novela, la que se lanza bajo las ruedas del tren es Ana. Esta composición simétrica, en la que aparece el mismo motivo al comienzo y al final, puede parecer muy «novelada». De acuerdo, pero con la condición de que la palabra «novelado» no se entienda en el sentido de «inventado», «artificial», «que no se parece a la vida». Porque es precisamente así como se componen las vidas humanas.

Se componen como una pieza de música. El hombre, llevado por su sentido de la belleza, convierte un acontecimiento casual (la música de Beethoven, una muerte en la estación) en un motivo que pasa ya a formar parte de la composición de su vida. Regresa a él, lo repite, lo varía, lo desarrolla como el compositor el tema de su sonata. Ana hubiera podido quitarse la vida de otro modo. Pero el motivo de la estación y la muerte, ese motivo inolvidable unido al nacimiento del amor, la atraía con su oscura belleza en el momento de la desesperación. Sin saberlo, el hombre compone su vida de acuerdo con las leyes de la belleza aun en los momentos de más profunda desesperación.

Por eso no es posible echarle en cara a la novela que esté fascinada por los secretos encuentros de las casualidades (como el encuentro de Vronsky, Ana, el andén y la muerte, o el encuentro de Beethoven, Tomás, Teresa y el coñac), pero es posible echarle en cara al hombre el estar ciego en su vida cotidiana con respecto a tales casualidades y dejar así que su vida pierda la dimensión de la belleza.

12

Tras haber sido despertada por los pájaros de la casualidad, que se posaban en sus hombros, y sin decirle nada a su madre, cogió una semana de vacaciones y tomó el tren. Iba con frecuencia al retrete a mirarse al espejo y pedirle a su alma que en el día decisivo de su vida no abandonase ni por un segundo la cubierta de su cuerpo. Mientras estaba así, mirándose, de pronto se asustó: sintió una punzada en la garganta. ¿Iría a enfermarse en el día decisivo de su vida?

Pero ya no haría marcha atrás. Le llamó desde la estación y, cuando él abrió la puerta, su barriga empezó a hacer un ruido horrible. Le daba vergüenza. Era como si tuviera en el vientre a su madre riéndose para estropearle su encuentro con Tomás.

Al comienzo tuvo la sensación de que por culpa de esos sonidos de mal gusto él iba a echarla, pero la abrazó. Ella se sentía agradecida de que no hiciera caso de sus ruidos y por eso lo besaba apasionadamente y se le nublaba la vista. No había pasado un minuto y ya estaban haciendo el amor. Mientras hacían el amor ella gritaba. En ese momento ya tenía fiebre. Era una gripe. La embocadura de la manguera que lleva el oxígeno a los pulmones estaba taponada y enrojecida.

Después llegó por segunda vez con una pesada maleta en la que había metido todas sus cosas, decidida a no volver nunca más a la pequeña ciudad. La invitó a que fuera a su casa al día siguiente. Durmió en un hotel barato y por la mañana llevó la maleta a la consigna de la estación y el resto del día lo pasó vagando por Praga con *Ana Karenina* bajo el brazo. Por la noche llamó al timbre, él abrió la puerta y ella no soltó el libro de la mano, como si fuera la entrada al mundo de Tomás. Era consciente de que no tenía nada más que esta mísera entrada y le daban ganas de llorar. Para no llorar, hablaba más que de costumbre, en voz más alta, y reía. Y nuevamente la tomó en sus brazos a poco de llegar e hicieron el amor. Penetró en una niebla en la que no se veía nada, sólo se la oía gritar a ella.

13

Aquello no era un suspiro, no era un gemido, era realmente un grito. Gritaba tanto que Tomás separó la cabeza de su cara. Creía que la voz que sonaba justo al lado de su oído le iba a romper el tímpano. Aquel grito no era una expresión de sensualidad. La sensualidad es la máxima movilización de los sentidos: una persona observa atentamente a la otra y escucha cada uno de los sonidos que produce. En cambio su grito pretendía aturdir a los sentidos para que no vieran ni oyeran. Quien gritaba era el propio idealismo ingenuo de su amor, que quería ser la superación de todas las contradicciones, la superación de la dualidad entre el cuerpo y el alma y quién sabe si la superación del tiempo.

¿Tenía los ojos cerrados? No, pero no miraba con ellos hacia parte alguna, los tenía fijos en el vacío del techo. Por momentos giraba bruscamente la cabeza hacia uno y otro lado.

Cuando se acabó el grito, se durmió a su lado y le tuvo la mano cogida durante toda la noche.

Desde los ocho años se dormía ya con las manos entrelazadas, imaginando que tenía cogido al hombre que amaba, al hombre de su vida. Podemos entender ahora que apretara la mano de Tomás con tal terquedad: desde la infancia se había estado preparando y entrenando para ello.

14

Una chica que, en lugar de llegar «más alto», tiene que servir cerveza a borrachos y los domingos lavarles la ropa sucia a sus hermanos acumula dentro de sí una reserva de vitalidad que no podrían ni soñar las personas que van a la universidad y bostezan en las bibliotecas. Teresa había leído más que ellos, había aprendido de la vida más que ellos, pero nunca será consciente de eso. Lo que diferencia a la persona que ha cursado estudios de un autodidacta no es el nivel de conocimientos, sino cierto grado de vitalidad y confianza en sí mismo. El entusiasmo con el que Teresa se lanzó a vivir en Praga era al mismo tiempo feroz y frágil. Como si esperara que algún día alguien le dijera: «¡Tú no tienes nada que hacer aquí! ¡Regresa por donde has venido!». Todas sus ganas de vivir pendían de un hilo: de la voz de Tomás, que una vez hizo que saliese a la superficie su alma tímidamente escondida en sus entrañas.

Teresa consiguió un puesto en el laboratorio fotográfico, pero eso no le bastaba. Quería ser ella misma quien hiciera las fotografías. Sabina, la amiga de Tomás, le prestó tres o cuatro libros de fotógrafos famosos, quedó con ella en una cafetería y le fue explicando lo que había de interesante en las fotografías de cada libro. Teresa la escuchaba con una silenciosa concentración, como la que pocos profesores han visto jamás en las caras de sus alumnos.

Gracias a Sabina comprendió el parentesco entre la fotografía y la pintura, por lo que obligó a Tomás a que la acompañara a todas las exposiciones que había en Praga. Pronto consiguió colocar en el semanario sus propias fotos y un día pasó del laboratorio al equipo de fotógrafos profesionales de la revista.

Esa misma noche fueron a celebrar su ascenso con los amigos a un bar y estuvieron bailando. Tomás se puso de mal humor y, al insistir ella en que le dijese qué había pasado, terminó confesándole, cuando llegaron a casa, que había sentido celos al verla bailar con su compañero.

«¿De verdad que tuviste celos?», le preguntó casi diez veces, como si le estuviera comunicando que le habían dado el premio Nobel y ella no pudiera creérselo.

Luego le cogió por la cintura y empezó a bailar con él por la habitación. Aquél no era un baile como el que había bailado una hora antes en el bar. Era como una especie de baileteo de aldea, un brincar enloquecido durante el cual levantaba las piernas en el aire, daba grandes saltos desmañados y lo arrastraba por la habitación de un lado a otro.

Por desgracia, al poco tiempo ella misma empezó a tener celos y sus celos no fueron para Tomás como un premio Nobel, sino como una carga de la que no se libraría hasta poco antes de su muerte.

15

Marchaba alrededor de la piscina, desnuda, junto a un montón de mujeres desnudas. Tomás estaba arriba en un cesto que colgaba del techo de la piscina, les gritaba, las obligaba a cantar y a hacer flexiones.

Cuando alguna hacía mal un ejercicio, le disparaba.

Quiero volver una vez más a ese sueño: el terror no empezaba en el momento en que Tomás disparaba el primer tiro. El sueño era horroroso desde el comienzo. Ir desnuda junto a las demás mujeres desnudas, marcando el paso, era para Teresa la imagen básica del horror. Cuando vivía en casa de su madre no la dejaban cerrar con llave la puerta del cuarto de baño. De ese modo, la madre quería decirle: «Tu cuerpo es como los demás cuerpos; no tienes derecho alguno a la vergüenza; no tienes motivo alguno para ocultar algo que se repite en decenas de millones de ejemplares». En el mundo de la madre todos los cuerpos eran iguales y marchaban en fila uno tras otro. La desnudez era para Teresa, desde su infancia, el signo de la uniformidad obligatoria del campo de concentración; el signo de la humillación.

Y aún había otro horror, nada más empezar el sueño: ¡todas las mujeres tenían que cantar! No era sólo que sus cuerpos fuesen iguales, igualmente despreciables, que fueran meros mecanismos sonoros sin alma, ¡sino que además las mujeres se alegraban de ello! ¡Aquélla era la alegre solidaridad de los imbéciles! Las mujeres estaban felices de haberse deshecho de la carga del alma, de ese ridículo orgullo, de la ilusión de la excepcionalidad, felices de ser por fin todas iguales. Teresa cantaba con ellas pero no se alegraba. Cantaba por temor a que, si no lo hiciera, las mujeres la mataran.

Pero ¿qué significado tenía que Tomás les disparara y que cayeran una tras otra muertas a la piscina?

Las mujeres que se alegran de ser idénticas e indiferenciables celebran en realidad su muerte futura, que hará que su identificación sea absoluta. Por eso el disparo no era más que la feliz culminación de su marcha macabra. Por eso, después de cada disparo de la pistola, empezaban a reír alegremente y, mientras el cadáver se hundía bajo la superficie, ellas cantaban aún más alto.

¿Y por qué era precisamente Tomás el que disparaba y por qué quería matar también a Teresa?

Porque había sido él mismo quien había hecho que Teresa fuera a parar allí. Eso era lo que quería decirle a Tomás el sueño, ya que Teresa era incapaz de decírselo por su cuenta. Ella había venido a buscarlo para huir del mundo de la madre, donde todos los cuerpos eran iguales. Había venido a buscarlo para que su cuerpo se volviese único e irreemplazable. Y ahora él volvía a dibujar el signo de la igualdad entre ella y las otras: a todas las besa igual, las acaricia igual, no hace ninguna, ninguna, ninguna diferencia entre el cuerpo de Teresa y otros cuerpos. De ese modo la había mandado de vuelta al mundo del que quería escapar. La había mandado a marchar desnuda junto a otras mujeres desnudas.

16

Soñaba alternadamente tres series de sueños: la primera, en el que la atacaban las gatas, hablaba de sus sufrimientos mientras vivía; la segunda serie mostraba su ejecución en innumerables variaciones; la tercera hablaba de su vida después de muerta, en la cual su humillación se convertía en una situación que no tenía fin.

En estos sueños no había nada que descifrar. Las acusaciones que iban dirigidas a Tomás eran tan claras que lo único que él podía hacer era callar y acariciar la mano de Teresa con la cabeza gacha.

Además de explícitos, aquellos sueños eran hermosos. Ésta es una circunstancia que se le escapó a Freud en su teoría de los sueños. El sueño no es sólo un mensaje (eventualmente un mensaje cifrado), sino también una actividad estética, un juego de la imaginación que representa un valor en sí mismo. El sueño es una prueba de que la fantasía, la ensoñación referida a lo que no ha sucedido, es una de las más profundas necesidades del hombre. Ésta es la raíz de la traicionera peligrosidad del sueño. Si el sueño no fuera hermoso, sería posible olvidarlo rápidamente. Pero ella regresaba constantemente a sus sueños, volvía a proyectárselos, los transformaba en leyendas. Tomás vivía bajo el hipnótico encanto de la atormentadora belleza de los sueños de Teresa.

«Teresa, Teresita, ¿adónde te me escapas? Si sueñas todos los días con la muerte, como si de verdad quisieras irte...», le dijo mientras estaban sentados uno frente al otro en un bar.

Era de día, la razón y la voluntad estaban de nuevo en el poder. Una gota de vino se deslizaba lentamente por el cristal de la copa y Teresa decía: «No es culpa mía, Tomás. Lo entiendo. Sé que me quieres. Sé que lo de las infidelidades no es ninguna tragedia...».

Lo miraba con amor, pero tenía miedo de la noche siguiente, tenía miedo de sus sueños. Su vida estaba desdoblada. El día y la noche luchaban por ella.

17

Aquel que quiere permanentemente «llegar más alto» tiene que contar con que algún día le invadirá el vértigo. ¿Qué es el vértigo? ¿El miedo a la caída? Pero ¿por qué también tenemos vértigo en un mirador provisto de una valla segura? El vértigo es algo diferente del miedo a la caída. El vértigo significa que la profundidad que se abre ante nosotros nos atrae, nos seduce, despierta en nosotros el deseo de caer, del cual nos defendemos espantados.

La comitiva de mujeres desnudas alrededor de la piscina, los cadáveres en el coche fúnebre, que se alegraban de que Teresa estuviese muerta como ellos, ése era el «abajo» que la espantaba, del cual ya había huido una vez, pero que la seducía en secreto. Ése era su vértigo: era la llamada de una dulce (casi alegre) renuncia a su destino y a su alma. Era la llamada de la solidaridad de los imbéciles, y en sus momentos de debilidad sentía ganas de obedecer a esa llamada y volver a casa de su madre. Sentía ganas de ordenar que los marinos del alma se retirasen de la cubierta del cuerpo; de sentarse con las amigas de la madre y reírse de que una de ellas ha soltado una sonora ventosidad; de marchar con ellas desnuda alrededor de la piscina y de cantar.

18

Es cierto que hasta que se fue de casa Teresa había estado luchando con su madre, pero no olvidemos que al mismo tiempo sentía por ella un amor no correspondido. Habría sido capaz de hacer por ella cualquier cosa con tal de que la madre se lo hubiera pedido con voz amorosa. Y si encontró la fuerza necesaria para marcharse, fue porque nunca llegó a oír esa voz.

Cuando la madre comprendió que su agresividad había perdido su poder sobre la hija, empezó a escribirle a Praga cartas llenas de lamentaciones. Se quejaba del marido, del jefe, de su salud, de sus hijos y decía que Teresa era la única persona que le quedaba en la vida. A Teresa le pareció que por fin oía la voz del amor materno, de ese amor que había estado deseando durante veinte años, y tuvo ganas de volver. Sus ganas de volver aumentaban porque se sentía débil. Las infidelidades de Tomás le descubrieron de pronto su propia impotencia, y de la sensación de impotencia nació el vértigo, el inmenso deseo de caer.

Una vez la llamó la madre. Parece que tiene cáncer. Apenas le quedan ya unos meses de vida. Aquella noticia transformó en rebelión la desesperación de Teresa por las infidelidades de Tomás; se echaba en cara haber traicionado a la madre por un hombre que no la amaba. Estaba dispuesta a olvidar todos los sufrimientos que la madre le había producido. Ahora estaba dispuesta a comprenderla. En realidad las dos estaban en la misma situación: la madre ama al padrastro igual que Teresa ama a Tomás y el padrastro hace padecer a la madre con sus infidelidades igual que Tomás tortura a Teresa. Si la madre había sido mala con Teresa, fue sólo porque sufría demasiado.

Le habló a Tomás de la enfermedad de la madre y le comunicó que se tomaría una semana de vacaciones para ir a verla. Su voz estaba llena de rebeldía.

Como si intuyese que lo que atraía a Teresa hacia la madre era el vértigo, a Tomás le disgustó la idea del viaje. Llamó al hospital de la pequeña ciudad. El sistema de control de los casos de cáncer es muy preciso en Bohemia, de modo que le fue muy fácil comprobar que a la madre de Teresa nunca le habían encontrado nada que fuese sospechoso de cáncer y que, además, durante el último año no había ido nunca al médico.

Ella le hizo caso a Tomás y no fue a ver a su madre. Pero ese mismo día se hizo un raspón en la rodilla al caerse en la calle. Su andar se volvió inseguro y casi todos los días se caía en algún sitio, se lastimaba con algo o, por lo menos, dejaba caer algo que tenía en la mano.

Había en ella un deseo insuperable de caer. Vivía en un vértigo permanente.

Aquel que se cae está diciendo: «¡Levántame!». Tomás la levantaba pacientemente.

«Quisiera hacer el amor contigo en mi estudio, como en un escenario. Alrededor habría gente y no podrían acercarse ni un paso. Pero no podrían quitarnos los ojos de encima...»

Con el paso del tiempo, aquella imagen iba perdiendo su crueldad inicial y empezaba a excitarla. Varias veces le recordó al oído aquella situación a Tomás mientras hacían el amor.

Se le ocurrió que existía una manera de escapar de la condena que veía en las infidelidades de Tomás: ¡que la lleve consigo!, ¡que la lleve cuando vaya a ver a sus amantes! Quizá sea ésa la manera de convertir otra vez su cuerpo en el primero y el único de todos. El cuerpo de ella se volvería un álter ego de él, su ayudante y su asistente.

«Yo te desnudaré, te lavaré en el baño y después te las traeré», le susurraba mientras estaban abrazados. Deseaba que se convirtieran en un ser hermafrodita y que los cuerpos de las demás mujeres fuesen su juguete compartido.

Convertirse en el álter ego de su vida poligámica. Tomás no quiere entenderlo, pero ella no podía librarse de aquella imagen y trataba de estrechar relaciones con Sabina. Le propuso hacerle unas fotos.

Sabina la invitó a su estudio y ella pudo ver, por fin, aquella amplia habitación en medio de la cual había una cama ancha en forma de cuadrado, como un podio.

«Es una vergüenza que no hayas venido nunca a mi casa», le decía Sabina y le enseñaba los cuadros que estaban apoyados contra la pared. Incluso sacó de alguna parte una obra antigua que había hecho cuando aún estaba en la escuela. Representaba una fábrica en construcción. La había pintado en una época en que la escuela exigía el más severo realismo (el arte no realista era considerado entonces como una subversión del socialismo) y Sabina, llevada por el espíritu deportivo de la apuesta, trataba de ser aún más severa que los profesores y pintaba sus cuadros de modo que no se reconociesen las huellas del pincel y pareciesen fotografías en color.

«Este cuadro se me estropeó. Me cayó una mancha de pintura roja. Al principio estaba muy disgustada, pero luego aquella mancha empezó a gustarme, porque parecía una grieta. Era como si la obra en construcción no fuese una obra de verdad, sino un decorado teatral cuarteado, sobre el cual la fábrica en construcción no estaba más que dibujada. Empecé a jugar con la grieta, a ampliarla, a inventar lo que se podría ver a través de ella. Así pinté mi primer ciclo de cuadros, a los que llamé tramoyas. Por supuesto que nadie podía verlos. Me hubieran echado de la escuela. Delante había siempre un mundo realista perfecto y detrás, como tras la tela rasgada de un decorado, se veía otra cosa, misteriosa o abstracta.»

Hizo una pausa y luego añadió: «Delante había una mentira comprensible y detrás una verdad incomprensible».

Teresa la escuchaba nuevamente con esa increíble concentración que pocos profesores han visto en la cara de un alumno suyo y constataba que, en efecto, todos los cuadros de Sabina, antiguos o actuales, hablan siempre de lo mismo, que son todos el encuentro simultáneo de dos temas, de dos mundos, que son como fotografías producidas por una doble exposición. Un paisaje detrás del cual reluce una lámpara de mesa. Una mano que rasga desde atrás el lienzo sobre el que está pintado un bodegón idílico, con manzanas, nueces y un árbol de Navidad iluminado.

Sentía admiración por Sabina y, dado que la pintora se comportaba muy amistosamente, aquella admiración no iba acompañada por el miedo ni la desconfianza y se convertía en simpatía.

Casi olvidó que había acudido a hacerle fotos. La propia Sabina se lo tuvo que recordar. Quitó la vista de los cuadros y volvió a ver la cama que estaba en medio de la habitación como en un escenario.

21

Junto a la cama había una mesa de noche y encima de ella una pieza en forma de cabeza humana. Precisamente como las que emplean los peluqueros para las pelucas. Pero en aquella cabeza no había una peluca, sino un sombrero hongo. Sabina sonrió: «Era el sombrero de mi abuelo».

Teresa sólo había visto un sombrero como aquél, negro, duro, redondo, en película. Chaplin llevaba un sombrero de ésos. Sonrió, cogió el sombrero y lo estuvo examinando durante mucho tiempo. Luego dijo:

–¿Quieres que te haga una foto con el sombrero puesto?

Sabina se rió de aquella pregunta durante largo rato. Teresa dejó a un lado el sombrero, cogió la cámara y empezó a hacer fotos.

Cuando ya llevaban casi una hora, dijo de pronto:

–¿No quieres que te fotografíe desnuda?

–¿Desnuda? –se rió Sabina.

–Sí –repitió Teresa valientemente su proposición.

–Para eso necesitamos beber algo –dijo Sabina y abrió una botella de vino.

Teresa se sentía débil, permanecía callada, mientras Sabina se paseaba por la habitación con un vaso de vino y hablaba de su abuelo que había sido alcalde de un pequeño pueblo; Sabina no le había conocido; lo único que le había quedado de él era ese sombrero y una fotografía en la que hay una tribuna en la cual están de pie, unos al lado de otros, varios dignatarios de pueblo; uno de ellos es el abuelo, no queda nada claro qué hacen en aquella tribuna, a lo mejor participan en alguna celebración, a lo mejor están inaugurando un monumento a otro dignatario que también lleva sombrero hongo en las celebraciones.

Sabina estuvo largo rato hablando del sombrero y el abuelo, y cuando terminó el tercer vaso, dijo: «Espera» y se fue al cuarto de baño.

Volvió vestida con un albornoz. Teresa cogió la cámara y la apoyó contra la mejilla. Sabina abrió el albornoz ante ella.

22

La cámara le servía a Teresa simultáneamente como ojo mecánico con el cual observaba a la amante de Tomás y como velo con el cual se cubría la cara ante ella.

Sabina necesitaba algo de tiempo antes de decidirse a quitarse del todo el albornoz. La situación en la que se hallaba era algo más complicada de lo que había previsto. Cuando llevaban ya varios minutos haciendo fotografías, se acercó a Teresa y le dijo: «Ahora te sacaré fotos yo a ti. Desnúdate».

La palabra «desnúdate» la había oído Sabina muchas veces en boca de Tomás y se le había quedado grabada. Era por lo tanto una orden de Tomás que ahora le dirigía la amante de

Tomás a la mujer de Tomás. Él había unido a las dos mujeres con la misma frase mágica. Era su manera de transformar inesperadamente una inocente conversación con mujeres en una situación erótica: no mediante una caricia, un contacto, un elogio o un ruego, sino con una orden que daba de repente, inesperadamente, con voz suave pero con energía y autoridad, y manteniendo la distancia física: en esos momentos nunca tocaba a la mujer. También a Teresa le decía con frecuencia, exactamente en el mismo tono, «¡desnúdate!» y, aunque lo dijera con suavidad, aunque apenas lo susurrase, era una orden y ella se sentía siempre excitada al obedecerla. Ahora oía la misma palabra y el deseo de obedecer era quizás aún mayor, porque obedecer a una persona extraña es particularmente demencial, una demencia que en este caso resultaba aún más hermosa porque la orden no la daba un hombre sino una mujer.

Sabina cogió su cámara y Teresa se desnudó. Estaba ante Sabina desnuda y desarmada. Literalmente *desarmada*, es decir, sin la cámara con la que hasta hacía un momento se cubría la cara y apuntaba a Sabina *como* con un arma. Estaba entregada a la amante de Tomás. Aquella hermosa entrega la embriagaba. Deseaba que los instantes durante los cuales estaba desnuda ante ella no acabaran nunca.

Creo que Sabina también percibió el particular encanto de la situación; la mujer de su amante estaba ante ella, curiosamente entregada y tímida. Apretó dos o tres veces el disparador y luego, como si aquel encanto le hubiera dado miedo y quisiera alejarlo de sí, se echó a reír sonoramente.

Teresa también rió y las dos mujeres se vistieron.

23

Todos los anteriores crímenes del imperio ruso tuvieron lugar bajo la cobertura de una discreta sombra. La deportación de medio millón de lituanos, el asesinato de cientos de miles de polacos, la liquidación de los tártaros de Crimea, todo eso quedó en la memoria sin documentos fotográficos y, por lo tanto, como algo indemostrable, de lo que más tarde o más temprano se afirmará que fue mentira. En cambio, la invasión de Checoslovaquia en 1968 fue fotografiada y filmada por completo y está depositada en los archivos de todo el mundo.

Los fotógrafos y los cámaras checos se dieron cuenta de que sólo ellos podían hacer lo único que todavía podía hacerse: conservar para un futuro lejano la imagen de la violencia. Teresa se pasó siete días enteros en la calle fotografiando a los soldados y oficiales rusos en todas las situaciones que resultaban comprometedoras para ellos. Los rusos no sabían qué hacer. Habían recibido instrucciones precisas acerca de cómo debían comportarse cuando alguien les disparase o les tirase piedras, pero nadie les había dicho qué tenían que hacer cuando alguien les apuntase con el objetivo de una cámara.

Sacó un montón de carretes. La mitad de ellos se los regaló sin revelar a periodistas extranjeros (la frontera seguía abierta, los periodistas venían al menos por unos días y agradecían cualquier documento que pudieran conseguir). Muchas de aquellas fotos aparecieron en los más diversos periódicos extranjeros: había tanques, puños amenazantes, casas semiderruidas, muertos cubiertos con la ensangrentada bandera roja, blanca y azul, jóvenes que iban en moto a una enloquecida velocidad alrededor de los tanques y agitaban banderas nacionales con largos mástiles, jovencitas con faldas increíblemente cortas que provocaban a los pobres soldados rusos, sexualmente hambrientos, besándose ante sus ojos con viandantes desconocidos. He dicho ya que la invasión rusa no fue sólo una tragedia sino también una fiesta del odio, llena de una extraña (y ya inexplicable) euforia.

24

Teresa se llevó a Suiza unas cincuenta fotografías que reveló ella misma cuidadosamente con todo su arte. Fue a ofrecerlas a un gran semanario. El redactor la recibió con amabilidad (todos los checos llevaban aún alrededor de la cabeza la aureola de su desgracia, que enternecía a los buenos suizos), la invitó a sentarse en un sillón, miró las fotos, las elogió y le explicó que ahora, cuando ya había transcurrido cierto tiempo desde los acontecimientos, no había («¡a pesar de que son muy hermosas!») posibilidad alguna de publicarlas.

«¡Pero en Praga nada ha terminado!», protestó e intentó explicarle en mal alemán que ahora, precisamente cuando el país está ocupado, se crean en las fábricas, pese a todo, consejos de autogestión, que los estudiantes están en huelga en protesta por la ocupación y que todo el país sigue viviendo a su modo. ¡Eso es lo que resulta increíble! ¡Y ya no le interesa a nadie!

El redactor se puso contento al ver entrar en la habitación a una mujer enérgica, que interrumpió su conversación. La mujer le entregó una carpeta y le dijo:

–Aquí está el reportaje de la playa nudista.

El redactor era una persona fina y temía que la checa que había fotografiado los tanques considerase que retratar a gente desnuda en la playa era una frivolidad. Por eso colocó la carpeta muy lejos, al borde de la mesa, y le dijo en seguida a la mujer que acababa de llegar:

–Te presento a una compañera tuya de Praga. Me ha traído unas fotos preciosas.

La mujer le dio la mano a Teresa y cogió sus fotos.

–Échele mientras tanto una mirada a las mías –dijo.

Teresa estiró el brazo hasta la carpeta y sacó las fotos.

El redactor le dijo a Teresa con voz casi de disculpa:

–Esto es exactamente lo contrario de lo que ha fotografiado usted.

Teresa dijo:

–Qué va. Si es lo mismo.

Nadie entendió aquella frase y a mí mismo me causa cierta dificultad explicar lo que quería decir Teresa al comparar una playa nudista con la invasión rusa. Estuvo observando las fotografías y se fijó durante largo rato en una en la que aparecían los cuatro miembros de una familia: la madre desnuda, inclinada hacia los hijos, de modo que le colgaban unas grandes tetas, como le cuelgan a las cabras o a las vacas; detrás, el padre igualmente inclinado, cuyo paquete parecía también una especie de ubre en miniatura.

–¿No le gusta? –preguntó el redactor.

–Está estupendamente hecha.

–Más bien parece que es el tema lo que le choca –dijo la fotógrafa–. Se nota en seguida que usted no es de las que van a una playa nudista.

–No –dijo Teresa.

El redactor sonrió:

–Al fin y al cabo, se nota de dónde viene. Los países comunistas son terriblemente puritanos.

La fotógrafa dijo con maternal amabilidad:

–¡No hay nada de particular en los cuerpos desnudos! ¡Son normales! ¡Todo lo que es normal, es bello!

Teresa recordó a su madre cuando andaba desnuda por la casa. Oía en su interior una risa que sonaba en algún lugar a sus espaldas, mientras corría a cerrar las cortinas para que nadie viese a la madre desnuda.

25

La fotógrafa invitó a Teresa a tomar un café.

–Las fotos que ha hecho son muy interesantes. He notado que tiene un enorme sentido del cuerpo femenino. ¡Ya sabe a lo que me refiero! ¡Esas jóvenes en posturas provocativas!

–¿Las que se besan frente a los tanques rusos?

–Sí. Sería usted una estupenda fotógrafa de moda. Claro que para eso necesitaría ponerse en contacto con alguna modelo. Lo mejor es que sea alguien que esté empezando, como usted. Luego podría hacer una serie de fotos de muestra para alguna firma. Claro que le haría falta algo de tiempo antes de salir adelante. Mientras tanto, sólo hay una cosa que podría hacer por usted. Presentarle al redactor que lleva la sección de jardinería. Es posible que allí necesiten fotos de cactus, rosas y cosas de ésas.

–Muchas gracias –dijo Teresa sinceramente, porque notaba que la mujer que estaba frente a ella tenía buena voluntad.

Pero luego se dijo: ¿por qué iba a tener que hacer fotos de cactus? Y le repugnó la idea de tener que pasar una vez más por lo que había pasado ya en Praga: la lucha por el puesto, por la carrera, por cada foto publicada. Nunca había sido ambiciosa por orgullo. Lo que quería era escapar del mundo de la madre. Sí, lo tenía completamente claro: fotografiaba con gran ahínco, pero podía dedicar aquel ahínco a cualquier otra actividad, porque la fotografía no era más que un medio para llegar «más lejos y más alto» y vivir junto a Tomás.

Dijo:

–¿Sabe?, mi marido es médico y puede mantenerme. No necesito dedicarme a la fotografía.

La fotógrafa dijo:

–¡No entiendo cómo puede dejar la fotografía después de haber hecho unos retratos tan hermosos!

Sí, las fotografías de los días de la invasión fueron otra cosa. Aquéllas no las había hecho motivada por Tomás, sino por pasión. Pero no por la pasión por la fotografía, sino por la pasión del odio. Una situación así nunca volverá ya a repetirse. Además, aquellas fotografías, que hizo apasionadamente, nadie las quiere ya porque no son actuales. Sólo el cactus es eternamente actual. Y los cactus no le interesan.

–Es usted muy amable –dijo–. Pero prefiero quedarme en casa. No necesito un empleo.

La fotógrafa dijo:

–¿Y se encuentra a gusto quedándose en casa?

Teresa dijo:

–Más que fotografiando cactus.

La fotógrafa dijo:

–Aunque fotografíe cactus, es su vida. Si vive sólo para su marido, no es su vida.

Teresa se sintió repentinamente irritada:

–Mi vida es mi hombre y no los cactus.

También la fotógrafa hablaba con irritación:

–¿Es capaz de decir que se siente feliz?

Teresa dijo (con la misma irritación):

–¡Claro que me siento feliz!

La fotógrafa dijo:

–Eso sólo lo puede decir una mujer muy... –no quiso terminar de decir lo que pensaba.

Teresa lo completó:

–Quiere decir: una mujer muy limitada.

La fotógrafa se contuvo y dijo:

–Limitada, no. Anacrónica.

Teresa dijo pensativa:

–Tiene razón. Eso es exactamente lo que mi hombre dice de mí.

26

Pero Tomás pasaba días enteros en el hospital y ella estaba sola en casa. ¡Suerte que tenía a Karenin y podía salir a dar largos paseos con él! Cuando regresaba a casa se sentaba a estudiar los manuales de alemán y francés. Pero estaba triste y le costaba trabajo concentrarse. Con frecuencia se acordaba del discurso que pronunció Dubcek por la radio cuando volvió de Moscú. Había olvidado ya lo que dijo pero seguía oyendo su voz temblorosa. Pensaba en él: soldados extranjeros le detuvieron, a él, al jefe de un Estado independiente, en su propio país, se lo llevaron, lo tuvieron cuatro días en algún lugar de las montañas de Ucrania, le dieron a entender que iban a fusilarlo como habían hecho veinte años antes con su antecesor húngaro Imre Nagy, después lo llevaron a Moscú, le ordenaron que se bañase, se afeitase, se vistiese, se pusiese la corbata, le anunciaron que ya no estaba destinado al fusilamiento, le ordenaron que siguiese considerándose jefe del Estado, lo sentaron a una mesa frente a Brezhnev y le obligaron a negociar.

Volvió humillado y habló para una nación humillada. Estaba tan humillado que no podía hablar. Teresa nunca olvidará aquellas terribles pausas en medio de sus frases. ¿Estaba tan exhausto? ¿Enfermo? ¿Drogado? ¿O no era más que desesperación? Aunque no quedase nada de Dubcek, esas largas y horribles pausas, cuando no podía respirar, cuando trataba de recuperar el aliento ante toda la nación, que estaba pegada a los receptores, esas pausas quedarán. En aquellas pausas estaba todo el horror que había caído sobre su país.

Era el séptimo día después de la invasión, escuchaba aquel discurso en la redacción de un diario que en aquellos días se había convertido en un periódico de la resistencia. Todos los que oían allí a Dubcek, lo odiaban en aquel momento. Le echaban en cara el compromiso que él había tolerado, se sentían humillados por su humillación y su debilidad les ofendía.

Cuando recordaba ahora, en Zurich, aquel momento, ya no sentía desprecio hacia Dubcek. La palabra debilidad ya no suena como una condena. Cuando hay que hacer frente a un enemigo superior en número, siempre se es débil, aunque se tenga un cuerpo atlético como Dubcek. Aquella debilidad, que entonces le había parecido insoportable, repugnante, y que los había expulsado del país, de repente la atraía. Se daba cuenta de que formaba parte de los débiles, del campo de los débiles, del país de los débiles, y de que tenía que serles fiel precisamente porque eran débiles y se quedaban sin aliento en mitad de la frase.

Se sentía atraída por esa debilidad como por el vértigo. Atraída porque ella misma se sentía débil. De nuevo empezó a tener celos y de nuevo le temblaban las manos. Tomás lo vio e hizo un gesto que ella conocía bien, cogió las manos de ella entre las suyas para tranquilizarla, apretándoselas. Ella las retiró bruscamente.

–¿Qué te pasa? –dijo.

–Nada.

–¿Qué quieres que haga por ti?

–Quiero que seas viejo. Diez años mayor. ¡Veinte años mayor!

Quería decir: «Quiero que seas débil. Quiero que seas tan débil como yo».

27

Karenin nunca había deseado ir a vivir a Suiza. Karenin odiaba los cambios. El tiempo de un perro no transcurre en línea recta, no avanza siempre hacia delante, de una cosa a la siguiente. Transcurre en círculo como el tiempo de las manecillas del reloj, que tampoco corren enloquecidas siempre hacia delante, sino que dan vueltas alrededor de la esfera, todos los días por el mismo camino. Bastaba que en Praga compraran una silla nueva o cambiaran de sitio una maceta para que Karenin lo registrase con disgusto. Aquello perturbaba su tiempo. Era como si alguien le estuviese cambiando permanentemente a las manecillas los números de la esfera.

A pesar de eso, pronto consiguió rehacer en la casa de Zurich el viejo orden y las viejas ceremonias. Al igual que en Praga, por las mañanas saltaba encima de la cama para darles la bienvenida al nuevo día, acompañaba luego a Teresa a hacer las compras y exigía, como en Praga, su paseo habitual.

Era el reloj de sus vidas. En los momentos de desesperanza, ella se hacía el propósito de aguantar por él, porque él era aún más débil que ella, quizás aún más débil que Dubcek y su patria abandonada.

Habían vuelto del paseo y estaba sonando el teléfono. Levantó el auricular y preguntó quién era.

Era una voz de mujer, hablaba en alemán y preguntaba por Tomás. Era una voz impaciente y a Teresa le pareció que tenía un deje de desprecio. Cuando dijo que Tomás no estaba en casa y que no sabía cuándo volvería, la mujer que estaba al otro lado del teléfono se rió y colgó sin despedirse.

Teresa sabía que no había pasado nada. Podía ser una enfermera del hospital, una paciente, una secretaria, cualquiera. Sin embargo estaba excitada y era incapaz de concentrarse. Fue entonces cuando se dio cuenta de que había perdido hasta aquel poco de fuerza que le quedaba aún en Bohemia y de que ya no era capaz de sobrellevar ni siquiera un incidente insignificante como ése.

El que está en el extranjero vive en un espacio vacío en lo alto, encima de la tierra, sin la red protectora que le otorga su propio país, donde tiene a su familia, sus compañeros, sus amigos y puede hacerse entender fácilmente en el idioma que habla desde la infancia. En Praga sólo dependía de Tomás con el corazón. Aquí depende por completo. Si la abandonase, ¿qué le pasaría? ¿Va a tener que vivir toda su vida temiendo perderlo?

Piensa: su encuentro estuvo basado desde el comienzo en el error. La *Ana Karenina* que llevaba bajo el brazo era una contraseña falsa que había engañado a Tomás. Cada uno de ellos había creado un Infierno para el otro, pese a que se querían. El hecho de que se quisieran demostraba que el error no residía en ellos, en su comportamiento o en la inestabilidad de sus sentimientos, sino en que no congeniaban porque él era fuerte y ella débil. Ella es como Dubcek, que hace en medio de una sola frase una pausa de medio minuto, es como su patria, que tartamudea, pierde el aliento y no puede hablar.

Pero es precisamente el débil quien tiene que ser fuerte y saber marcharse cuando el fuerte es demasiado débil para ser capaz de hacerle daño al débil.

Así se decía apretando contra su cara la cabeza peluda de *Karenin:* «No te enfades, *Karenin.* Vas a tener que volver a cambiar de casa».

28

Estaba sentada en un rincón del compartimiento, la pesada maleta sobre su cabeza. *Karenin* se apretaba contra sus piernas. Estaba pensando en un cocinero del restaurante en el que trabajaba cuando vivía en casa de su madre. Aprovechaba cualquier oportunidad para darle una palmada en el trasero y con frecuencia la invitaba, en presencia de todos, a acostarse con él. Era curioso que pensase precisamente en él. Representaba un ejemplo directo de todo lo que le repugnaba. Pero en lo único que pensaba ahora era en localizarle y decirle: «Tu decías que querías acostarte conmigo. Aquí estoy».

Tenía ganas de hacer algo para que ya no le quedara escapatoria. Tenía ganas de destruir brutalmente todo el pasado de sus últimos siete años. Era el vértigo. El embriagador, el insuperable deseo de caer.

También podríamos llamarlo la borrachera de la debilidad. Uno se percata de su debilidad y no quiere luchar contra ella, sino entregarse. Está borracho de su debilidad, quiere ser aún más débil, quiere caer en medio de la plaza, ante los ojos de todos, quiere estar abajo y aún más abajo que abajo.

Trataba de convencerse de que no se quedaría en Praga y ya no trabajaría como fotógrafa. Regresaría a la pequeña ciudad de la cual la sacó una vez la voz de Tomás.

Pero cuando llegó a Praga, no tuvo más remedio que

quedarse allí durante algún tiempo para resolver muchas cuestiones prácticas. Empezó a postergar su partida.

Así pasaron cinco días y en la casa de pronto apareció Tomás. *Karenin* estuvo un largo rato saltándole a la cara, de modo que durante bastante tiempo les libró de la necesidad de decirse nada.

Se sentían como si estuviesen en medio de una planicie nevada, temblando de frío.

Luego se aproximaron como dos enamorados que aún no se han besado.

Él le preguntó:

–¿Estaba todo en orden?

–Sí –contestó.

–¿Has pasado por la revista?

–Llamé por teléfono.

–¿Y?

–Nada. Estaba esperando.

–¿Qué?

No le respondió. No podía decirle que le esperaba a él.

29

Volvemos a un instante que ya conocemos. Tomás estaba desesperado y le dolía el estómago. No se durmió hasta muy entrada la noche.

Poco después se despertó Teresa. (Los aviones rusos sobrevolaban Praga y con ese ruido no se podía dormir.) Su primer pensamiento fue: ha vuelto por culpa de ella. Por su culpa cambió su destino. Ahora no tendrá él que hacerse responsable de ella, ahora tiene ella que hacerse responsable de él.

Aquella responsabilidad le parecía superior a sus fuerzas. Pero luego se acordó de que ayer, poco después de aparecer él en la puerta de la casa, sonaron en una iglesia de Praga las seis de la tarde. La primera vez que se vieron, ella terminaba de trabajar a las seis. Lo había visto sentado en el banco amarillo y había oído sonar las campanas de la torre.

No, no fue la superstición, fue su sentido de la belleza lo que la liberó de la angustia y la llenó de ganas de vivir. Los pájaros de la casualidad volvían a posarse en su hombro. Tenía lágrimas en los ojos y estaba inmensamente feliz de oírle respirar a su lado.

Tercera parte
Palabras incomprendidas

1

Ginebra es una ciudad de surtidores y fuentes, de parques con glorietas en las que, en otros tiempos, tocaba la orquesta. Hasta el edificio de la universidad se pierde entre los árboles. Franz terminó hace poco su clase de la mañana y salió del edificio. De las mangueras salía agua pulverizada que mojaba el césped y él estaba de un humor excelente. Fue directamente de la universidad a casa de su amante. Vivía a un par de manzanas de allí.

Iba a verla con frecuencia, pero sólo como amigo galante, nunca como amante. Si hiciera el amor con ella en su estudio de Ginebra, pasaría en un mismo día de una mujer a otra, de la esposa a la amante y de la amante a la esposa y, dado que en Ginebra los matrimonios duermen en una misma cama, a la francesa, pasaría por lo tanto en unas pocas horas de la cama de una mujer a la cama de otra mujer. Creía que, de ese modo, humillaría a la amante y a la esposa y, al fin y al cabo, se humillaría a sí mismo.

El amor que sentía por la mujer de la que se había enamorado hacía unos meses era para él algo tan preciado que trataba de crear para ella un espacio independiente en su vida, un territorio inaccesible de pureza. Con frecuencia era invitado a dar conferencias en diversas universidades extranjeras y ahora aceptaba fervientemente todas las invitaciones. Y como no eran bastantes, se inventaba además congresos y simposios ficticios, para poder justificar sus ausencias ante la esposa. La amante, que disponía libremente de su tiempo, lo acompañaba. Así hizo posible que ella conociera, en breve plazo, muchas ciudades europeas y una norteamericana.

–Dentro de diez días, si no te parece mal, podríamos ir a Palermo –dijo.

–Prefiero Ginebra –respondió.

Estaba ante el caballete, con un cuadro a medio hacer, y contemplaba su obra.

–¿Cómo pretendes vivir sin conocer Palermo? –intentó bromear.

–Ya conozco Palermo –dijo.

–¿Y eso? –preguntó casi celoso.

–Una amiga mía me mandó una postal desde allí. La pegué en el váter. ¿No te has fijado? –Luego añadió–: Había un poeta de principios de siglo. Era ya muy viejo y su secretario lo llevaba a pasear. «Maestro», le dice, «¡mire al cielo! ¡Hoy vuela sobre nuestra ciudad el primer avión!» «Me lo puedo imaginar», dijo el maestro a su secretario y no levantó los ojos del suelo. ¿Ves?, pues yo me puedo imaginar Palermo. Hay los mismos hoteles y los mismos coches que en las demás ciudades. Al menos en mi estudio hay siempre cuadros diferentes.

Franz se puso triste. Se había acostumbrado a que existiera una relación tan directa entre la vida amorosa y los viajes que su invitación «¡vamos a Palermo!» contenía un mensaje inequívocamente erótico. Por eso la afirmación «¡prefiero Ginebra!» tenía para él un sentido claro: su amante ya no le quiere como amante.

¿Cómo es posible que se sienta tan inseguro ante ella? ¡No había el menor motivo! Fue ella y no él la que tomó la iniciativa erótica poco después de que se conocieran; él era un hombre guapo, estaba en la cima de su carrera científica e incluso era temido por sus colegas, porque en las discusiones científicas era orgulloso y empecinado. Entonces, ¿por qué piensa todos los días que su amante va a abandonarlo?

La única explicación que encuentro es la de que el amor no era para él una prolongación de su vida pública, sino el polo opuesto. Significaba para él el deseo de ponerse a merced de la mujer amada. Quien se entrega a otro como un soldado que se rinde, debe hacer previamente entrega de cualquier tipo de arma. Y si se queda sin defensa alguna ante un ataque, no podrá evitar preguntarse: «¿Cuándo llegará el ataque?». Por eso puedo decir: para Franz el amor significaba la permanente espera de un ataque.

Mientras él se entregaba a su angustia, su amante dejó el pincel y se fue a la habitación contigua. Volvió con una botella de vino. Sin decir palabra la abrió y sirvió dos vasos de vino.

Sintió alivio; se daba risa a sí mismo. La frase «prefiero Ginebra» no significa que no tenga ganas de hacer el amor con él, sino, por el contrario, que ya no quiere limitar los momentos de amor a las ciudades extranjeras.

Ella alzó la copa y se la bebió de un trago. Franz también levantó la copa y bebió. Naturalmente, estaba muy contento de que la negativa a viajar a Palermo hubiera resultado ser una invitación a hacer el amor, pero, al mismo tiempo, lo lamentaba un poco: su amante había decidido dejar el hábito de pureza que él había instaurado en sus relaciones: no había comprendido su angustioso esfuerzo por salvar al amor de la trivialidad y separarlo radicalmente de su hogar conyugal.

En realidad, lo de no hacer el amor con la pintora en Ginebra era un castigo que se había impuesto a sí mismo por estar casado con otra mujer. Vivía aquello como una especie de culpa o defecto. Aunque su vida erótica con su mujer no valía gran cosa, lo cierto era que dormían en una misma cama, se despertaban por la noche al oír uno la respiración acelerada del otro y aspiraban mutuamente los olores de sus cuerpos. Claro que habría preferido dormir solo, pero la cama compartida seguía siendo el símbolo del matrimonio y los símbolos, como sabemos, son intocables.

Cada vez que se metía en la cama con su esposa pensaba en que su amante se lo imaginaba metiéndose en la cama junto a su esposa. Cada vez que pensaba aquello, sentía vergüenza y precisamente por eso pretendía poner la máxima distancia entre la cama en la que dormía con la esposa y la cama en la que hacía el amor con la amante.

La pintora volvió a servirse vino, tomó un poco, y luego, en silencio, con una especie de extraña indiferencia, como si Franz no estuviera allí, comenzó a quitarse la blusa. Se comportaba como un alumno de una escuela de teatro que tiene que hacer un ejercicio mostrando lo que hace cuando está solo en una habitación y no lo ve nadie.

Se quedó sólo con la falda y el sostén. Después (como si acabara de darse cuenta de que no estaba sola en la habitación) miró largamente a Franz.

Aquella mirada lo descolocó porque no la entendía. Entre todos los amantes se crean rápidamente unas reglas de juego de las que no son conscientes, pero que son válidas y no pueden infringirse. La mirada que en aquel momento le dirigió ella no respondía a aquellas reglas; no tenía nada en común con las miradas y los gestos que habitualmente precedían a sus actos amorosos. No había en ella ni incitación ni coquetería, sino más bien una especie de interrogación. Sólo que Franz no tenía ni idea de lo que podía significar aquella mirada.

Luego se quitó la falda. Cogió a Franz de la mano y le dio la vuelta para que quedara de cara al gran espejo que estaba a un paso de ellos, apoyado contra la pared. No soltó su mano, observando en el espejo, siempre con aquella mirada prolongada e interrogativa, a ratos a sí misma, a ratos a él.

Junto al espejo había en el suelo un soporte que llevaba puesto un viejo sombrero hongo negro de hombre. Se agachó a cogerlo y se lo puso en la cabeza. La imagen en el espejo cambió repentinamente: ahora se veía a una mujer en ropa interior, bella, inaccesible, indiferente y que llevaba puesto en la cabeza un sombrero hongo horrorosamente fuera de lugar. Tenía cogido de la mano a un hombre de traje gris y corbata.

Tuvo que volver a reírse de su incapacidad para comprender a su amante. No se había desnudado para incitarlo a hacer el amor, sino para llevar a cabo una especie de extraña broma, un *happening* privado para ellos dos solos. Sonrió comprensiva y aprobatoriamente.

Esperaba que la pintora respondiera a su sonrisa con una sonrisa pero no hubo tal. No soltó su mano, mirando en el espejo, alternativamente, a sí misma y a él.

El tiempo del *happening* había llegado a su límite. A Franz le pareció que la broma (aunque estaba dispuesto a considerarla encantadora) duraba demasiado. Por eso cogió delicadamente el sombrero con dos dedos, se lo quitó con una sonrisa a la pintora y volvió a colocarlo en su soporte. Era como si estuviese borrando con una goma el bigote que un niño travieso le había dibujado a la Virgen María.

Ella permaneció unos instantes inmóvil mirándose al espejo. Luego Franz la besó con ternura. De nuevo le pidió que se fuera con él diez días a Palermo. Esta vez ella se lo prometió sin objeciones y él se marchó.

Volvió a estar de muy buen humor. Ginebra, a la que había maldecido toda la vida como capital del aburrimiento, le parecía hermosa y llena de aventuras. Estaba en la calle y miraba hacia atrás, a la amplia ventana del estudio, en lo alto. Eran los últimos días de primavera, hacía calor, en todas las ventanas estaban extendidos los toldos a rayas. Franz llegó hasta el parque sobre el cual, a lo lejos, flotaban las áureas cúpulas de la iglesia ortodoxa, como balas de cañón doradas, que una fuerza invisible hubiera detenido antes de caer, dejándolas fijas en el aire. Era hermoso. Franz bajó hacia la orilla del lago para tomar la lancha de la empresa municipal de transportes y cruzar hasta la orilla norte del lago, donde vivía.

2

Sabina se quedó sola. Regresó al espejo. Seguía en ropa interior. Volvió a ponerse el sombrero y estuvo largo rato observándose. A ella misma le resultaba extraño llevar ya tantos años persiguiendo un instante perdido.

Una vez, hace ya muchos años, fue a verla Tomás y le llamó la atención el sombrero. Se lo puso y se miró en un gran espejo que, como ahora, estaba entonces apoyado a la pared de su estudio praguense. Quería comprobar qué tal quedaría de alcalde del siglo pasado. Cuando Sabina empezó a desnudarse lentamente, le puso el sombrero en la cabeza. Estaban ante el espejo (siempre estaban delante de él mientras se desnudaban) y se miraban. Ella estaba sólo en ropa interior y en la cabeza llevaba el sombrero hongo. De pronto comprendió que aquella imagen los excitaba a los dos.

¿Cómo podía haber sucedido? No hacía más que un momento, el sombrero que llevaba puesto le parecía una broma. ¿Es que no hay más que un paso de lo ridículo a lo excitante?

En efecto. Aquella vez, al mirarse al espejo, no vio en los primeros instantes más que una situación graciosa. Pero inmediatamente lo cómico quedó oculto tras lo excitante: el sombrero hongo no representaba una broma, sino una violencia; una violencia respecto a Sabina, a su dignidad femenina. Se veía con las piernas desnudas, con las bragas de tela fina, a través de la cual se transparentaba el pubis. La ropa interior resaltaba sus encantos femeninos y el duro sombrero masculino negaba, violaba, ridiculizaba aquella femineidad. Tomás estaba a su lado vestido, de lo cual se desprendía que la esencia de lo que veían los dos no era la broma (en ese caso él también debería haber estado en ropa interior y sombrero hongo), sino la humillación. Ella, en lugar de rechazar la humillación, la ponía en evidencia orgullosa y provocativamente, como si permitiera que la violaran pública y voluntariamente, y de pronto ya no pudo más y arrastró a Tomás al suelo. El sombrero hongo rodó debajo de la mesa, mientras ellos se estremecían en la alfombra al pie del espejo.

Volvamos una vez más al sombrero hongo:

Primero fue un confuso recuerdo del abuelo olvidado, alcalde de una pequeña ciudad checa en el siglo pasado.

En segundo lugar fue un recuerdo de su papá. Tras el entierro, su hermano se apoderó de todas las propiedades de la familia y ella, por orgullo, se negó a hacer valer sus derechos. Dijo sarcásticamente que se quedaba con el sombrero hongo como única herencia de su padre.

En tercer lugar fue un instrumento para los juegos amorosos con Tomás.

En cuarto lugar fue un signo de la originalidad que ella cultivaba conscientemente. No pudo llevarse demasiadas cosas al emigrar, y coger aquel objeto voluminoso y nada práctico significó renunciar a otros más prácticos.

En quinto lugar: en el extranjero el sombrero hongo se convirtió en un objeto sentimental. Cuando fue a Zurich a ver a Tomás, llevó el sombrero hongo y lo tenía puesto al abrirle la puerta de la habitación del hotel. Aquella vez sucedió algo con lo que no contaba: el sombrero hongo no fue ni alegre ni excitante, se convirtió en un recuerdo del tiempo pasado. Ambos estaban emocionados. Hicieron el amor como nunca lo habían hecho antes: no había sitio para juegos obscenos porque aquel encuentro no era la continuación de sus encuentros eróticos, en los que siempre inventaban alguna pequeña depravación nueva, sino una recapitulación del tiempo, un canto a su pasado común, el resumen sentimental de una historia no sentimental que se perdía en la lejanía.

El sombrero hongo se convirtió en el motivo de la composición musical que es la vida de Sabina. Aquel motivo volvía una y otra vez y en cada oportunidad tenía un significado distinto; todos aquellos significados fluían por el sombrero hongo como el agua por un cauce. Y puedo decir que aquél era el cauce de Heráclito: «¡No entrarás dos veces en el mismo río!»; el sombrero hongo era el cauce por el que Sabina veía correr cada vez un río distinto, un *río semántico* distinto: un mismo objeto evocaba cada vez un significado distinto, pero, junto con ese significado, resonaban (como un eco, como una comitiva de ecos) todos los significados anteriores. Cada una de las nuevas vivencias sonaba con un acompañamiento cada vez más rico. Tomás y Sabina se emocionaron en el hotel de Zurich al ver el sombrero hongo e hicieron el amor casi llorando, porque aquella cosa negra no era sólo un recuerdo de sus juegos amorosos, sino también un recuerdo del padre de Sabina y del abuelo, que había vivido en un siglo sin coches ni aviones.

Ahora podemos entender mejor el abismo que separaba a Sabina de Franz: él escuchaba con avidez la historia de su vida y ella lo escuchaba a él con la misma avidez. Comprendían con precisión el significado lógico de las palabras que se decían, pero no oían en cambio el murmullo del río semántico que fluía por aquellas palabras.

Por eso, cuando se puso el sombrero hongo delante de él, Franz se quedó descolocado, como si alguien le hubiera hablado en un idioma extranjero. No lo encontraba ni obsceno ni sentimental, era sólo un gesto incomprensible que lo descolocaba por su carencia de significado.

Mientras las personas son jóvenes y la composición musical de su vida está aún en sus primeros compases, pueden escribirla juntas e intercambiarse motivos (tal como Tomás y Sabina se intercambiaron el motivo del sombrero hongo), pero cuando se encuentran y son ya mayores, sus composiciones musicales están ya más o menos cerradas y cada palabra, cada objeto, significa una cosa distinta en la composición de la una y en la de la otra.

Si yo hubiera seguido todas las conversaciones entre Sabina y Franz, podría elaborar con sus incomprensiones un gran diccionario. Contentémonos con un diccionario pequeño.

3

Pequeño diccionario de palabras incomprendidas (primera parte)

MUJER: ser mujer era para Sabina un sino que no había elegido. Aquello que no ha sido elegido por nosotros no podemos considerado ni como un mérito ni como un fracaso. Sabina opina que hay que tener una relación correcta con el sino que nos ha caído en suerte. Rebelarse contra el hecho de haber nacido mujer le parece igual de necio que enorgullecerse de ello.

Una vez, durante uno de sus primeros encuentros, Franz le dijo con especial énfasis: «Sabina, es usted una mujer». No comprendía por qué se lo anunciaba con el gesto jubiloso de Cristóbal Colón viendo por primera vez las costas de América. Más tarde comprendió que la palabra mujer, en la que había puesto un énfasis particular, no significaba para él la denominación de uno de los dos sexos humanos, sino un *valor*. No todas las mujeres son dignas de ser llamadas mujeres.

Pero si Sabina es para Franz una *mujer*, ¿qué es entonces para él Marie-Claude, su verdadera esposa? Hace más de veinte años, algunos meses después de conocerse, le amenazó con quitarse la vida si la abandonaba. Franz se quedó prendado de aquella amenaza. Marie-Claude no le gustaba demasiado, pero su amor le parecía maravilloso. Le parecía que no era digno de tan gran amor y que debía inclinarse profundamente ante él.

De modo que se inclinó hasta el suelo y se casó con ella. Pese a que Marie-Claude nunca volvió ya a manifestar tal intensidad de sentimientos como en el momento en que le amenazó con el suicidio, en lo más profundo de él siguió vivo un imperativo: no debe hacerle nunca daño y tiene que valorar a la mujer que hay en ella.

Esta frase es interesante. No decía: valorar a Marie-Claude, sino: valorar a la mujer que hay en Marie-Claude.

Pero si la propia Marie-Claude es mujer, ¿quién es esa otra mujer que se esconde dentro de ella y a la que debe valorar? ¿Es quizá la idea platónica de la mujer?

No. Es su mamá. Nunca se le hubiera ocurrido decir que en su madre valoraba a la mujer. Adoraba a su mamá y no a una mujer que estuviera dentro de ella. La idea platónica de la mujer y la mamá eran la misma cosa.

Él tenía doce años cuando el padre de Franz la abandonó repentinamente. El niño supuso que estaba ocurriendo algo grave, pero su mamá veló el drama con palabras neutrales y suaves para no excitarlo. Ese día fueron a la ciudad y al salir de casa Franz se dio cuenta de que la madre llevaba en cada pie un zapato distinto. Se sentía confuso, tenía ganas de advertírselo, pero al mismo tiempo temía que una advertencia de ese tipo pudiera herirla. Así que pasó dos horas en la ciudad sin poder apartar los ojos de sus zapatos. Aquella vez empezó a entender qué era el sufrimiento.

FIDELIDAD Y TRAICIÓN: la amó desde la infancia hasta el momento en que la acompañó al cementerio, y la amaba hasta en el recuerdo. De ahí nació en él la idea de que la fidelidad es la primera de todas las virtudes; la fidelidad da unidad a nuestra vida, que, de otro modo, se fragmentaría en miles de impresiones pasajeras como si fueran miles de añicos.

Franz le hablaba a Sabina con frecuencia de su madre, quién sabe si hasta con cierta intención subconsciente no del todo desinteresada: suponía que Sabina quedaría subyugada por su capacidad de ser fiel y que de aquel modo la conquistaría.

No sabía que lo que subyugaba a Sabina era la traición y no la fidelidad. La palabra fidelidad le recordaba al padre, un puritano que vivía en una pequeña ciudad y los domingos, para entretenerse, pintaba puestas de sol en el bosque y rosas en un florero. Gracias a él empezó a pintar siendo aún una niña. Cuando tenía catorce años, ella se enamoró de un muchacho de su misma edad. El padre se horrorizó y no la dejó salir sola de casa durante todo un año. Un día le enseñó unas reproducciones de cuadros de Picasso y se rió de ellas. Ya que no la dejaban amar a su compañero de clase, al menos se enamoró del cubismo. Después de la reválida, se fue a Praga con la alegre sensación de que por fin tenía la oportunidad de traicionar su hogar.

TRAICIÓN: desde pequeñitos el padre y el maestro nos decían que es lo peor que puede imaginarse. Pero ¿qué es la traición? Traición significa abandonar las propias filas. Traición significa abandonar las propias filas e ir hacia lo desconocido. Sabina no conoce nada más bello que ir hacia lo desconocido.

Estudiaba en la academia de pintura, pero no le estaba permitido pintar como Picasso. Era una época en la que se cultivaba obligatoriamente el llamado realismo socialista y en la escuela se fabricaban retratos de los gobernantes comunistas. Su deseo de traicionar al padre quedó insatisfecho, porque el comunismo no era más que otro padre, igual de severo y de estrecho, que prohibía el amor (era una época puritana) y a Picasso. Se casó con un mal actor de un teatro de Praga sólo porque tenía fama de gamberro y les resultaba inadmisible a los dos padres.

Después murió la madre. Al día siguiente de su regreso a Praga, tras el entierro, recibió un telegrama: el padre no había podido soportar el dolor y se había suicidado.

Le remordía la conciencia: ¿era algo tan ruin que papá pintase floreros con rosas y no le gustase Picasso? ¿Era tan digno de reproche que tuviese miedo de que su hija volviese a casa, a sus catorce años, embarazada? ¿Era tan ridículo que no fuese capaz de seguir viviendo sin su mujer?

El deseo de traicionar la invadió de nuevo: de traicionar su propia traición. Le comunicó al marido (ya no veía en él a un gamberro, sino tan sólo a un borracho importuno) que lo abandonaba.

Pero si traicionamos a B, por cuya causa habíamos traicionado a A, de eso no se desprende que nos reconciliemos con A. La vida de la pintora divorciada no se parecía a la vida de sus padres traicionados. La primera traición es irreparable. Produce una reacción en cadena de nuevas traiciones, cada una de las cuales nos distancia más y más del lugar de la traición original.

MÚSICA: para Franz es el arte que más se aproxima a la belleza dionisíaca entendida como embriaguez. Uno no puede embriagarse fácilmente con una novela o un cuadro, pero puede embriagarse con la novena de Beethoven, con la sonata de Bartok para dos pianos y percusión o con las canciones de los Beatles. Franz no distingue entre la llamada música seria y la música moderna. Esa diferenciación le parece anticuada e hipócrita. Le gusta tanto el rock como Mozart.

Para él la música es una liberación: lo libera de la soledad, del encierro, del polvo de las bibliotecas, abre en su cuerpo una puerta por la que su alma entra al mundo para hermanarse. Le gusta bailar y lamenta que Sabina no comparta esta pasión con él.

Están los dos en un restaurante y mientras comen se oye por los altavoces una sonora música rítmica.

Sabina dice:

–Esto es un círculo vicioso. La gente se vuelve sorda porque pone la música cada vez más alto. Y como se vuelve sorda, no le queda más remedio que ponerla aún más alto.

–¿No te gusta la música? –le pregunta Franz.

–No –dice Sabina. Luego añade–: Puede que si viviera en otra época... –y piensa en el tiempo en que vivía Johann Sebastian Bach, cuando la música era como una rosa que crecía en una enorme planicie nevada de silencio.

El ruido disfrazado de música la persigue desde su infancia. Cuando estudiaba en la academia de pintura, tuvo que pasar unas vacaciones enteras en la llamada Obra de la Juventud. Vivían en unas habitaciones comunes y trabajaban en la construcción de una siderurgia.

La música aullaba desde los altavoces a partir de las cinco de la mañana y hasta las nueve de la noche. Le daban ganas de llorar, pero la música era alegre y era imposible escapar de ella, ni en el retrete, ni en la cama bajo la manta, los altavoces estaban por todas partes. La música era como una jauría de perros de presa que hubieran soltado tras ella.

Entonces pensaba que esta barbarie musical sólo imperaba en el mundo comunista. En el extranjero comprobó que la transformación de la música en ruido es un proceso planetario, mediante el cual la humanidad entra en la fase histórica de la fealdad total. El carácter total de la fealdad se manifestó en primer término como omnipresente fealdad acústica: coches, motos, guitarras eléctricas, taladros, altavoces, sirenas. La omnipresencia de la fealdad visual llegará pronto.

Cenaron, subieron a la habitación, hicieron el amor y a Franz se le confundían las ideas en el umbral del sueño. Se acordó de la ruidosa música durante la cena y pensó: «El ruido tiene una ventaja. No se oyen las palabras». Se dio cuenta de que desde su infancia no hace otra cosa que hablar, escribir, dar conferencias, inventar frases, buscar expresiones, corregirlas, de modo que al final no hay palabras precisas, su sentido se difumina, pierden su contenido y se convierten en residuos, hierbajos, polvo, arena que vaga por su cerebro, que le duele en la cabeza, que es su insomnio, su enfermedad. Y en ese momento sintió el anhelo, oscuro y poderoso, de una música inmensa, de un ruido absoluto, un bullicio hermoso y alegre que lo abrace, lo inunde y lo ensordezca todo y en el que desaparezca para siempre el dolor, la vanidad y el nihilismo de las palabras. ¡La música, la negación de las frases, la música, la anti-palabra! Anhelaba estar durante mucho tiempo abrazado a Sabina, callar, no decir ya nunca más una sola frase y dejar que el placer se funda con el estruendo orgiástico de la música. En medio de aquel feliz ruido imaginario se durmió.

LUZ Y OSCURIDAD: para Sabina vivir significa ver. La visión está limitada por una doble frontera: una luz fuerte, que ciega, y la total oscuridad. Posiblemente esto es lo que determina el rechazo de Sabina a cualquier extremismo. Los extremos son la frontera tras la cual termina la vida, y la pasión por el extremismo en el arte y en la política es una velada ansia de muerte.

La palabra «luz» no despierta en Franz la imagen de un paisaje sobre el cual descansa el blando resplandor del día, sino la de la fuente de luz en sí; el sol, la lámpara, el reflector. Franz recuerda las conocidas metáforas: el sol de la verdad, el deslumbrante resplandor de la razón, etcétera.

Al igual que la luz, le atrae la oscuridad. Sabe que en nuestro tiempo se considera ridículo apagar la luz mientras se hace el amor y por eso deja encendida una pequeña lámpara encima de la cama. Pero cuando penetra a Sabina, cierra los ojos. El gozo que le inunda requiere oscuridad. Esa oscuridad es pura, limpia, sin imágenes ni visiones, esa oscuridad no tiene final, no tiene fronteras, esa oscuridad es el infinito que cada uno de nosotros lleva dentro de sí. (¡En efecto, quien busque el infinito, que cierre los ojos!)

En el momento en que siente que el gozo se extiende por su cuerpo, Franz se estira y se diluye en el infinito de su oscuridad, él mismo se vuelve infinito. Pero cuanto mayor se vuelve un hombre en su oscuridad interior, más disminuye en su apariencia externa. Un hombre con los ojos cerrados es una ruina de hombre. A Sabina le desagrada esa visión, no quiere mirar a Franz y por eso cierra también los ojos. Pero esa oscuridad no significa para ella el infinito, sino simplemente la disconformidad con lo que se ve, la negación de lo visto, el rechazo a ver.

4

Sabina se dejó convencer para visitar una asociación de compatriotas. Discutían una vez más acerca de si se debía haber luchado contra los rusos con las armas en la mano o no. Por supuesto que aquí, en la tranquilidad de la emigración, todos decían que se tenía que haber luchado. Sabina dijo:

–Entonces vuelvan y luchen.

No debió haberlo dicho. Un hombre con el pelo cano y ondulado la señaló con un largo dedo índice:

–No diga eso. Todos ustedes son responsables de lo que pasó. Usted también. ¿Qué hizo usted allí contra el régimen comunista? Pintar cuadros, eso es todo...

La evaluación y el examen de los ciudadanos es una actividad permanente, la principal de las actividades sociales en los países comunistas. Si a un pintor se le ha de autorizar una exposición, si un ciudadano debe obtener un visado para poder ir durante las vacaciones al mar, si un futbolista debe formar parte de la selección nacional, primero hay que reunir todos los dictámenes e informes sobre él (de la portera, de los compañeros de trabajo, de la policía, de la organización del partido, de los sindicatos), luego éstos son analizados, sopesados y resumidos por funcionarios especiales designados para esos fines. Pero aquello de lo que hablan esos dictámenes no se refiere a la capacidad del ciudadano para pintar, jugar al fútbol o a si su salud necesita que pase las vacaciones junto al mar. Se refiere única y exclusivamente a lo que se dio en llamar «perfil político del ciudadano» (o sea, a lo que el ciudadano dice, a lo que piensa, al modo en que se comporta, a si participa en reuniones y en manifestaciones del Primero de Mayo). Dado que todo (la vida cotidiana, la carrera profesional y hasta las vacaciones) depende de la evaluación que se haga del ciudadano, todo el mundo (si quiere jugar al fútbol en el equipo nacional, exponer sus cuadros o pasar las vacaciones junto al mar) tiene que comportarse de modo que la evaluación sea positiva.

En eso pensaba ahora Sabina, mientras oía hablar al hombre del pelo cano. No se preocupa de si sus compatriotas juegan bien al fútbol o pintan bien (ninguno de los checos se preocupaba por saber cómo pinta Sabina), sino de si su postura en contra del régimen comunista era activa o sólo pasiva, de verdad o fingida, de toda la vida o de ahora mismo.

Como era pintora, se fijaba mucho en la cara de la gente y conocía, por sus experiencias en Praga, la fisionomía de aquellos cuya pasión es examinar y evaluar a los demás. Todos ellos tenían el índice un poco más largo que el dedo del corazón y apuntaban con él a las personas con las que hablaban. Por lo demás, el presidente Novotny, que mandó en Bohemia durante catorce años, hasta 1968, también llevaba el pelo exactamente igual, con un ondulado de peluquería y tenía el índice más largo de todos los habitantes de Europa central.

Cuando el prestigioso emigrante oyó, en boca de una pintora cuyos cuadros no había visto nunca, que se parecía al presidente comunista Novotny, enrojeció, palideció, volvió a enrojecer, volvió a palidecer, no dijo nada y permaneció en silencio. Todos se quedaron callados al mismo tiempo, hasta que por fin Sabina se levantó y se fue.

Estaba consternada, pero en cuanto llegó a la calle, pensó: ¿y por qué iba a tener que relacionarse con los checos? ¿Qué la une a ellos? ¿El paisaje? Si cada uno de ellos tuviera que explicar lo que le sugiere la palabra Bohemia, las imágenes que tendrían ante los ojos serían totalmente heterogéneas y no formarían unidad alguna.

¿O la cultura? Pero ¿qué es? ¿Dvorak y Janacek? Sí. Pero ¿qué ocurre cuando un checo no tiene sentido musical? La esencia de lo checo se diluye rápidamente.

¿O los grandes hombres? ¿Jan Hus? Ninguno de ellos había leído ni un solo renglón de sus libros. Lo único que eran capaces de entender todos a una eran las llamas, las gloriosas llamas en las que ardió como hereje en la hoguera, las gloriosas cenizas en las que se convirtió, de modo que la esencia de lo checo, piensa Sabina, no es para ellos más que cenizas. Lo que une a esa gente no es más que su derrota y los reproches que se hacen mutuamente.

Andaba deprisa. Más que la ruptura con los emigrantes, lo que ahora la excitaba eran sus pensamientos. Sabía que eran injustos. Entre los checos hay también personas diferentes de aquel señor del índice largo. El silencio que se produjo tras sus palabras no significaba, ni mucho menos, que todos estuviesen en contra suya. Más bien estaban confundidos por ese odio repentino, por esa incomprensión de la que aquí en la emigración todos son víctimas. ¿Por qué, mejor, no se compadece de ellos? ¿Por qué no ve en ellos a personas enternecedoras y abandonadas?

Nosotros sabemos ya por qué: ya al traicionar a su padre, la vida apareció ante ella como un largo camino de traiciones, y cualquier traición nueva la atraía como un vicio y como una victoria. ¡No quiere permanecer en sus filas! ¡No quiere permanecer en esas filas siempre con la misma gente y las mismas conversaciones! Por eso la excita tanto lo injusta que es. La excitación no le resulta desagradable, al contrario, Sabina tiene la sensación de haber vencido y de ser aplaudida por alguien invisible.

Pero inmediatamente después de aquella embriaguez llegó la angustia: ¡este camino tiene que terminar en algún sitio! ¡Alguna vez tiene que dejar de traicionar! ¡Algún día tiene que detenerse!

Era de noche e iba deprisa por el andén. El tren a Amsterdam ya está en la estación. Buscaba su vagón. Abrió la puerta del compartimiento hasta el cual la había conducido un amable revisor y vio a Franz sentado en la cama, que ya estaba hecha. Se levantó para darle la bienvenida y ella lo abrazó y lo cubrió de besos.

Tenía unas ganas terribles de decirle, como la más trivial de las mujeres: «¡No me abandones, no dejes que me vaya, dómame, esclavízame, sé fuerte!». Pero eran palabras que no podía ni sabía pronunciar.

Después de abrazarlo lo único que dijo fue: «Estoy tan contenta de estar contigo». Era lo más que podía decir una persona de un carácter tan reservado como el suyo.

5

Pequeño diccionario de palabras incomprendidas (continuación)

MANIFESTACIONES: en Italia o en Francia la cosa es sencilla. Cuando los padres obligan a alguien a ir a la iglesia, éste se venga ingresando en el partido (comunista, maoísta, trotskista, etcétera). Pero a Sabina su padre primero la hizo ir a la iglesia y después, él mismo, por temor, la obligó a apuntarse en la Unión de Jóvenes Comunistas.

Cuando iba a las manifestaciones del Primero de Mayo, no sabía llevar el ritmo de la marcha, de modo que la chica que iba detrás le gritaba y le daba pisotones a propósito. Cuando se cantaba durante el desfile, nunca sabía el texto de las canciones y no hacía más que abrir la boca sin emitir sonido. Pero sus compañeras se dieron cuenta y la acusaron. Desde pequeña odiaba todas las manifestaciones.

Franz estudiaba en París y, como tenía un talento excepcional, su carrera científica estaba asegurada prácticamente desde sus veinte años. Desde entonces sabía que se iba a pasar la vida dentro de un gabinete universitario, de las bibliotecas públicas y de dos o tres aulas; aquella idea le producía una sensación de asfixia. Tenía ganas de salirse de su vida, tal como se sale de una casa a la calle.

Por eso, mientras vivía en París, le gustaba tanto asistir a manifestaciones. Era precioso celebrar algo, reivindicar algo, protestar contra algo, no estar solo, estar al aire libre y estar con otros. Las manifestaciones que bajaban por el bulevar Saint-Germain o desde la plaza de la República a la Bastilla, le fascinaban. La masa marchando y gritando era para él la imagen de Europa y su historia. Europa es la Gran Marcha. Marcha de revolución en revolución, de lucha a lucha, siempre adelante.

También podría decirlo de otro modo: a Franz su vida entre libros le parecía irreal. Anhelaba una vida real, el contacto con el resto de las personas que van con él codo con codo, sus gritos. No era consciente de que precisamente lo que considera irreal (el trabajo en la soledad del gabinete y de las bibliotecas) es su vida real, mientras que las manifestaciones que representaban para él la realidad no son más que teatro, danza, fiesta, dicho de otro modo: sueño.

Durante sus estudios Sabina vivía en una residencia. Los Primeros de Mayo todos tenían que estar desde muy temprano en el punto de partida de la manifestación. Para que no faltase nadie, los funcionarios de la organización de estudiantes controlaban que la residencia quedase vacía. Por eso se escondía en el retrete y, cuando hacía mucho tiempo que los demás se habían ido, volvía a su habitación. Había un silencio como nunca.

Sólo a lo lejos se oían las bandas de música. Era como si estuviera escondida dentro de una concha y a lo lejos resonase el mar del mundo hostil.

Un año después de abandonar Bohemia se encontraba casualmente en París, precisamente en el aniversario de la invasión rusa. Se celebraba una manifestación de protesta y no fue capaz de resistir la tentación de participar. Los jóvenes franceses levantaban el puño y gritaban consignas contra el imperialismo soviético. Aquellas consignas le gustaban, pero de pronto comprobó con sorpresa que era incapaz de gritar a coro con los demás. No aguantó en la manifestación más que unos pocos minutos.

Les confió su experiencia a sus amigos franceses. Se extrañaron: «¿Es que no quieres luchar contra la ocupación de tu país?». Tenía ganas de decirles que detrás del comunismo, del fascismo, de todas las ocupaciones y las invasiones, se esconde un mal más básico y general; para ella la imagen de ese mal es una manifestación de personas que marchan, levantan los brazos y gritan al unísono las mismas sílabas. Pero sabía que no sería capaz de explicárselo. Perpleja, cambió el tema de la conversación.

BELLEZA DE NUEVA YORK: anduvieron por Nueva York durante horas; a cada paso variaba el espectáculo como si fueran por una estrecha vereda de un paisaje montañoso arrebatador: en medio de la acera un joven se inclinaba y rezaba, a poca distancia de él dormitaba una negra hermosa, un hombre vestido con un traje negro atravesaba la calle dirigiendo con gestos ampulosos una orquesta invisible, el agua brotaba de una fuente y alrededor de ella almorzaban sentados unos obreros de la construcción. Las escaleras verdes trepaban por las fachadas de unas casas feas de ladrillos rojos, pero aquellas casas eran tan feas que en realidad resultaban hermosas, junto a ellas había un gran rascacielos acristalado y, detrás de éste, otro rascacielos en cuyo techo habían construido un pequeño palacio árabe con sus torrecillas, sus galerías y sus columnas doradas.

Sabina se acordó de sus cuadros: en ellos también se producían encuentros de cosas que no tenían nada que ver: una siderurgia en construcción y detrás de ella una lámpara de petróleo; otra lámpara más, cuya antigua pantalla de cristal pintado está rota en pequeños fragmentos que flotan sobre un paisaje desértico de marismas. Franz dijo:

–La belleza europea ha tenido siempre un cariz intencional. Había un propósito estético y un plan a largo plazo según el cual la gente edificaba durante decenios una catedral gótica o una ciudad renacentista. La belleza de Nueva York tiene una base completamente distinta. Es una belleza no intencional. Surgió sin una intención humana, algo así como una gruta con estalactitas. Formas, que en sí mismas son feas, se encuentran casualmente, sin planificación, en unas combinaciones tan increíbles que relucen con milagrosa poesía.

Sabina dijo:

–Una belleza no intencional. Sí. También podría decirse: la belleza como error. Antes de que la belleza desaparezca por completo del mundo, existirá aún durante un tiempo como error. La belleza como error es la última fase de la historia de la belleza.

Y se acordó del primer cuadro que pintó, ya como pintora madura; surgió gracias a que sobre él cayó *por error* pintura roja. Sí, sus cuadros estaban basados en la belleza del error, y Nueva York era la patria secreta y verdadera de su pintura.

Franz dijo:

–Es posible que la belleza no intencional de Nueva York sea mucho más rica y variada que la belleza excesivamente severa y compuesta de un proyecto humano. Pero ya no es una belleza europea. Es un mundo extraño.

¿Resultará que hay al menos algo acerca de lo cual los dos piensen lo mismo?

No. Hay una diferencia. Lo ajeno de la belleza neoyorquina atrae tremendamente a Sabina. A Franz le fascina, pero también le horroriza; despierta en él la añoranza de Europa.

PATRIA DE SABINA: Sabina comprende la aversión de él hacia América. Franz es la personificación de Europa: su madre era de Viena, su padre era francés, él es suizo.

Por su parte, Franz admira la patria de Sabina. Cuando le habla de sí misma y de sus amigos de Bohemia, Franz oye las palabras cárcel, persecución, tanques en las calles, emigración, octavillas, literatura prohibida, exposiciones prohibidas, y siente una extraña envidia mezclada de nostalgia.

Le confiesa a Sabina: «Una vez un filósofo escribió acerca de mí que todo lo que digo son especulaciones indemostrables y me llamó un Sócrates casi inverosímil. Me sentí tremendamente humillado y le respondí en un tono furibundo. ¡Imagínate! ¡Este episodio ridículo fue el mayor conflicto que jamás he vivido! ¡Fue entonces cuando mi vida alcanzó el máximo de sus posibilidades dramáticas! Nosotros dos vivimos a dos escalas distintas. Tú has entrado en mi vida como Gulliver en el país de los enanos».

Sabina protesta. Dice que el conflicto, el drama, la tragedia, no significan absolutamente nada, no representan valor alguno, nada que merezca respeto o admiración. Lo que todo el mundo le puede envidiar a Franz es el trabajo que ha podido hacer tranquilamente.

Franz hace un gesto de negación con la cabeza: «Cuando la sociedad es rica, la gente no tiene que trabajar con las manos y se dedica a la actividad intelectual. Hay cada vez más universidades y cada vez más estudiantes. Los estudiantes, para poder terminar sus carreras, tienen que inventar temas para sus tesinas. Hay una cantidad infinita de temas, porque sobre cualquier cosa se puede hacer un estudio. Los folios de papel escrito se amontonan en los archivos, que son más tristes que un cementerio, porque en ellos no entra nadie ni siquiera el día de difuntos. La cultura sucumbe bajo el volumen de la producción, la avalancha de letras, la locura de la cantidad. Por ese motivo te digo que un libro prohibido en tu país significa infinitamente más que los millones de palabras que vomitan nuestras universidades».

En este sentido podríamos entender la debilidad de Franz por todas las revoluciones. Tiempo atrás había sentido simpatía por Cuba, luego por China y, cuando la perdió debido a la crueldad de sus regímenes, se acostumbró melancólicamente a la idea de que ya no le quedaba más que aquel mar de letras que no tienen ningún peso y no son la vida. Se hizo profesor en Ginebra (donde no se celebran manifestaciones) y, en una especie de vida ascética (solo, sin mujeres ni manifestaciones), publicó con considerable éxito varios libros científicos. Un buen día llegó Sabina como una aparición; venía de un país en el que desde hacía mucho tiempo no florecía ningún tipo de ilusiones revolucionarias, pero donde se conservaba lo que él más admiraba de las revoluciones: el riesgo, el coraje y el peligro de muerte, una vida vivida a gran escala. Sabina le había devuelto la fe en la grandeza del destino del hombre. Resultaba aún más bella porque detrás de su figura se trasparentaba el doloroso drama de su país.

Pero a Sabina no le gustaba aquel drama. Las palabras cárcel, persecución, libros prohibidos, ocupación, tanques, son para ella palabras feas, carentes del menor perfume romántico. La única palabra que suena en su interior dulcemente, como un recuerdo nostálgico de su patria, es la palabra cementerio.

CEMENTERIO: en Bohemia los cementerios parecen jardines. Las tumbas están cubiertas de césped y flores de colores.

Las humildes sepulturas se pierden entre el verde de las hojas. Cuando oscurece, los cementerios se llenan de pequeñas velas encendidas, de modo que es como si los muertos hubieran organizado un baile infantil. Sí, un baile infantil, porque los muertos son inocentes como niños. Aunque la vida estuviera llena de crueldad, en los cementerios siempre ha reinado la paz. Incluso en tiempos de guerra, en la época de Hitler, en la de Stalin, durante todas las ocupaciones. Cuando estaba triste, cogía el coche y se iba lejos de Praga, a pasear por alguno de los cementerios de pueblo que le gustaban. Aquellos cementerios, con montes azulados al fondo, eran hermosos como una canción de cuna.

Para Franz un cementerio es un desagradable depósito de huesos y piedras.

6

–Yo no iría jamás en coche. ¡Les tengo pánico a los accidentes! ¡Aunque uno no se mate, tiene que quedarle un trauma para toda la vida! –dijo el escultor y se cogió inconscientemente el dedo índice, que estuvo en un tris de perder hacía tiempo, mientras labraba una escultura en madera. Lo conservó de milagro.

–¡Qué va! –rió Marie-Claude, que estaba en forma–. ¡Una vez tuve un accidente grave y fue estupendo! ¡Lo mejor de todo fue el hospital! No podía dormir, así que leía sin parar, de día y de noche.

Todos la miraban con un asombro que a ella le producía un evidente placer. Franz experimentaba una sensación en la que se mezclaban el disgusto (sabía que tras el mencionado accidente su mujer se había quedado muy deprimida y no había parado de quejarse) y una especie de admiración (su capacidad para transformar todo lo que le pasaba era una muestra de su imponente vitalidad). Continuó:

–Allí fue donde empecé a dividir los libros en diurnos y nocturnos. De verdad que hay libros que sólo se pueden leer por la noche.

Todos manifestaban un asombro admirativo, menos el escultor, que seguía apretando su dedo y tenía la cara llena de arrugas por el desagradable recuerdo. Marie-Claude se dirigió a él:

–¿Qué categoría le adjudicarías a Stendhal?

El escultor no prestaba atención y se encogió de hombros sin saber qué responder. El crítico de arte que estaba a su lado manifestó que a su juicio Stendhal era una lectura diurna.

Marie-Claude hizo un gesto de negación con la cabeza y afirmó con voz sonora:

–Te equivocas. ¡No, no, no, te equivocas! ¡Stendhal es un autor nocturno!

Franz participaba en la discusión sobre el arte nocturno y diurno sin apenas dedicarle atención, porque no pensaba más que en cuándo aparecería Sabina. Habían estado dudando los dos muchos días si debían aceptar o no la invitación a este cóctel. Marie-Claude lo organizaba para todos los pintores y escultores que habían expuesto alguna vez en su galería. Desde que conoció a Franz, Sabina evitaba encontrarse con su mujer. Pero tenían miedo de quedar en evidencia y al final llegaron a la conclusión de que sería más natural y menos sospechoso que ella asistiese.

Miraba disimuladamente hacia la antesala y entonces se dio cuenta de que en el otro extremo de la sala resonaba constantemente la voz de su hija Marie-Anne, que tenía dieciocho años. Abandonó el grupo dominado por su mujer para incorporarse al círculo dominado por su hija. Algunos estaban sentados en sillones, otros de pie; Marie-Anne estaba sentada en el suelo. Franz estaba seguro de que Marie-Claude, al otro extremo del salón, tampoco tardaría mucho en sentarse en la alfombra. Sentarse en el suelo en presencia de los huéspedes era en aquella época un gesto que significaba naturalidad, soltura, progresismo, trato amistoso y espíritu parisino. Marie-Anne se sentaba en todas partes en el suelo con tal pasión que Franz temía con frecuencia que se sentase en el suelo en el estanco al que iba a comprar cigarrillos.

–¿En qué está trabajando ahora, Alan? –preguntó Marie-Anne al hombre a cuyos pies estaba sentada.

Alan era una persona ingenua y honesta y quiso responder con sinceridad a la hija de la dueña de la galería. Empezó a explicarle su nuevo modo de pintar, que es una unión de fotografía y pintura al óleo. No había dicho más de tres frases cuando Marie-Anne empezó a silbar. El pintor hablaba despacio y concentrado, de manera que no oyó los silbidos. Franz le dijo al oído:

–¿Me puedes decir por qué silbas?

–Porque no me gusta cuando hablan de política –respondió en voz alta.

En efecto, dos de los hombres que formaban parte del mismo círculo hablaban de las próximas elecciones en Francia. Marie-Anne, que se sentía obligada a dirigir la diversión, les preguntó a los dos si irían la semana próxima al teatro a ver la ópera de Rossini que ponía en Ginebra una compañía italiana. Mientras tanto, el pintor Alan buscaba formulaciones cada vez más precisas para explicar su nuevo modo de pintar, y Franz se avergonzaba de su hija. Para acallarla afirmó que se aburría infinitamente en la ópera.

–Eres terrible –dijo Marie-Anne, tratando desde el suelo de golpear a su padre en la barriga–, el actor principal es gua-

písimo. ¡Ay, qué guapo es! Lo he visto dos veces y estoy enamorada de él.

Franz constató que su hija se parecía terriblemente a su
madre. ¿Por qué no se parece a él? No hay nada que hacer, no
se le parece. Ha oído ya a Marie-Claude innumerables veces
decir que está enamorada de tal o cual pintor, cantante, escritor, político y una vez hasta de un ciclista. Por supuesto que
aquello era pura retórica de cenas y cócteles, pero a veces, en
esos momentos, él se acordaba de que una vez hace veinte
años dijo lo mismo de él mientras lo amenazaba con suici-
darse.

En ese momento entró Sabina en el salón. Marie-Claude
la vio y fue a su encuentro. Su hija seguía hablando de Rossini, pero Franz sólo prestaba atención a lo que se decían las
dos mujeres. Después de unas frases amistosas de bienvenida,
Marie-Claude cogió un colgante de cerámica que Sabina llevaba al cuello y dijo en voz muy alta:

–Y esto ¿qué es? ¡Es muy feo!

Aquella frase llamó la atención de Franz. No fue pronun-
ciada con agresividad, por el contrario, una sonora risa pretendía aclarar inmediatamente que el rechazo al colgante no
cambiaba en nada la amistad que Marie-Claude sentía por la
pintora, pero era sin embargo una frase que no cuadraba con
la forma en que Marie-Claude hablaba con los demás.

–Lo he hecho yo misma –dijo Sabina.

–Es feo, de verdad –repitió Marie-Claude en voz muy
alta–: No deberías llevarlo.

Franz sabía que a su mujer no le importaba nada que el
colgante fuese feo o no. Feo era aquello que ella quería ver
feo, hermoso era lo que quería ver hermoso. Los adornos de
sus amigos eran hermosos a priori. Y aunque, pese a todo, los
encontrase feos, se lo callaría, porque hacía tiempo que el ha-
lago se había convertido en su segunda personalidad.

Entonces, ¿por qué había decidido que el colgante que Sabina se había hecho iba a ser feo?

Franz lo tiene muy claro: Marie-Claude dijo que el colgante de Sabina era feo porque se lo podía permitir.

Para ser más preciso: Marie-Claude dijo que el colgante de Sabina era feo para que quedase claro que se podía permitir decirle a Sabina que su colgante era feo.

La exposición de Sabina, hace un año, no tuvo gran éxito y a Marie-Claude no le interesaba demasiado ganarse el favor de Sabina. Por el contrario, Sabina tenía motivos para desear ganarse el favor de Marie-Claude. Sin embargo, su actitud no daba esa impresión.

Sí, Franz lo tenía muy claro: Marie-Claude había aprovechado la oportunidad para poner de manifiesto ante Sabina (y los demás) cuál era la verdadera relación de fuerzas.

7

Pequeño diccionario de palabras incomprendidas (terminación)

IGLESIA ANTIGUA EN AMSTERDAM: de un lado están las casas, y en las grandes ventanas de los pisos bajos, que parecen escaparates de comercios, están las pequeñas habitaciones de las putas, quienes, en ropa interior, están sentadas justo al lado de los cristales, en sillones con almohadones. Parecen grandes gatas aburridas.

La parte de enfrente de la calle está formada por una enorme iglesia gótica del siglo XIV.

Entre el mundo de las putas y el mundo de Dios, como un río entre dos reinos, se extiende un intenso olor a orina.

Lo único que ha quedado del antiguo estilo gótico dentro de la catedral son las altas paredes desnudas, las columnas, la bóveda y las ventanas. En las paredes no hay ni un solo cuadro, ni una sola escultura. La iglesia está vacía como un gimnasio. Lo único que hay en medio son filas de sillas formando un gran cuadrado que rodea un ínfimo estrado con una mesa para el predicador. Detrás de las sillas hay unas cabinas de madera, son los palcos para las familias de ricos burgueses.

Las sillas y los palcos están puestos sin la más mínima consideración para con la forma de las paredes y la situación de las columnas, como si quisieran expresarle a la arquitectura gótica su indiferencia y desprecio. La fe calvinista convirtió hace ya siglos la iglesia en un simple cobertizo que no tiene otra función que la de proteger la oración de los creyentes de la lluvia y la nieve.

Franz estaba fascinado: por esta enorme sala había pasado la Gran Marcha de la historia.

Sabina se acordó de cuando, tras el golpe de Estado de los comunistas, todos los palacios de Bohemia fueron nacionalizados y convertidos en escuelas de formación profesional, en asilos de ancianos, pero también en establos. Visitó uno de esos establos: en las paredes estucadas estaban empotrados los soportes de las argollas de hierro a las que estaban atadas las vacas, que miraban como en sueños por las ventanas el parque del palacio por el que corrían las gallinas.

Franz dijo:

—Este vacío me fascina. La gente acumula altares, estatuas, cuadros, sillas, sillones, alfombras, libros y después viene ese momento de alivio feliz en el que lo sacuden todo como migas de una mesa. ¿Te imaginas cómo sería esa escoba de Hércules que barrió esta iglesia?

Sabina señaló uno de los palcos de madera:

–Los pobres tenían que estar de pie y los ricos tenían palcos. Pero había algo que unía al banquero y al pobre: el odio a la belleza.

–¿Qué es la belleza? –dijo Franz y ante sus ojos apareció la inauguración de la exposición en la que tuvo que participar recientemente en compañía de su mujer. La infinita vanidad de los discursos y las palabras, la vanidad de la cultura, la vanidad del arte.

Cuando ella trabajaba como estudiante en la Obra de la Juventud y tenía el alma envenenada por las alegres marchas que sonaban sin interrupción por los altavoces, cogió un domingo la motocicleta y se dirigió hacia las lejanas montañas. Se detuvo en un pueblecito perdido en medio de los montes. Apoyó la motocicleta en la pared de la iglesia y entró. Estaban oficiando la misa. En aquella época la religión estaba perseguida por el régimen y la mayor parte de la gente se mantenía alejada de la iglesia. Los únicos que estaban sentados en los bancos eran los viejos y las viejas, porque ésos no le temían al régimen. Sólo le temían a la muerte.

El sacerdote pronunciaba con voz cantarina una frase y la gente la repetía a coro. Eran letanías. Las palabras, siempre iguales, volvían como un peregrino que no puede despegar los ojos del paisaje o como un hombre que no es capaz de despedirse de la vida. Ella estaba sentada en el último banco, a ratos cerraba los ojos, sólo para oír la música de aquellas palabras, y luego los volvía a abrir: veía arriba la cúpula pintada de azul y sobre el azul unas grandes estrellas doradas. Estaba como encantada.

Lo que repentinamente había encontrado en aquella iglesia no era a Dios, sino a la belleza. Sabía perfectamente que aquella iglesia y aquellas letanías no eran bellas en sí mismas, sino precisamente en relación con la Obra de la Juventud, en la que pasaba sus días en medio del ruido de las canciones. La misa era bella porque se le había aparecido, repentina y secretamente, como un mundo traicionado.

Desde entonces sabía que la belleza es un mundo traicionado. Sólo podemos encontrarla cuando sus perseguidores la han dejado olvidada por error en algún sitio. La belleza está oculta tras los bastidores de la manifestación del Primero de Mayo. Si queremos encontrarla, tenemos que rasgar el lienzo del decorado.

–Es la primera vez que me fascina una iglesia –dijo Franz.

Lo que despertaba su entusiasmo no era ni el protestantismo ni el ascetismo. Era otra cosa, algo muy personal, de lo que no se atrevía a hablar delante de Sabina. Le parecía oír una voz que lo exhortaba a coger la escoba de Hércules y barrer de su vida las inauguraciones de Marie-Claude, los cantantes de Marie-Anne, los congresos y los simposios, los discursos vanos, las palabras vanas. El gran espacio vacío de la iglesia de Amsterdam aparecía ante él como la imagen de su propia liberación.

FUERZA: en la cama de uno de los muchos hoteles en los que hacían el amor, Sabina jugaba con los brazos de Franz:

–Es increíble –dijo– que tengas esos músculos.

Franz se alegró por el elogio. Se levantó de la cama, cogió una pesada silla de roble por la parte más baja de la pata, junto al suelo, y la levantó lentamente.

–No tienes que tener miedo de nada –dijo–, yo podría defenderte en cualquier situación. Antes participaba en competiciones de judo.

Consiguió levantar el brazo con la pesada silla por encima de la cabeza y Sabina dijo:

–Es agradable ver lo fuerte que eres.

Pero para sus adentros añadió lo siguiente: Franz es fuerte, pero su fuerza se dirige sólo hacia fuera. Con respecto a las personas con las que vive, a las que quiere, es débil. La debilidad de Franz se llama bondad. Franz nunca podría darle órdenes a Sabina. No le mandaría, como en tiempos hizo Tomás, que coloque un espejo en el suelo y ande encima de él desnuda. No es que le falte sensualidad, pero le falta fuerza para mandar. Hay cosas que sólo pueden hacerse con violencia. El amor físico es impensable sin violencia.

Sabina miraba a Franz, que caminaba por la habitación con la silla levantada, y aquello le parecía grotesco y la llenaba de una extraña tristeza.

Franz dejó la silla en el suelo y se sentó en ella mirando a Sabina.

—No es que no me agrade ser fuerte —dijo—, pero ¿para qué necesito estos músculos en Ginebra? Los llevo como un adorno. Como unas plumas de pavo real. Nunca en mi vida me he peleado con nadie.

Sabina continuó con su meditación melancólica: ¿y si tuviera un hombre que le diera órdenes? ¿Alguien que quisiera ser su amo? ¿Cuánto tiempo iba a aguantarlo? ¡Ni siquiera cinco minutos! De lo cual se deduce que no hay hombre que le vaya bien. Ni fuerte ni débil. Dijo:

—¿Y por qué no utilizas nunca tu fuerza contra mí?

—Porque amar significa renunciar a la fuerza —dijo Franz con suavidad.

Sabina se dio cuenta de dos cosas: en primer lugar, de que aquella frase era hermosa y cierta. En segundo lugar, de que, al pronunciarla, Franz quedaba descalificado para su vida erótica.

VIVIR EN LA VERDAD: ésta es una fórmula que utiliza Kafka en su diario o en alguna carta. Franz ya no recuerda dónde. Aquella fórmula le llamó la atención. ¿Qué es eso de vivir en la verdad? La definición negativa es sencilla: significa no mentir, no ocultarse, no mantener nada en secreto. Desde que conoció a Sabina, Franz vive en la mentira. Le habla a su mujer de un congreso en Amsterdam y de unas conferencias en Madrid que jamás han tenido lugar y le da miedo ir con Sabina por la calle en Ginebra. Le divierte mentir y esconderse, precisamente porque no lo ha hecho nunca. Se siente agradablemente excitado, como un buen alumno que hubiera decidido hacer novillos por una vez en su vida.

Para Sabina, vivir en la verdad, no mentirse a uno mismo, ni mentir a los demás, sólo es posible en el supuesto de que vivamos sin público. En cuanto hay alguien que observe nuestra actuación, nos adaptamos, queriendo o sin querer, a los ojos que nos miran y ya nada de lo que hacemos es verdad. Tener público, pensar en el público, eso es vivir en la mentira. Sabina desprecia la literatura en la que los autores delatan todas sus intimidades y las de sus amigos. La persona que pierde su intimidad, lo pierde todo, piensa Sabina. Y la persona que se priva de ella voluntariamente, es un monstruo. Por eso Sabina no sufre por tener que ocultar su amor. Al contrario, sólo así puede «vivir en la verdad».

Por el contrario, Franz está seguro de que la división de la vida en una esfera privada y otra pública es la fuente de toda mentira: el hombre es de una manera en su intimidad y de otra en público. «Vivir en la verdad» significa para él suprimir la barrera entre lo privado y lo público. Le agrada citar la frase de André Breton acerca de que le gustaría vivir «en una casa de cristal» en la que nada sea secreto y en la que todos puedan verlo.

Cuando oyó a su mujer decirle a Sabina «¡qué feo es ese colgante!», comprendió que ya no podía seguir viviendo en la mentira. En aquel momento debió haber salido en defensa de Sabina. Si no lo hizo fue porque tenía miedo de poner en evidencia su amor secreto.

Al día siguiente del cóctel iría con Sabina a pasar dos días a Roma. Seguía resonando en sus oídos la frase «qué feo es ese colgante» y veía a su mujer de una manera distinta a como la había visto durante toda su vida. Su agresividad, invulnerable, ruidosa y temperamental, lo liberaba del peso de la bondad con el que había cargado pacientemente durante veintitrés años de matrimonio. Se acordó del enorme espacio interior de la iglesia de Amsterdam y volvió a sentir dentro de sí el extraño, ininteligible entusiasmo que en él despertaba aquel vacío.

Estaba haciendo la maleta cuando entró Marie-Claude a buscarlo a la habitación; empezó a hablarle de los invitados del día anterior, elogiando enérgicamente algunas opiniones que había oído de ellos y condenando sarcásticamente otras.

Franz la miró largamente y luego dijo:

—No hay ninguna conferencia en Roma.

No entendía:

—¿Y entonces a qué vas?

Dijo:

—Hace ya nueve meses que tengo una amante. No quiero que nos veamos en Ginebra. Por eso viajo tanto. He pensado que debías saberlo.

Después de pronunciar las primeras palabras se asustó; el coraje que tenía al comienzo lo abandonó. Apartó la vista para no ver en la cara de Marie-Claude la desesperación que suponía que le iba a causar con sus palabras.

Tras una pequeña pausa se oyó:

—Sí, yo también opino que debía saberlo.

La voz sonaba firme y Franz levantó la vista: Marie-Claude no se había derrumbado. Seguía pareciéndose a aquella mujer que ayer había dicho con voz chillona «¡qué feo es ese colgante!».

Siguió:

–Y ya que eres tan valiente para comunicarme que hace nueve meses que me engañas, ¿podrías decirme con quién?

Él siempre había pensado que no debía hacer daño a Marie-Claude, que tenía que valorar a la mujer que había en ella. Pero ¿adónde había ido a parar aquella mujer que había en Marie-Claude? Dicho de otro modo, ¿adónde había ido a parar la imagen de su madre que él relacionaba con su mujer? La madre, su triste y traicionada mamá, que llevaba en cada pie un zapato diferente, se había ido de Marie-Claude y quién sabe si ni siquiera se había ido, porque nunca había estado en ella. Se dio cuenta de aquello con repentino odio.

–No tengo ningún motivo para ocultártelo –dijo.

Aunque no la había herido la noticia de que le era infiel, no dudaba de que la heriría la noticia de quién era su rival. Por eso le habló de Sabina sin dejar de mirarla a la cara.

Poco después se reunió con Sabina en el aeropuerto. El avión levantó el vuelo y él se sentía cada vez más liviano. Pensaba en que, después de nueve meses, por fin vivía en la verdad.

8

Sabina se sentía como si Franz hubiera forzado la puerta de su intimidad. Como si de pronto se hubieran asomado la cabeza de Marie-Claude, la cabeza de Marie-Anne, la cabeza del pintor Alan y la del escultor que anda siempre apretándose el dedo, las cabezas de todas las personas que conoce en Ginebra. Se convertirá, contra su voluntad, en la rival de no sabe qué mujer, que no le interesa en lo más mínimo. Franz se divorciará y ella ocupará un lugar a su lado en la cama de matrimonio. Todos podrán observarlo de cerca o de lejos, se verá obligada a hacer una especie de teatro; en lugar de ser Sabina, va a tener que desempeñar el papel de Sabina e inventar incluso ese papel. El amor, cuando se hace público, aumenta de peso, se convierte en una carga. Sabina ya se encorvaba por anticipado al imaginarse ese peso.

Cenaron en un restaurante romano y bebieron vino. Ella estaba silenciosa.

–¿De verdad que no te enfadas? –preguntó Franz.

Le aseguró que no se enfadaba. Estaba confusa y no sabía si debía alegrarse o no. Se acordaba de su encuentro en el compartimiento del tren en Amsterdam. Aquella vez tuvo ganas de caer de rodillas ante él y pedirle que la retuviera aunque fuera por la fuerza y que nunca la dejase ir. Aquella vez deseó que terminara de una vez ese peligroso camino de traiciones. Deseó detenerse.

Ahora trataba de evocar con la mayor intensidad posible el deseo de entonces, de invocarlo, de apoyarse en él. Era en vano. La sensación de disgusto era más fuerte.

Regresaban al hotel andando, ya de noche. Los italianos que pasaban junto a ellos hacían ruido, gritaban, gesticulaban, de modo que ellos podían andar juntos sin decir palabra y no oír su propio silencio.

Después Sabina se lavó largamente en el cuarto de baño mientras Franz la esperaba en la cama tapado con la colcha. La lamparita estaba encendida como siempre.

Al regresar del cuarto de baño la apagó. Fue la primera vez que lo hizo. Franz debió haber registrado mejor aquel gesto. No le prestó atención porque no tenía significado alguno para él. Como sabemos, prefería cerrar los ojos cuando hacía el amor.

Y debido precisamente a aquellos ojos cerrados, Sabina apagó la lamparita. Ya no quería ver aquellos párpados cerrados ni un segundo más. Los ojos, como dice el proverbio, son

123

la ventana del alma. El cuerpo de Franz, que se movía siempre encima de ella con los ojos cerrados, era para ella un cuerpo sin alma. Parecía un cachorro que aún está ciego y emite sonidos de impotencia porque tiene sed. Franz jodiendo, con sus hermosos músculos, era como un enorme cachorro que mamase de sus pechos. ¡Además era cierto que tenía en la boca un pezón suyo como si estuviera chupeteando leche! Esa idea de que por abajo era un hombre maduro y por arriba un lactante que mamaba, de que por lo tanto estaba jodiendo con un bebé, la ponía al borde de la náusea. ¡No, ya no quiere ver nunca más cómo se mueve desesperadamente encima de ella, ya nunca más le ofrecerá su pecho como una perra a su cachorro, hoy es la última vez, irrevocablemente la última vez!

Sabía, por supuesto, que su decisión era el colmo de la injusticia, que Franz es el mejor de los hombres que jamás ha tenido, que es inteligente, que comprende sus cuadros, que es guapo, que es bueno, pero cuanto más lo sabía, más ganas tenía de violar aquella inteligencia, aquella bondad, de violar aquella fuerza impotente.

Aquella noche lo amó con mayor intensidad que nunca porque la excitaba saber que era por última vez. Hacía el amor con él y estaba ya muy lejos de allí. Volvía a oír a lo lejos la trompeta dorada de la traición y sabía que era una voz a la que no podría resistirse. Le parecía que había aún ante ella un enorme espacio para la libertad, y la lejanía de aquel espacio la excitaba. Hacía el amor con Franz locamente, salvajemente, como nunca lo había hecho con él.

Franz gemía sobre su cuerpo y estaba seguro de entenderlo todo. Pese a que Sabina había estado callada durante la cena y no le había dicho lo que pensaba de su decisión, ahora le respondía. Ponía de manifiesto su alegría, su pasión, su aprobación, su deseo de vivir para siempre con él.

Se sentía como un jinete que va montado a caballo hacia un vacío maravilloso, hacia un vacío sin esposa, sin hija, sin hogar, hacia un maravilloso vacío barrido por la escoba de Hércules, hacia un maravilloso vacío que llenaría con su amor.

Ambos iban encima del otro como quien va a caballo. Ambos iban hacia la lejanía que anhelaban. Ambos estaban unidos por la traición que los liberaba. Franz iba en Sabina y traicionaba a su mujer, Sabina iba en Franz y traicionaba a Franz.

9

Durante más de veinte años había visto en su mujer a su madre, a un ser dulce al que es necesario defender; aquella idea estaba demasiado arraigada en él como para que pudiera librarse de ella en dos días. Al regresar a casa sintió remordimientos, tuvo miedo de que tras su partida se hubiera derrumbado y estuviera torturada por la tristeza. Abrió tímidamente la puerta, entró en su habitación. Se detuvo un momento en silencio, escuchando: sí, estaba en casa. Tras un momento de duda fue a verla para saludarla, como era su costumbre.

Alzó las cejas con una sorpresa fingida:

–¿Has vuelto aquí? –«¿Y adónde iba a ir?», tuvo ganas de decir (con auténtica sorpresa), pero no dijo nada. Ella continuó–: Para que todo quede claro. No tengo nada en contra de que te traslades en seguida a su casa.

Cuando se lo confesó todo, el día de la partida, no tenía un plan preciso. Estaba dispuesto a discutir amistosamente al regreso cómo hacer las cosas para causarle el menor daño posible. Pero no contaba con que ella misma insistiese fría y obstinadamente en que se fuese.

A pesar de que aquello le facilitaba las cosas, no pudo evitar la decepción. Toda la vida había tenido miedo de herirla y sólo por eso se había impuesto voluntariamente la disciplina de una monogamia idiotizante. ¡Y al cabo de veinte años de pronto comprueba que sus reparos han sido completamente inútiles y que se había privado de otras mujeres sólo por culpa de un malentendido!

Por la tarde tenía una clase y de la universidad fue directamente a casa de Sabina. Quería pedirle que le permitiese quedarse en su casa por la noche. Llamó al timbre pero no abrió nadie. Se fue al bar de enfrente y estuvo durante mucho tiempo mirando hacia la entrada de su casa.

Había anochecido ya y él no sabía qué hacer. Toda su vida había dormido con Marie-Claude en la misma cama. Si ahora regresara a casa, ¿dónde se acostaría? Podría acostarse, por supuesto, en el tresillo de la habitación contigua. Pero ¿no sería un gesto exagerado? ¿No parecería una manifestación de enemistad? ¡Él quiere seguir siendo amigo de su mujer! Pero acostarse a su lado tampoco era posible. Podía oír por adelantado su irónica pregunta: cómo no prefiere dormir en la cama de Sabina. Por eso buscó una habitación en un hotel.

Al día siguiente volvió a llamar en vano a la puerta de Sabina durante todo el día.

Al tercer día fue a ver a la portera. No sabía nada y le indicó que se dirigiera a la propietaria de la casa, que era quien le había alquilado el estudio a Sabina. La llamó por teléfono y se enteró de que Sabina había rescindido el contrato dos días antes.

Fue varios días más a ver si localizaba a Sabina en su casa hasta que un día encontró la casa abierta, tres hombres vestidos con monos cargaban los muebles y los cuadros en un gran camión de mudanzas aparcado delante de la casa.

Les preguntó adónde llevaban los muebles.

Le contestaron que tenían orden expresa de mantener en secreto la dirección.

Ya estaba a punto de ofrecerles unos cuantos billetes para que le desvelaran el secreto, cuando de repente sintió que no tenía fuerzas para hacerlo. La tristeza lo había paralizado por completo. No entendía nada, no era capaz de explicarse nada, lo único que sabía era que había estado esperando aquel momento desde el instante en que conoció a Sabina. Había pasado lo que tenía que pasar. Franz no se resistía.

Encontró un piso pequeño en el casco antiguo. En un momento en que sabía que no iban a estar ni la mujer ni la hija, visitó su antiguo hogar para llevarse la ropa y los libros más importantes. Se cuidó mucho de no coger nada que pudiera hacerle falta a Marie-Claude.

Un día la vio a través del cristal de una cafetería. Estaba sentada con otras dos señoras y su cara, en la que una gesticulación incontrolada había marcado hacía tiempo muchas arrugas, se movía temperamentalmente. Las damas la escuchaban y se reían sin parar. Franz tenía la impresión de que estaba hablándoles de él. Seguro que se había enterado de que Sabina había desaparecido de Ginebra precisamente en la misma época en que Franz decidió irse a vivir con ella. ¡Era una historia verdaderamente cómica! No podía extrañarse de ser objeto de diversión de las amigas de su mujer.

Regresó a su piso, hasta donde llegaba cada hora el sonido de las campanas de la iglesia de Saint-Pierre. Aquel mismo día le habían traído la mesa de la tienda. Olvidó a Marie-Claude y a sus amigas. Y por un momento olvidó también a Sabina. Se sentó a la mesa. Estaba contento de haberla elegido él mismo. Había vivido veinte años rodeado de muebles que no había elegido él. De todo se encargaba Marie-Claude. En realidad es la primera vez que dejaba de ser un muchacho y se independizaba. Al día siguiente había quedado con el carpintero para que le hiciese una librería. Llevaba ya varias semanas entretenido dibujando su forma, tamaño y ubicación.

Entonces se percató con sorpresa de que no era desdichado. La presencia física de Sabina era mucho menos importante de lo que había supuesto. Lo importante era la huella dorada, la huella mágica que había dejado en su vida y que nadie podría quitarle. Antes de desaparecer de su vista tuvo tiempo de poner en sus manos la escoba de Hércules, con la cual barrió de su vida todo lo que no quería. Aquella inesperada felicidad, aquella comodidad, aquel placer que le producían la libertad y la nueva vida, ése era el regalo que le había dejado.

Por lo demás, siempre prefería lo irreal a lo real. Del mismo modo que se sentía mejor en las manifestaciones (que como ya he dicho son sólo teatro y sueño) que en la cátedra desde la que daba clase a sus alumnos, era más feliz con la Sabina que se había convertido en una diosa invisible que con la Sabina con la que recorría el mundo y por cuyo amor temía constantemente. Le había dado la inesperada libertad del hombre que vive solo, le había regalado la luz de la seducción. Se había vuelto atractivo para las mujeres; una de sus alumnas se enamoró de él.

Y así, en un periodo de tiempo asombrosamente breve, se transformó por completo el escenario de su vida. Hasta hacía poco tiempo vivía en una gran casa burguesa con criada, hija y esposa, y ahora reside en un piso pequeño del casco antiguo y su joven amante se queda a dormir en su casa casi todos los días. No necesita recorrer con ella los hoteles de todo el mundo y puede hacer el amor con ella en su propio piso, en su propia cama, en presencia de sus libros y de su cenicero, que está encima de la mesa de noche.

¡La chica no era ni guapa ni fea, pero era mucho más joven que él! Y admiraba a Franz igual que hasta hacía poco tiempo admiraba Franz a Sabina. Aquello no era desagradable. Y si acaso podía interpretar el haber cambiado a Sabina por una estudiante con gafas como una pequeña degradación, su bondad era suficiente como para que la nueva amante hubiera sido bien recibida, para que sintiera por ella un amor paternal que antes nunca había podido satisfacer debido a que Marie-Anne no se comportaba como una hija, sino como una segunda Marie-Claude.

Un día visitó a su esposa y le dijo que le gustaría volver a casarse.

Marie-Claude hizo un gesto negativo con la cabeza.

–¡Pero si el divorcio no va a cambiar nada! ¡No pierdes nada! ¡Te dejo todas las propiedades!

–No se trata de las propiedades –dijo ella.

–Entonces, ¿de qué se trata?

–Del amor –sonrió.

–¿Del amor? –se extrañó.

–El amor es un combate –sonreía Marie-Claude–. Combatiré todo lo que sea necesario. Hasta el final.

–¿Que el amor es un combate? No tengo el menor deseo de combatir –dijo Franz y se marchó.

10

Después de cuatro años pasados en Ginebra, Sabina se fue a vivir a París y no era capaz de recuperarse de la melancolía. Si alguien le hubiera preguntado qué le había pasado, no habría encontrado palabras para explicarlo.

Un drama vital siempre puede expresarse mediante una metáfora referida al peso. Decimos que sobre la persona cae el peso de los acontecimientos. La persona soporta esa carga o no la soporta, cae bajo su peso, gana o pierde. Pero ¿qué le sucedió a Sabina? Nada. Había abandonado a un hombre porque quería abandonarlo. ¿La persiguió él? ¿Se vengó? No. Su drama no era el drama del peso, sino el de la levedad. Lo que había caído sobre Sabina no era una carga, sino la insoportable levedad del ser.

Hasta ahora, los momentos de traición la llenaban de excitación y de alegría, porque ante ella se abría un camino nuevo y, al final de éste, la nueva aventura de una traición. Pero ¿qué sucederá si ese camino se acaba un buen día? Uno puede traicionar a los padres, al marido, al amor, a la patria, pero cuando ya no hay ni padres, ni marido, ni amor, ni patria, ¿qué queda por traicionar?

Sabina sentía a su alrededor el vacío. Pero ¿qué sucedería si ese vacío fuese precisamente el objetivo de todas sus traiciones?

Por supuesto, hasta ahora no había sido consciente de ello: el objetivo hacia el cual se precipita el hombre queda siempre velado. La muchacha que desea casarse, desea algo totalmente desconocido para ella. El joven que persigue la gloria no sabe qué es la gloria. Aquello que otorga sentido a nuestra actuación es siempre algo totalmente desconocido para nosotros. Sabina tampoco sabía qué objetivo se ocultaba tras su deseo de traicionar. ¿Es su objetivo la insoportable levedad del ser? Al abandonar Ginebra se le acercó considerablemente.

Llevaba ya tres años en París cuando recibió una carta de Praga. La escribía el hijo de Tomás. De algún modo se había enterado de su existencia, había conseguido su dirección y se dirigía a ella como a «la amiga más próxima» de su padre. Le comunicaba la muerte de Tomás y Teresa. Al parecer habían pasado los últimos años en un pueblo donde Tomás trabajaba como conductor de un camión. Solían ir de vez en cuando a la ciudad más próxima y pasaban la noche allí en un hotel barato. El camino serpenteaba por los montes y el camión en el que iban se precipitó por una escarpada ladera. Sus cuerpos quedaron totalmente destrozados. La policía comprobó posteriormente que los frenos estaban en un estado catastrófico.

Era incapaz de sobreponerse a aquella noticia. El último vínculo que aún la ataba al pasado quedaba truncado.

Siguiendo su antigua costumbre pensó en calmarse paseando por un cementerio. El que estaba más próximo era el cementerio de Montparnasse. Se componía de una serie de casitas estrechas, de capillitas en miniatura construidas encima de cada tumba. Sabina no entendía por qué los muertos querían tener encima estas imitaciones de palacios. Aquel cementerio era la soberbia convertida en piedra. En lugar de haberse vuelto más razonables después de muertos, los habitantes del cementerio eran aún más necios que cuando vivían. Exhibían su importancia en esos monumentos. Los que descansaban ahí no eran padres, hermanos, hijos o abuelitas, sino dignatarios y hombres públicos, portadores de títulos, distinciones y honores; hasta los empleados de correos exponían aquí a la admiración pública su posición, su importancia social –su dignidad.

Paseando a lo largo de la alameda del cementerio vio que estaban enterrando a alguien en aquel preciso momento. El jefe de ceremonias llevaba un gran ramo de flores y entregaba a cada uno de los deudos una flor. También le dio una a Sabina. Ella se sumó a los demás. Dieron un rodeo alrededor de muchos mausoleos hasta llegar a una tumba a la que le habían quitado la lápida. Se inclinó sobre el foso. Era profundísimo. Dejó caer la flor. Fue describiendo pequeños círculos hasta llegar al ataúd. En Bohemia las tumbas no son tan profundas. En París las tumbas son tan profundas como altas las casas. Su mirada cayó sobre la lápida que yacía a un costado de la tumba. Aquella lápida le dio pánico, de modo que se dio prisa por volver a casa.

Se pasó el día pensando en aquella lápida. ¿Por qué la había asustado tanto?

Se respondió: si una tumba está cubierta por una lápida, el muerto ya nunca podrá salir.

Pero si el muerto nunca sale, ¿no da lo mismo que esté cubierto de tierra o de piedra?

No da lo mismo: cuando cubrimos la tumba con una piedra, significa que no queremos que el muerto regrese. La pesada lápida le dice al muerto: «¡Quédate donde estás!».

Sabina se acuerda de la tumba de su padre. Encima del ataúd hay tierra, de la tierra crecen flores y el arce estira sus raíces hacia el ataúd, de modo que podemos imaginarnos que, a través de esas raíces y esas flores, sale de la tumba. Si su padre hubiese estado cubierto por una lápida, nunca habría podido ir a hablar con él después de su muerte, nunca habría podido oír en la corona del árbol su voz que la perdonaba.

¿Qué aspecto tendrá el cementerio donde yacen Teresa y Tomás?

Volvió a pensar en ellos. Solían ir a la ciudad más próxima a pasar la noche en el hotel que allí había. Aquel párrafo de la carta llamó su atención. Indicaba que eran felices. Volvió a ver a Tomás como si fuera uno de sus cuadros: delante, Don Juan como un decorado falso pintado por un pintor ingenuo; a través de una grieta en el decorado, podía verse a Tristán. Había muerto como Tristán, no como Don Juan. Los padres de Sabina murieron en una misma semana. Tomás y Teresa en un mismo instante. Sintió nostalgia de Franz.

En cierta ocasión, le había hablado de sus paseos por los cementerios, se estremeció de asco y dijo que los cementerios eran depósitos de huesos y piedras. En ese momento se abrió entre ellos un abismo de incomprensiones. Hasta hoy, en Montparnasse, no había entendido qué quería decir. Le da pena haber sido impaciente. Es posible que, si hubieran permanecido más tiempo juntos, hubieran empezado lentamente a comprender las palabras que decían. Sus vocabularios se habrían ido aproximando tímida y lentamente como unos amantes muy vergonzosos, y la música de cada uno de ellos habría empezado a fundirse con la música del otro. Pero ya es tarde.

Sí, es tarde y Sabina sabe que no se quedará en París, que seguirá avanzando, aún más allá, porque, si muriera aquí, le pondrían una lápida encima y, para una mujer que nunca tiene sosiego, la idea de que su huida vaya a detenerse para siempre es insoportable.

11

Todos los amigos de Franz sabían de Marie-Claude y todos sabían de su estudiante con grandes gafas. Pero de quien no sabían era de Sabina. Franz se equivocaba al pensar que su esposa hablaba de ella con sus amigas. Sabina era una mujer hermosa y Marie-Claude no quería que la gente comparara mentalmente la cara de las dos.

Él temía que los descubriesen y por eso nunca tuvo ningún cuadro suyo, ningún dibujo, ni siquiera una pequeña fotografía. De modo que desapareció de su vida sin dejar huella. No existían pruebas tangibles de que hubiera pasado con ella el mejor año de su vida.

Por eso le gustaba aún más serle fiel.

Cuando se quedan solos en la habitación, su joven amante levanta a veces la vista del libro y le mira inquisitivamente: «¿En qué piensas?», pregunta.

Franz está sentado en el sillón y tiene los ojos fijos en el techo. Cualquiera que sea la respuesta que le dé, seguro que piensa en Sabina.

Cuando publica algún trabajo en una revista especializada, su estudiante es la primera lectora y quiere discutirlo con él. Pero él piensa en qué diría Sabina si lo leyese. Todo lo que hace lo hace para Sabina y lo hace de modo que le guste a Sabina.

Es una infidelidad muy inocente, como hecha a medida para Franz, que nunca sería capaz de hacerle daño a la estudiante de gafas. El culto a Sabina era para él más una cuestión de religión que de amor.

Además, de la teología de esa religión se desprende que su joven amante le ha sido enviada por Sabina. Por eso entre su amor terrenal y su amor celestial reina una paz absoluta. Y si el amor celestial contiene necesariamente (por ser celestial) una elevada proporción de elementos inexplicables e incomprensibles (recordemos el diccionario de palabras incomprendidas, ¡esa larga lista de malentendidos!), su amor terrenal está basado en una verdadera comprensión.

La estudiante es mucho más joven que Sabina, la composición musical de su vida está apenas esbozada y en ella incluye, agradecida, motivos tomados de Franz. La Gran Marcha de Franz también es su credo.

La música es para ella una embriaguez dionisíaca, igual que para él. Van con frecuencia a bailar. Viven en la verdad, nada de lo que hacen ha de ser secreto para nadie. Frecuentan la compañía de amigos, compañeros y hasta personas desconocidas, disfrutan estando, bebiendo y charlando con ellos.

Con frecuencia hacen excursiones a los Alpes. Franz se agacha, la muchacha salta sobre su espalda y él corre llevándola por los prados y recitando a gritos un largo poema alemán que le enseñó su mamá cuando era niño. La muchacha se ríe, se abraza a su cuello y admira sus piernas, su espalda y su torso.

Lo único que a ella se le escapa es la particular simpatía que siente Franz por ese país ocupado por los rusos. En el aniversario de la ocupación, una especie de sociedad checa de Ginebra organiza una celebración conmemorativa. En la sala hay poca gente. El orador tiene el pelo cano ondulado, de peluquería. Lee un largo discurso que aburre hasta a los pocos entusiastas que han ido a oírlo. Habla en un francés sin faltas pero con un acento terrible. De vez en cuando, para subrayar una idea, levanta el dedo índice, como si amenazara a la gente que está en la sala.

La chica de las gafas está sentada al lado de Franz, tratando de no bostezar. En cambio Franz sonríe feliz. Mira al hombre de pelo cano, que le resulta simpático con su curioso dedo índice y todo. Le parece que ese hombre es un mensajero secreto, un ángel, que mantiene la comunicación entre él y su diosa. Cierra los ojos tal como los cerraba encima del cuerpo de Sabina en quince hoteles europeos y uno norteamericano.

Cuarta parte
El alma y el cuerpo

1

Teresa, a la una y media de la mañana, se metió en el cuarto de baño, se puso el pijama y se acostó junto a Tomás. Dormía. Se inclinó sobre la cara de él y al besarlo notó en su pelo un perfume extraño. Volvió a olerlo otra vez y otra más. Lo olfateó como un perro y entonces comprendió: era el olor de un sexo de mujer.

A las seis sonó el despertador. Era la hora de *Karenin*. Se despertaba mucho antes que ellos, pero no se atrevía a molestarlos. Esperaba impaciente al campanilleo que le daba derecho a saltar encima de la cama, pisarlos y empujarlos con la cabeza. Hace mucho tiempo trataron de impedírselo, echándolo de la cama, pero él fue más testarudo que ellos y al final conquistó sus derechos. Además ella había llegado últimamente a la conclusión de que era agradable que *Karenin* la invitara a empezar el día. Para él el momento de despertarse era pura felicidad: se extrañaba ingenua y tontamente de estar otra vez entre los vivos y se alegraba sinceramente de ello. Ella, en cambio, se despertaba con una sensación de desagrado, deseando que la noche continuase para no abrir los ojos.

Ahora estaba en el vestíbulo mirando hacia el perchero del que colgaba la correa con el collar. Ella se lo abrochó al cuello y se fueron juntos a la tienda. Compró leche, pan, mantequilla y, como siempre, un panecillo para él. Al volver, el perro iba a su lado con el panecillo en la boca. Miraba con orgullo y seguramente le sentaba muy bien que la gente se fijase en él e hiciese comentarios.

Al llegar a casa se acostaba con el panecillo a la entrada de la habitación, esperando que Tomás lo viese, se agachase, empezase a gruñir y a fingir que quería robarle el pan. Aquello se repetía todos los días: se perseguían por toda la casa por lo menos durante cinco minutos, hasta que *Karenin* se metía debajo de la mesa y engullía rápidamente el panecillo.

Pero esta vez sus exigencias de que la ceremonia matinal se llevase a cabo fueron vanas. Tomás tenía en la mesa un pequeño transistor y lo escuchaba.

2

En la radio emitían un programa sobre la emigración checa. Era un montaje de conversaciones privadas grabadas en secreto por algún espía checo que se había infiltrado entre los emigrantes y después había regresado a Praga con gran revuelo. Eran conversaciones sin importancia en las que a veces se oía alguna palabra fuerte sobre el régimen de ocupación, pero también frases en las que un emigrante le llamaba a otro idiota o estafador. Eran precisamente estas frases las que ocupaban la parte principal del reportaje: pretendían demostrar no sólo que las personas en cuestión hablan mal de la Unión Soviética (lo cual no habría indignado a nadie en Bohemia), sino que además se calumnian mutuamente y que para ello emplean palabras groseras. Es curioso, la gente emplea palabras groseras de la mañana a la noche pero, cuando oye hablar por la radio a una persona conocida, a la que aprecia, utilizando la palabra «mierda» en cada frase, se siente decepcionada.

–Esto empezó con Prochazka –dijo Tomás y siguió escuchando.

Jan Prochazka fue un novelista checo, un hombre de cuarenta años con la vitalidad de un toro, que antes ya de 1968 empezó a criticar en voz muy alta la situación política. Era uno de los hombres más populares de la primavera de Praga, de aquella vertiginosa liberalización del comunismo que acabó con la invasión rusa. Poco después empezó el acoso contra él en todos los periódicos, pero cuanto más lo acosaban, más lo quería la gente. Por eso la radio empezó (en 1970) a emitir un serial con conversaciones que Prochazka había mantenido dos años antes (o sea en la primavera de 1968) con el profesor Vaclav Cerny. ¡Ninguno de los dos sospechaba entonces que en la casa del profesor hubiera un sistema secreto de escucha y que cada paso que daban estuviera vigilado! Prochazka divertía a sus amigos con hipérboles y exageraciones. Ahora esas exageraciones podían oírse en forma de serial por la radio. La policía secreta, que era la que dirigía el programa, había subrayado cuidadosamente los párrafos en los que el novelista se reía de sus amigos, por ejemplo de Dubcek. La gente, aunque aprovecha cualquier oportunidad para hablar mal de sus amigos, se indignaba más con su querido Prochazka que con la policía secreta.

Tomás apagó la radio y dijo:

–La policía secreta existe en todo el mundo. ¡Pero que se permita emitir públicamente sus grabaciones por la radio, eso no existe más que en Bohemia! ¡Eso no tiene punto de comparación!

–Sí lo tiene –dijo Teresa–. Cuando yo tenía catorce años, escribía en secreto mi diario. Tenía pavor de que alguien lo leyese. Lo guardaba en el desván. Mi madre lo localizó. Un día a la hora de comer, mientras estábamos todos inclinados sobre el plato de sopa, lo sacó del bolsillo y dijo: «¡Prestad to-

141

dos atención!» y lo leyó, y a cada frase se partía de risa. Todos se reían tanto que no podían ni comer.

3

Siempre trataba de convencerla de que le dejara desayunar solo y siguiera durmiendo. No dio su brazo a torcer. Tomás trabajaba desde las siete hasta las cuatro y ella desde las cuatro hasta medianoche. Si no desayunara con él, no habrían podido charlar más que los domingos. Por eso se levantaba a la misma hora que él y, cuando se marchaba, volvía a acostarse y seguía durmiendo.

Pero esta vez tenía miedo de quedarse dormida porque a las diez quería ir a la sauna en los baños de la isla de Zofin. Había muchos candidatos, poco sitio y la única manera de entrar era con enchufe. Por suerte, la que vendía las entradas era la mujer de un profesor al que habían echado de la universidad. El profesor era amigo de un antiguo paciente de Tomás. Tomás se lo dijo al paciente, el paciente se lo dijo al profesor, el profesor se lo dijo a su mujer y Teresa tenía siempre, una vez por semana, una entrada reservada.

Iba a pie. Odiaba los tranvías permanentemente repletos, en los que los pasajeros se apretujaban en abrazos llenos de odio, se pisaban los pies, se arrancaban los botones de los abrigos y se gritaban insultos.

Lloviznaba. Los apresurados peatones abrían los paraguas y en un momento la acera estuvo repleta. Los paraguas chocaban unos contra otros. Los hombres eran amables y, cuando pasaban junto a Teresa, levantaban la empuñadura del paraguas por encima de la cabeza para que pudiera pasar.

Pero las mujeres no se apartaban. Miraban hacia delante con dureza y cada una de ellas esperaba que la otra reconociese su debilidad y retrocediese. El encuentro entre paraguas era una prueba de fuerzas. Teresa al principio se apartaba, pero cuando comprendió que su amabilidad nunca era correspondida, cogió el paraguas con la misma firmeza que las demás. Varias veces chocó violentamente contra el paraguas de enfrente, pero nadie decía «disculpe». Por lo general, nadie decía nada, dos o tres veces oyó decir «¡imbécil!» o «¡mierda!».

Entre las mujeres que iban armadas de paraguas las había jóvenes y viejas, pero las más decididas luchadoras eran precisamente las jóvenes. Teresa recordó los días de la invasión. Las muchachas con minifaldas llevaban mástiles con banderas nacionales. Aquél era un atentado sexual contra los soldados, mantenidos durante varios años en régimen de abstinencia. Debían de sentirse en Praga como en un planeta inventado por un autor de ciencia ficción, un planeta de mujeres increíblemente elegantes que demostraban su desprecio subidas a unas piernas largas y hermosas como no se habían visto en toda Rusia durante los cinco o seis últimos siglos.

Hizo entonces muchas fotos de aquellas mujeres jóvenes con los tanques al fondo. ¡Las admiraba! Y precisamente esas mismas mujeres eran las que chocaban hoy con ella, insolentes y malvadas. En lugar de banderas llevaban paraguas, pero los llevaban con el mismo orgullo. Estaban dispuestas a luchar contra un ejército enemigo con la misma obstinación que contra un paraguas que no está dispuesto a cederles el paso.

4

Llegó hasta la plaza de la Ciudad Vieja, con la severa iglesia de Tyn y las casas barrocas formando un cuadrilátero irregular. El antiguo Ayuntamiento del siglo XIV, que alguna vez ocupó todo un lado de la plaza, llevaba ya veintisiete años en ruinas. Varsovia, Dresde, Colonia, Budapest fueron terriblemente destruidas en la última guerra, pero sus habitantes volvieron después a edificarlas y reconstruyeron, generalmente con todo cuidado, los viejos barrios históricos. Los praguenses se sentían acomplejados ante esas ciudades. El único edificio famoso que la guerra les destruyó fue el Ayuntamiento de la Ciudad Vieja. Decidieron dejarlo en ruinas como eterno recuerdo para que ningún polaco o alemán pudiera echarles en cara que habían padecido poco. Ante las gloriosas ruinas, que debían ser un eterno alegato contra la guerra, habían construido con tubos metálicos la tribuna para alguna manifestación a la que el partido comunista había mandado ir ayer, o mandaría ir mañana, a los habitantes de Praga.

Teresa observaba el Ayuntamiento derruido cuando de pronto le recordó a su madre: aquella perversa necesidad de mostrar sus escombros, de vanagloriarse de su fealdad, de mostrar su miseria, de desnudar el muñón de la mano amputada y obligar a todo el mundo a mirarlo. Últimamente todo le recuerda a la madre. Le parece que el mundo de la madre, del que escapó hace diez años, regresa a ella y la rodea por todas partes. Por eso había hablado por la mañana de cuando la madre leyó a la hora del almuerzo su diario íntimo ante la familia divertida. Cuando una conversación privada ante una botella de vino se emite públicamente por la radio, ¿qué explicación puede darse sino la de que el mundo entero se ha convertido en un campo de concentración?

Teresa utilizaba aquella palabra desde la infancia cuando quería explicar la impresión que le producía la vida en su familia. El campo de concentración es un mundo en el que las personas viven permanentemente juntas, de día y de noche. La crueldad y la violencia no son más que rasgos secundarios (y no imprescindibles). El campo de concentración es la liquidación total de la vida privada. Prochazka, que no podía charlar tranquilamente con su amigo, junto a una botella de vino, en la intimidad, vivía (¡sin saberlo, ése fue su fatal error!) en un campo de concentración. Teresa vivía en un campo de concentración cuando estaba en casa de su madre. Desde entonces sabe que el campo de concentración no es algo excepcional, digno de asombro, sino, por el contrario, algo dado de antemano, básico, en lo que el hombre nace y de lo que sólo logra huir poniendo en juego todas sus fuerzas.

5

En tres bancos ubicados uno más alto que el otro, en forma de terraza, estaban sentadas las mujeres, tan juntas unas de otras que se tocaban. Al lado de Teresa sudaba una mujer de unos treinta años con una cara muy bella. De los hombros le colgaban dos pechos increíblemente grandes, que se balanceaban al menor movimiento. La mujer se levantó y Teresa comprobó que su trasero se parecía a dos enormes bolsas y que no guardaba relación alguna con la cara.

Es posible que aquella mujer también se mire con frecuencia al espejo, que observe su cuerpo y quiera entrever a través de él su alma, tal como lo intenta Teresa desde la infancia. Seguro que alguna vez ha creído ingenuamente que podría utilizar el cuerpo como reclamo del alma. Pero ¡cuán monstruosa tenía que ser el alma que se pareciera a ese cuerpo, a ese colgador con cuatro bolsas!

Teresa se levantó y fue a ducharse. Después salió al exterior. Seguía lloviznando. Se detuvo encima de un tablero de madera bajo el cual fluía el Moldava, eran unos cuantos metros cuadrados en los que una alta valla de madera defendía a las damas de las miradas de la ciudad. Miró hacia abajo y vio en la superficie del río la cara de la mujer en la que había estado pensando poco antes.

La mujer le sonreía. Tenía una nariz delicada, grandes ojos castaños y una mirada infantil.

Subió por la escalerilla y, bajo el tierno rostro, volvieron a aparecer las dos bolsas que se balanceaban y esparcían a su alrededor pequeñas gotas de agua fría.

6

Entró a vestirse. Estaba ante un gran espejo.

No, en su cuerpo no había nada monstruoso. No tenía bolsas colgantes bajo los hombros, sino unos pechos bastante pequeños. La madre se reía de ella porque no eran debidamente grandes, de modo que tenía complejos, de los que no se libró hasta conocer a Tomás. Pero, aunque hoy era capaz de aceptar su tamaño, le molestaban los grandes círculos demasiado oscuros que rodeaban los pezones. Si hubiera podido diseñar su propio cuerpo, tendría unos pezones poco llamativos, tiernos, que apenas atravesaran la cúpula de los pechos y que por su color apenas se diferenciaran del resto de la piel. Aquella gran diana de color rojo intenso le daba la impresión de haber sido pintada por un pintor de pueblo con la pretensión de hacer arte erótico para los pobres.

Se miraba e imaginaba qué sucedería si su nariz aumentase un milímetro diario. ¿Cuántos días tardaría su cara en no parecerse a sí misma?

Y si las distintas partes de su cuerpo empezasen a aumentar y disminuir de tamaño hasta que Teresa dejase por completo de parecerse a sí misma, ¿seguiría siendo ella misma, seguiría siendo Teresa?

Claro. Aunque Teresa no se pareciese en nada a Teresa, su alma, dentro, seguiría siendo la misma y lo único que ocurriría es que observaría con asombro lo que le pasaba al cuerpo.

Pero, entonces, ¿qué relación hay entre Teresa y su cuerpo? ¿Tiene su cuerpo algún derecho al nombre de Teresa? Y si no tiene derecho, ¿a qué se refiere el nombre? ¿Sólo a algo incorpóreo, inmaterial?

(Éstas son las preguntas que le dan vueltas en la cabeza a Teresa desde la infancia. Y es que las preguntas verdaderamente serias son aquellas que pueden ser formuladas hasta por un niño. Sólo las preguntas más ingenuas son verdaderamente serias. Son preguntas que no tienen respuesta. Una pregunta que no tiene respuesta es una barrera que no puede atravesarse. Dicho de otro modo: precisamente las preguntas que no tienen respuesta son las que determinan las posibilidades del ser humano, son las que trazan las fronteras de la existencia del hombre.)

Teresa está ante el espejo como hechizada y mira su cuerpo como si fuera ajeno; ajeno y sin embargo adjudicado precisamente a ella. Aquel cuerpo no tenía fuerzas suficientes como para ser el único cuerpo en la vida de Tomás. Aquel cuerpo la había decepcionado y traicionado. ¡Hoy tuvo que estar toda la noche oliendo en su pelo el perfume del sexo de una mujer extraña!

De pronto tiene ganas de despedir a ese cuerpo como a una criada. ¡Permanecer junto a Tomás sólo como alma y que el cuerpo saliera a recorrer el mundo para comportarse allí tal como otros cuerpos femeninos se comportan con los cuerpos masculinos! Si su cuerpo no es capaz de convertirse en el único cuerpo para Tomás y si ha perdido la batalla más importante de su vida, ¡que se vaya!

7

Regresó a casa, almorzó sin ganas, de pie en la cocina. A las tres y media le puso el collar a *Karenin* y se fue con él (otra vez andando) al barrio donde estaba su hotel. Trabajaba allí de camarera en el bar desde que la echaron de la revista. Fue unos meses después de su regreso de Zurich; no le perdonaron los siete días que estuvo fotografiando los tanques rusos. Consiguió aquel puesto gracias a la ayuda de unos amigos: se refugiaron allí junto a ella otras personas a las que habían echado entonces del trabajo. En la caja había un antiguo profesor de teología; en recepción, un embajador.

Volvía a temer por sus piernas. Antes, cuando trabajaba en el restaurante de la pequeña ciudad, veía con horror los muslos de sus compañeras, llenos de varices. Era la enfermedad de todas las camareras, obligadas a pasar la vida andando, corriendo o de pie y llevando una pesada carga. Ahora el trabajo era más cómodo que antes en la pequeña ciudad. Pese a que antes de empezar su turno tenía que cargar con los pesados cajones de cerveza y agua mineral, luego ya no tenía otro trabajo que permanecer tras la barra, servir licores a los clientes y limpiar entre tanto los vasos en una pequeña pila instalada a un costado del bar. *Karenin* yacía durante todo el tiempo pacientemente a sus pies.

Cuando terminaba de sacar las cuentas y le llevaba el dinero al director del hotel, era ya bastante más de medianoche. Después iba a despedirse del embajador que tenía el servicio nocturno. Detrás del alargado mostrador de la recepción había una puerta que conducía a una pequeña habitación en la que había una cama estrecha en la que podía echar una cabezada. Encima de la cama había unas fotografías enmarcadas: en todas aparecía él con otras personas que sonreían al objetivo o le daban la mano o estaban sentadas a su lado tras una mesa y firmaban algo. Algunas de las fotografías estaban provistas de firma y dedicatoria. En lugar destacado colgaba una foto en la cual, junto a la cabeza del embajador, sonreía la cara de John F. Kennedy.

Esta vez el embajador no charlaba con el presidente de Estados Unidos, sino con un desconocido de unos sesenta años que dejó de hablar al ver a Teresa.

–Es una amiga –dijo el embajador–, puedes hablar con tranquilidad –después se dirigió a Teresa–: Acaban de condenar a su hijo a cinco años.

Se enteró de que el hijo del sexagenario había estado vigilando, en los primeros días de la ocupación, la entrada de un edificio en el que se alojaba un servicio especial del ejército soviético. Estaba claro que los checos que salían de allí eran agentes al servicio de los rusos. Les seguía junto con sus amigos, identificaba las matrículas de sus coches y les pasaba la información a los redactores de la emisora ilegal checa, que advertía de ello a la población. A uno de los agentes le dieron una paliza con la ayuda de los amigos.

El sexagenario dijo:

–Esta fotografía fue el único cuerpo del delito. Lo negó todo hasta que se la enseñaron.

Sacó del bolsillo de la chaqueta un recorte:

–Salió en el *Times*, en el otoño de 1968.

En la foto había un joven que cogía a un hombre por el cuello. La gente lo miraba. Debajo de la foto decía: «Castigo al colaboracionista».

Teresa suspiró con alivio. No, la fotografía no era suya.

Después se fue a casa con *Karenin*, andando por la Praga nocturna. Pensaba en los días que había pasado fotografiando los tanques. Qué ingenuos, pensaban que estaban arriesgando la vida por la patria y, sin saberlo, trabajaban para la policía rusa.

Llegó a casa a la una y media. Tomás ya dormía. Su pelo olía a sexo de mujer.

8

¿Qué es la coquetería? Podría decirse que es un comportamiento que pretende poner en conocimiento de otra persona que un acercamiento sexual es posible, de tal modo que esta posibilidad no aparezca nunca como seguridad. Dicho de otro modo: la coquetería es una promesa de coito sin garantía.

Teresa está detrás de la barra y los clientes a los que sirve bebidas coquetean con ella. ¿Le desagrada esa permanente marea de piropos, frases ambiguas, anécdotas, ofrecimientos, sonrisas y miradas? En absoluto. Siente un deseo irrefrenable de que su cuerpo (ese cuerpo extraño que debería irse a recorrer el mundo) se exponga a ese oleaje.

Tomás siempre ha pretendido convencerla de que el amor y la sexualidad son dos cosas distintas. Nunca quiso entenderlo. Ahora está rodeada de hombres por los que no siente la menor simpatía, ¿Qué pasaría si hiciese el amor con ellos? Tiene ganas de hacer la prueba, al menos en esa forma de promesa sin garantías a la que se llama coquetería.

Para que no haya confusiones: no pretende tomarse la revancha con Tomás. Lo que quiere es encontrar una salida al laberinto. Sabe que se ha convertido en una carga para él: se toma las cosas demasiado en serio, de cualquier cosa hace una tragedia, no es capaz de comprender la levedad y la divertida intrascendencia del amor físico. ¡Quisiera aprender a ser leve! ¡Desea que alguien le enseñe a dejar de ser anacrónica!

Si para otras mujeres la coquetería es una segunda naturaleza, una rutina sin importancia, para Teresa se ha convertido en el punto clave de una importante investigación que tiene por objeto enseñarle de qué es capaz. Pero precisamente por ser para ella algo tan importante y serio, su coquetería carece de levedad, es forzada, voluntaria, exagerada. El equilibrio entre la promesa y su falta de garantías (¡en el que reside precisamente el virtuosismo en la coquetería!) queda roto. Promete con demasiado fervor, sin dejar suficientemente clara la falta de garantías de la promesa. En otras palabras, le parece a todo el mundo excepcionalmente accesible. Y cuando los hombres reclaman después el cumplimiento de lo que a su juicio les fue prometido, topan con una violenta resistencia que sólo pueden explicarse suponiendo que Teresa es mala y taimada.

9

En una banqueta vacía junto a la barra se sentó un chico que tendría unos dieciséis años. Dijo unas cuantas frases provocativas que quedaron en la conversación como queda en un dibujo un trazo equivocado que ni se puede borrar ni puede prolongarse.

–Tiene unas piernas preciosas –le dijo.

Ella le respondió cortante:

–No sé cómo hace para verlas a través de la barra.

–Se las vi en la calle –explicó, pero en ese momento ella ya no le prestaba atención y se dedicaba a atender a otro cliente.

Él le pidió que le sirviera un coñac. Ella se negó.

–Tengo ya dieciocho años –protestó.

–Entonces, enséñeme su documentación –dijo Teresa.

–No se la enseño –dijo el chico.

–Entonces, tómese un zumo –dijo Teresa.

El chico se levantó sin decir palabra de la banqueta del bar y se marchó. Al cabo de media hora regresó y volvió a sentarse junto a la barra. Sus gestos eran desmedidos y olía a alcohol a tres metros de distancia.

–Una limonada –dijo.

–¡Está borracho! –dijo Teresa.

El chico señaló hacia un letrero impreso colgado en la pared, detrás de Teresa: *Prohibido servir bebidas alcohólicas a los menores de dieciocho años.*

–Está prohibido que me sirva bebidas alcohólicas –dijo señalando a Teresa con un amplio gesto de la mano–, pero lo que no dice en ningún sitio es que yo no pueda estar borracho.

–¿Dónde se ha puesto usted así? –preguntó Teresa.

–En el bar de enfrente –se rió y volvió a pedir su limonada.

–Entonces, ¿por qué no se quedó allí?

–Porque quiero verla –dijo el chico–. ¡Estoy enamorado de usted!

Lo dijo con una extraña mueca en la cara. Teresa no comprendía: ¿se ríe de ella?, ¿coquetea?, ¿bromea?, ¿o simplemente está borracho y no sabe lo que dice?

Le puso una limonada y dedicó su atención a los demás clientes. La frase «estoy enamorado de usted» parecía haber agotado al muchacho. Ya no dijo nada más, dejó silenciosamente su dinero encima de la barra y desapareció sin que Teresa lo advirtiera.

Pero en cuanto se fue, se encaró con ella un calvo bajito que llevaba ya tres vodkas:

–Señora, usted sabe perfectamente que a los menores no se les puede servir alcohol.

–¡Si no le di nada! ¡Sólo limonada!

–¡Me fijé perfectamente en lo que le ponía en la limonada!

–Pero ¿qué dice? –gritó Teresa.

–Otra vodka –dijo el calvo y añadió–: Hace tiempo que la vengo observando.

–Entonces, aproveche que le dejan mirar a una mujer guapa y cierre el pico –respondió un hombre alto que se había acercado a la barra poco antes y había estado observando la escena.

–¡Usted no se meta! ¡Esto no tiene nada que ver con usted! –gritó el calvo.

–Pues a ver si me explica qué tiene usted que ver con esto.

Teresa le sirvió al calvo la vodka que había pedido. Se la bebió de un trago, pagó y se marchó.

–Muchas gracias –le dijo Teresa al hombre alto.

–No tiene importancia –dijo el hombre alto y también se marchó.

10

Unos días más tarde volvió a aparecer por el bar. Al verle le sonrió como a un viejo amigo:

–Tengo que darle otra vez las gracias. Ese calvo viene aquí con frecuencia y es muy desagradable.

–Olvídese de él.

–¿Por qué se habrá metido conmigo?

–Es un pobre borracho. Se lo ruego una vez más: olvídese de él.

–Si usted me lo pide, entonces me olvidaré.

El hombre alto la miró a los ojos:

–Prométamelo.

–Se lo prometo.

–Es precioso oírla decir que me lo promete –dijo el hombre y siguió mirándola a los ojos.

La coquetería estaba presente: un comportamiento que pretende comunicarle al otro que la aproximación sexual es posible, aunque al mismo tiempo esa aproximación sea sólo teórica y sin garantías.

–¿Cómo es posible que en el barrio más feo de Praga se encuentre uno con una mujer como usted?

Y ella:

–¿Y usted? ¿Qué hace usted en el barrio más feo de Praga?

Le dijo que no vive lejos de allí, que es ingeniero y que se detuvo allí la primera vez por pura casualidad al volver del trabajo.

11

Estaba mirando a Tomás, pero su mirada no iba dirigida a sus ojos, sino, diez centímetros más arriba, a su pelo, que olía a sexo ajeno. Decía:

–Tomás, ya no puedo soportarlo. Yo sé que no tengo derecho a quejarme. Desde que volviste a Praga, por mi culpa, me he prohibido a mí misma tener celos. No quiero tener celos, pero no tengo fuerza suficiente para impedirlo. ¡Por favor, ayúdame!

Tomás la cogió del brazo y la llevó hasta el parque al que, años atrás, solían ir a pasear. Los bancos eran azules, amarillos, rojos. Se sentaron en uno de ellos y Tomás dijo:

–Te comprendo. Sé lo que quieres. Está todo preparado. Ahora irás a la colina de Petrin.

De repente se sintió angustiada:

–¿A Petrin? ¿Por qué a Petrin?

–Llegarás hasta arriba y lo entenderás todo.

Le pesaba terriblemente tener que ir; su cuerpo estaba tan débil que no podía levantarse del banco. Pero era incapaz de desobedecer. Se incorporó con esfuerzo.

Miró a su alrededor. Seguía sentado en el banco y le sonreía casi con alegría. Le hizo con la mano un gesto que pretendía animarla a que fuera.

12

Cuando llegó a la ladera de Petrin, esa colina verde que se alza en medio de Praga, advirtió con sorpresa que no había nadie. Era extraño, porque otras veces se paseaban permanentemente por allí masas de praguenses. Sentía angustia en el corazón, pero la colina estaba tan silenciosa y el silencio era tan consolador que no se resistió y se confió al regazo de la colina. Subía, a ratos se detenía y observaba: veía abajo muchos puentes y torres; los santos amenazaban con sus puños y elevaban la vista hacia las nubes. Era la ciudad más hermosa del mundo.

Llegó hasta la cima. Más allá de los quioscos de helados, postales y dulces (en los que no había ningún vendedor) se extendía el césped con unos pocos árboles. En el césped había unos hombres. Cuanto más se acercaba a ellos, más despacio iba. Eran seis. Estaban quietos o se paseaban muy lentamente, como jugadores en un campo de golf, que examinan el terreno, sopesan los palos y procuran estar en forma antes de empezar el partido.

Llegó hasta ellos. De los seis, reconoció perfectamente a tres que desempeñaban allí el mismo papel que ella: estaban inseguros, como si quisieran hacer muchas preguntas pero les diera miedo molestar y por eso prefirieran quedarse callados, dirigiendo a su alrededor una mirada interrogativa.

Los otros tres irradiaban una indulgente afabilidad. Uno de ellos llevaba en la mano un fusil. Al ver a Teresa, le hizo un gesto afirmativo y sonriente:

–Sí, éste es el sitio.

Lo saludó con una inclinación de cabeza y sintió una horrible angustia.

El hombre añadió:

–Para que no haya equivocaciones. ¿Es a petición *suya*?

Habría sido fácil decirle «¡no, no es a petición mía!», pero era incapaz de imaginar que pudiera decepcionar a Tomás. ¿Qué explicación podría darle si regresara a casa? De modo que dijo:

–Sí. Por supuesto. Es a petición mía.

El hombre del fusil continuó:

–Para que sepa por qué se lo pregunto, esto sólo lo hacemos si tenemos la seguridad de que las personas que vienen son ellas mismas las que desean expresamente morir. El servicio es sólo para ellas.

Miró a Teresa inquisitivamente, de manera que tuvo que volver a confirmarle:

–No, no tema. Es a petición propia.

–¿Le gustaría ser la primera? –preguntó.

Quería postergar al menos un poco la ejecución, así que dijo:

–No, no, por favor. Si fuera posible preferiría ser la última.

–Como quiera –dijo, y se reunió con los demás.

Sus dos ayudantes iban desarmados y sólo estaban allí para atender a la gente que había venido a morir. Los cogían del brazo y paseaban con ellos por el césped. El parque era muy amplio y se extendía hasta perderse en la lejanía. Los que iban a ser ejecutados podían elegir su propio árbol. Se detenían, miraban a su alrededor y no acertaban a decidirse. Por fin, dos de ellos eligieron dos plátanos, pero el tercero siguió hacia delante como si ningún árbol le pareciese adecuado para su muerte. El ayudante lo cogió suavemente del brazo y lo acompañó pacientemente hasta que el hombre perdió por fin el valor para seguir avanzando y se detuvo junto a un robusto arce.

Después los ayudantes ataron a los tres hombres una venda alrededor de los ojos.

Y así quedaron sobre el extenso parque tres hombres de espaldas a tres árboles, cada uno de ellos con una venda tapándole los ojos y la cabeza vuelta hacia el cielo.

El hombre del fusil apuntó y disparó. No se oyó sino el canto de los pájaros. El fusil tenía silenciador. Sólo se vio cómo el hombre apoyado en el arce empezaba a derrumbarse.

Sin alejarse del sitio en el que estaba, el hombre del fusil se volvió en otra dirección y uno de los hombres que estaban apoyados en los plátanos se derrumbó en un silencio absoluto y unos segundos más tarde (el hombre del fusil no hizo más que girar otra vez sin moverse de su sitio) cayó en el césped el tercer ejecutado.

Uno de los ayudantes se acercó en silencio a Teresa. Llevaba en la mano una venda de color azul oscuro.

Comprendía que quería vendarle los ojos. Hizo un gesto negativo con la cabeza y dijo:

–No, quiero verlo todo.

Pero aquél no era el verdadero motivo de su rechazo. No tenía nada en común con esos héroes decididos a mirar valientemente a los ojos al pelotón de fusilamiento. Lo único que quería era alejar el momento de la muerte. Sentía que en el momento en que tuviera los ojos vendados se encontraría en la antesala de la muerte, de la cual no existe camino de regreso alguno.

El hombre no insistió y la cogió del brazo. Y fueron así por el extenso parque y Teresa no era capaz de decidirse por ningún árbol. Nadie la obligaba a apresurarse, pero ella sabía que de todos modos no tenía escapatoria. Cuando vio un castaño en flor frente a ella, se detuvo. Apoyó la espalda contra el tronco y miró hacia arriba: veía el verde iluminado por el sol y a lo lejos oía el sonido de la ciudad, ligero y dulce, como si en ella sonaran miles de violines.

El hombre levantó el fusil.

Teresa sintió que su coraje se agotaba. Su debilidad la desesperaba, pero era incapaz de controlarla. Dijo:

–Es que no es *mi* voluntad.

Él bajó inmediatamente el cañón del fusil y dijo muy suavemente:

–Si no es *su* voluntad, no podemos hacerlo. No tenemos derecho.

Y su voz era amable, como si le pidiera disculpas a Teresa

por no poder fusilarla si ella misma no lo deseaba. Aquella amabilidad le destrozaba el corazón y ella se volvió de cara al tronco del árbol y se echó a llorar.

14

Todo su cuerpo se estremecía de dolor y ella se abrazaba al árbol como si no fuese un árbol sino su padre, al que había perdido, su abuelo, a quien no conoció, su bisabuelo, su tatarabuelo, algún hombre tremendamente viejo, llegado desde las más distantes profundidades del tiempo para ofrecerle su cara en forma de rugosa corteza de árbol.

Se volvió. Los tres hombres ya estaban lejos, caminaban por el césped como jugadores de golf y el fusil que llevaba uno de ellos parecía, en efecto, un palo de golf.

Bajó por las veredas de Petrin y en su alma quedaba la nostalgia por aquel hombre que debía haberla fusilado y no la había fusilado. Deseaba que estuviera allí. ¡Alguien tiene por fin que ayudarla! Tomás no va a ayudarla. Tomás la envía a la muerte. ¡Tiene que ser otro quien la ayude!

Cuanto más se aproximaba a la ciudad, más nostalgia sentía de aquel hombre y más miedo tenía de Tomás. No le perdonará el que no hiciera lo que había prometido. No le perdonará el no haber sido valiente y el haberlo traicionado. Estaba ya en la calle en la que vivían y sabía que dentro de poco le vería. Le dio tanto miedo que sentía la angustia en el estómago y tenía ganas de devolver.

15

El ingeniero la invitaba a que fuera a visitarle a su casa. Ya se había negado dos veces. Esta vez aceptó.

Almorzó como siempre de pie en la cocina y se marchó. Aún no eran las dos.

Se aproximaba a la casa y sentía que sus piernas, sin atender a su voluntad, aflojaban ellas mismas el paso.

Pero después pensó que en realidad había sido Tomás quien la había enviado a su casa. Era precisamente él quien le explicaba siempre que el amor y la sexualidad no tenían nada que ver, y ahora ella va a comprobar y a confirmar sus palabras. Le parece oír su voz: «Te comprendo. Sé lo que quieres. Lo he preparado todo. Llegarás hasta arriba y lo entenderás todo».

Sí, no hace otra cosa que cumplir las órdenes de Tomás.

Sólo quiere quedarse un momento en casa del ingeniero; sólo para tomar una taza de café; sólo para saber lo que es llegar hasta el límite mismo de la infidelidad. Quiere empujar su cuerpo hasta ese límite, dejarlo ahí un momento como en la picota y después, cuando el ingeniero quiera abrazarlo, le dirá, como le dijo al hombre del fusil en Petrin: «Es que no es mi voluntad».

Y el hombre bajará el cañón del fusil y le dirá con voz amable: «Si no es su voluntad, entonces no puede pasarle nada. No tengo derecho».

Y ella se volverá hacia el tronco del árbol y se echará a llorar.

Era un edificio suburbano construido a comienzos de siglo en el barrio obrero de Praga. Penetró en un pasillo de paredes sucias pintadas con cal. Unas desgastadas escaleras de piedra con la barandilla de hierro la condujeron hasta el primer piso. Allí dobló a la izquierda. Era la segunda puerta, sin nombre ni timbre. Llamó con los nudillos.

Le abrió.

El piso se componía de una única habitación, dividida a unos dos metros de la puerta por una cortina, que creaba así una especie de sucedáneo de antesala, en la que había una mesa con un infiernillo y una nevera. Al atravesar la cortina se encontró frente al rectángulo vertical de una ventana, al final de una habitación estrecha y alargada; a un costado había una librería, al otro una cama y un sillón.

—Es un piso muy modesto —dijo el ingeniero—, espero que no le haya sorprendido.

—No, no me sorprende —dijo Teresa mirando la pared completamente cubierta de estantes y libros.

Este hombre no tiene una mesa apropiada, pero tiene cientos de libros. Esto le resultaba simpático a Teresa y la angustia con la que había llegado se suavizó un poco. Desde la infancia considera los libros como contraseña de una hermandad secreta. Un hombre que tiene en casa esta biblioteca no puede hacerle daño.

Le preguntó qué podía ofrecerle, ¿vino?

No, no, no quiere vino. En todo caso, café.

Él atravesó la cortina y ella se acercó a la librería. Le llamó la atención uno de los libros. Era una traducción de *Edipo* de Sófocles. ¡Es curioso que este libro esté aquí! Hace muchos años, Tomás se lo dio a Teresa para que lo leyera y le habló mucho de él. Después publicó sus opiniones en un periódico y por culpa de aquel artículo toda su vida quedó patas arriba. Observó el lomo de aquel libro y al mirarlo se tranquilizó. Era como si Tomás hubiera dejado a propósito una huella, un recado, diciendo que todo lo había organizado él. Sacó el libro y lo abrió. Cuando el ingeniero vuelva de la antesala, le preguntará por qué tiene ese libro y si lo ha leído y qué opina de él. De ese modo, mediante una estratagema, la conversación se desplazará del peligroso territorio de un piso ajeno al mundo familiar de las ideas de Tomás.

Entonces sintió una mano en el hombro. El ingeniero le quitó el libro de las manos, volvió a colocarlo en la estantería sin decir palabra y la llevó hacia la cama.

Volvió a acordarse de la frase que le había dicho al verdugo de Petrin. Ahora la dijo en voz alta: «¡Es que no es mi voluntad!».

Creía que era una fórmula mágica que modificaría instantáneamente la situación, pero en esa habitación las palabras habían perdido su poder mágico. Incluso me parece que aquello lo incitó a actuar con mayor decisión: la atrajo hacia sí y le puso una mano sobre el pecho.

Cosa curiosa: aquel contacto la liberó inmediatamente de la angustia. El ingeniero, al tocarla, le señaló su cuerpo y ella se dio cuenta de que no se trataba en absoluto de ella (de su alma) sino única y exclusivamente de su cuerpo. De un cuerpo que la había traicionado y al que ella había mandado a recorrer el mundo junto con los demás cuerpos.

17

Le desabrochó un botón de la blusa y le dio a entender que ella misma se desabrochara los demás. Pero no respondió a aquella indicación. Había mandado su cuerpo a recorrer el mundo, pero no estaba dispuesta a asumir responsabilidad alguna en su nombre. No se resistía, pero tampoco le ayudaba. El alma pretendía así poner en evidencia que no estaba de acuerdo con lo que sucedía, pero que había decidido mantenerse neutral.

Él la desnudaba y ella permanecía mientras tanto casi inmóvil. Cuando la besó, los labios de ella no respondieron al contacto de los suyos. Pero entonces sintió de pronto que su sexo estaba húmedo y se asustó.

Sentía su excitación, que era aún mayor porque estaba excitada en contra de su voluntad. El alma ya estaba secretamente de acuerdo con todo lo que sucedía, pero también sabía que, para que durase aquella gran excitación, su aquiescencia debía seguir siendo tácita. Si dijese que sí en voz alta, si quisiese participar voluntariamente de la escena amorosa, la excitación disminuiría. Porque lo que excitaba el alma era precisamente que el cuerpo actuara en contra de su voluntad, que la traicionara y que ella estuviera presenciando aquella traición.

Luego le quitó las bragas y ella se quedó completamente desnuda. El alma veía el cuerpo desnudo en brazos de otro hombre y le parecía increíble, como si estuviera mirando de cerca al planeta Marte. El resplandor de lo increíble hacía que su cuerpo perdiera para ella, por primera vez, su trivialidad; por primera vez lo miraba hechizada; todo lo que tenía de personal, de único, de inimitable, se ponía de manifiesto. No era el más vulgar de todos los cuerpos (tal como lo había visto hasta ahora), sino el más extraordinario. El alma no podía separar la vista de una marca de nacimiento, una mancha castaña redonda situada justo encima del vello del pubis; le parecía como si aquella marca fuese un sello que ella misma (el alma) le hubiese impreso al cuerpo y que un miembro extraño se aproximaba sacrílegamente a ese sello sagrado.

Pero al mirar después a la cara de él, se dio cuenta de que nunca había autorizado que el cuerpo, sobre el que el alma había grabado su firma, se hallase en brazos de alguien a quien no conocía y no deseaba conocer. La inundó un odio embriagador. Reunió saliva en la boca para escupirla a la cara de ese hombre desconocido. Él la observaba con la misma avidez que ella a él; registró la furia de ella y sus movimientos se aceleraron. Teresa sintió que desde lejos se aproximaba el placer y empezó a gritar «no, no, no», se resistía al placer que llegaba y, al resistírsele, el gozo retenido se derretía largamente por su cuerpo, porque no podía escaparse por ninguna parte; se extendía dentro de ella como morfina inyectada en vena. Se estremecía en sus brazos, golpeaba a su alrededor con los puños y le escupía a la cara.

18

Las tazas de váter en los cuartos de baño modernos se elevan del suelo como flores blancas de nenúfar. El arquitecto hace todo lo posible para que el cuerpo olvide sus miserias y el hombre no sepa qué pasa con los residuos de sus entrañas cuando rumorea por encima de ellos el agua violentamente salida del depósito. Los tubos de la canalización, aunque llegan con sus tentáculos hasta nuestras casas, están cuidadosamente ocultos a nuestra vista y nosotros no sabemos nada de la invisible Venecia de mierda sobre la cual están edificados nuestros cuartos de baño, habitaciones, salas de baile y parlamentos.

El retrete del antiguo edificio suburbano de un barrio obrero de Praga era menos hipócrita; el suelo era de baldosa gris; la taza del váter se elevaba del suelo abandonada y mísera. Su forma no semejaba la de la flor del nenúfar, sino que aparentaba aquello que era: la terminación ampliada de una tubería. Hasta faltaba el asiento de madera y Teresa tuvo que sentarse sobre el frío metal esmaltado.

Estaba sentada en la taza y el deseo de vaciar las tripas, que de repente la invadió, era un deseo de ir hasta el límite de la humillación, de ser cuerpo lo más plenamente posible, ese cuerpo del cual decía la madre que no sirve más que para comer y defecar. Teresa vacía sus tripas y tiene en ese momento una sensación de infinita tristeza y soledad. No hay nada más mísero que su cuerpo desnudo sentado encima de la terminación ampliada de una tubería de desagüe.

Su alma había perdido la curiosidad del espectador, su malicia y su orgullo: volvía a estar en algún sitio de las profundidades del cuerpo, en su más lejana entraña y aguardaba desesperada por si alguien la llamaba para que saliera a la superficie.

19

Se levantó de la taza, tiró de la cadena y entró en la antesala. El alma temblaba dentro del cuerpo desnudo y rechazado. Aún sentía en el ano el tacto del papel con el que se había limpiado.

Y en ese momento sucedió algo inolvidable: sintió el deseo de penetrar en la habitación para oír la voz de él, su llamada. Si le hablara con voz suave, profunda, el alma se atrevería a salir a la superficie del cuerpo y ella se echaría a llorar. Le abrazaría igual que en el sueño había abrazado el tronco del castaño.

Estaba en la antesala y procuraba dominar aquel inmenso deseo de echarse a llorar delante de él. Sabía que, si no lo dominaba, ocurriría algo que no deseaba. Se enamoraría de él.

En ese momento se oyó desde el interior su voz. Al oír ahora aquella voz en sí misma (sin ver al mismo tiempo la alta figura del ingeniero), se sorprendió: era aguda y alta. ¿Cómo es posible que no lo hubiera notado nunca?

Quizá sólo logró ahuyentar la tentación gracias a esa impresión sorprendente y desagradable que le produjo su voz. Entró, se agachó a recoger la ropa tirada, se vistió rápidamente y se marchó.

20

Regresaba de la tienda con *Karenin,* que llevaba en la boca su panecillo. Era una mañana fría, helaba ligeramente. Pasaban junto a unos bloques a cuyo lado la gente había convertido las grandes superficies que quedaban entre los edificios en pequeños jardines y huertos. *Karenin* se detuvo de pronto y miró fijamente en aquella dirección. Ella también miró, pero no vio nada de particular. *Karenin* la arrastró y ella se dejó llevar. Tardó un poco en advertir sobre la tierra helada de un surco vacío la cabeza negra de una corneja con su gran pico. La cabeza sin cuerpo apenas se movía y el pico emitía de vez en cuando un sonido triste, ronco.

Karenin estaba tan excitado que dejó caer el panecillo. Teresa tuvo que atarlo a un árbol porque temía que hiciese daño a la corneja. Después se arrodilló en el suelo y trató de escarbar la tierra aplastada alrededor del pájaro al que habían enterrado vivo. No era fácil. Se rompió una uña, sangró.

En ese momento cayó junto a ella una piedra. Echó una mirada y vio a dos chicos de apenas diez años junto a la esquina de una casa. Se incorporó. La vieron moverse, se fijaron en el perro junto al árbol y huyeron.

Volvió a arrodillarse en el suelo escarbando en la tierra hasta que logró liberar a la corneja de su tumba. Pero el pájaro estaba lastimado y no podía andar ni levantar el vuelo. Lo envolvió en una pañoleta roja que llevaba al cuello y lo apretó con la mano izquierda contra su cuerpo. Con la derecha desató a *Karenin* del árbol y tuvo que hacer uso de toda su fuerza para que se calmara y se mantuviera junto a su pierna.

Llamó a la puerta porque no tenía las manos libres para buscar la llave en el bolsillo. Tomás le abrió. Le pasó la correa de *Karenin*. «¡Sujétalo!», le ordenó y llevó la corneja al cuarto de baño. La puso en el suelo debajo del lavabo. La corneja se agitaba pero no podía moverse. Fluía de ella una especie de espeso líquido amarillo. Le puso unos trapos viejos debajo del lavabo para que no le dieran frío los baldosines. El pájaro agitaba a cada rato el ala herida y su pico apuntaba hacia arriba como un mudo reproche.

21

Estaba sentada en el borde de la bañera y no podía dejar de mirar la corneja moribunda. Veía en su absoluto desamparo la imagen de su propio sino. Se dijo varias veces: «No tengo en el mundo a nadie más que a Tomás».

¿Había llegado a la conclusión, tras el episodio con el ingeniero, de que las aventuras no tienen nada que ver con el amor? ¿De que son leves y no pesan nada? ¿Ya está más tranquila?

En absoluto.

Vuelve a su mente la siguiente escena:

Salió del retrete y su cuerpo estaba en la antesala desnudo y rechazado. El alma temblaba, asustada, en algún lugar en la profundidad de las entrañas. Si en aquel momento el hombre que estaba en la habitación le hubiera hablado a su alma, se habría echado a llorar, habría caído en sus brazos.

Se imaginó que, en su lugar, hubiese estado en la ante sala junto al retrete alguna de las amantes de Tomás y que en lugar del ingeniero hubiese estado dentro Tomás. Éste le habría dicho a la chica una sola palabra y ella lo habría abrazado llorando.

Teresa sabe que así es el momento en que nace el amor: la mujer no puede resistirse a la voz que llama a su alma asustada; el hombre no puede resistirse a la mujer cuya alma es sensible a su voz. Tomás no está protegido ante los peligros del amor y Teresa ha de temer por él a cada hora y a cada minuto.

¿Cuál es su arma? Únicamente su fidelidad. Se la ofreció desde el comienzo, desde el primer día, como si supiera que no tenía otra cosa que darle. El amor que hay entre ellos es de una arquitectura extrañamente asimétrica: descansa sobre la seguridad absoluta de su fidelidad como un palacio mastodóntico sobre una sola columna.

La corneja ya no movía las alas, sólo a veces le temblaba la patita herida, quebrada. Teresa no quería separarse de ella, como si velase junto al lecho de una hermana suya moribunda. Al fin fue a la cocina a almorzar algo a toda prisa.

Cuando volvió, la corneja había muerto.

Durante el primer año Teresa gritaba cuando hacían el amor y aquellos gritos, como ya he dicho, pretendían cegar y ensordecer los sentidos. Más tarde, ya gritaba menos, pero su alma seguía ciega de amor y no veía nada. Sólo cuando se acostó con el ingeniero, la ausencia de amor permitió que su alma viese con claridad.

Había ido otra vez a la sauna y estaba ante el espejo. Se miraba y veía la escena amorosa en el piso del ingeniero. Lo que de ella recordaba no era al amante. Francamente, no sería capaz de describirlo, posiblemente no se había fijado en su aspecto cuando estaba desnudo. De lo que se acordaba (y lo que ahora, excitada, veía en el espejo) era de su propio cuerpo; de su pubis y de la mancha redonda situada inmediatamente encima de él. Aquella mancha, que hasta entonces había sido para ella un simple y prosaico defecto de la piel, se le había grabado en la mente. Deseaba volver a verla una y otra vez en aquella increíble proximidad del miembro de un extraño.

Es necesario que lo subraye una vez más: lo que deseaba no era ver el sexo de un extraño. Quería ver su pubis en compañía de un miembro extraño. No deseaba el cuerpo de un amante. Deseaba su propio cuerpo, repentinamente descubierto, el más próximo y el más extraño y el más excitante.

Observaba su cuerpo lleno de pequeñas gotas que le habían quedado de la ducha y pensaba que el ingeniero volvería a pasar por el bar dentro de poco. ¡Deseaba que acudiera, que la invitara a su casa! ¡Lo deseaba enormemente!

Todos los días tenía miedo de que el ingeniero apareciese por el bar y de no ser capaz de decirle «no». Con el paso de los días el temor a que acudiera fue reemplazado por el miedo a que no acudiera.

Pasó un mes y el ingeniero no apareció. A Teresa aquello le parecía inexplicable. El deseo frustrado pasó a segundo plano y fue reemplazado por la intranquilidad: *¿por qué* no acudió?

Atendía a los clientes. Estaba entre ellos el calvo que una vez se había metido con ella diciéndole que servía alcohol a menores. Estaba contando en voz alta un cuento verde, el mismo que había oído ya cien veces a los borrachos a los que servía cerveza, tiempo atrás, en la pequeña ciudad. Una vez más, le parecía que el mundo de la madre volvía a ella y por eso interrumpió al calvo con muy malos modos.

El hombre se ofendió:

–Usted no me va a decir a mí lo que tengo que hacer. Puede estar muy contenta de que nosotros la dejemos seguir aquí detrás de esta barra.

–*Nosotros,* ¿quiénes? ¿Quiénes son *nosotros?*

–Nosotros –dijo el hombre y pidió otra vodka–. Y recuerde que no le voy a permitir que me ofenda –después señaló el cuello de Teresa, que llevaba un collar de perlas baratas–: ¿De dónde sacó esas perlas? ¡Seguro que no se las dio su marido, que limpia escaparates! ¡Ése no tiene dinero para comprarle regalos! Se lo dan los clientes, ¿eh? ¿Y a cambio de qué?

–¡Calle la boca inmediatamente! –le gritó Teresa.

El hombre intentó coger con sus dedos el collar:

–¡No olvide que en nuestro país está prohibida la prostitución!

Karenin se levantó, se apoyó con las patas delanteras en la barra y gruñó.

El embajador dijo:

–Es de la social.

–Si es de la social, debería comportarse con discreción –arguyó Teresa–. ¡Qué clase de policía secreta es ésta si ya no es ni secreta!

El embajador se acomodó en su canapé, con las piernas debajo del cuerpo, tal como se lo habían enseñado en los cursos de yoga. Encima de él sonreía Kennedy en el marquito y les daba a sus palabras un tono de particular consagración.

–Señora Teresa –dijo paternalmente–, los de la social cumplen varias funciones. La primera es la clásica. Oyen lo que la gente dice e informan de ello a sus superiores. La segunda función es la de intimidar. Nos hacen ver que nos tienen en su poder y pretenden que tengamos miedo. Eso es lo que perseguía el calvo en cuestión. La tercera función consiste en organizar montajes que puedan comprometernos. Hoy ya no tiene sentido acusarnos de conspirar contra el Estado, porque lo único que lograrían es que la gente simpatizara aún más con nosotros. Es más probable que intenten encontrar hachís en nuestro bolsillo o que procuren demostrar que hemos violado a una niña de doce años. Siempre se encuentra a alguna niña dispuesta a atestiguarlo.

Volvió a acordarse del ingeniero. ¿Cómo es posible que no haya vuelto nunca?

El embajador continuaba:

–Necesitan hacer caer a la gente en la trampa para captarla para su servicio y con su ayuda preparar trampas para más gente y convertir así poco a poco a toda la nación en una sola organización de confidentes.

En lo único en que pensaba Teresa era en que el ingeniero había sido enviado por la policía. ¿Quién era aquel chico tan extraño que se había emborrachado en el bar de enfrente y le había declarado su amor? El calvo de la social se metió con ella por su culpa y el ingeniero la defendió. Los tres desempeñaban su papel en una escenografía preparada de antemano, cuyo objetivo era despertar en ella simpatía hacia el hombre que tenía la misión de seducirla.

¿Cómo es posible que no se le hubiera ocurrido? ¡Era un piso raro, que nada tenía que ver con aquel hombre! ¿Por qué iba a vivir un ingeniero tan bien vestido en un piso tan mísero? ¿Sería ingeniero? Y si era ingeniero, ¿cómo es que no tenía que trabajar a las dos de la tarde? ¿Y cómo es que un ingeniero leía a Sófocles? ¡No, aquélla no era la librería de un ingeniero! Aquélla parecía más bien la habitación de un intelectual pobre detenido. Cuando ella tenía diez años y detuvieron a su padre, también le incautaron el piso y toda su biblioteca. Quién sabe para qué habrán utilizado después el piso.

Ahora ya sabe por qué nunca volvió. Había cumplido ya su misión. ¿Cuál? El de la social, cuando estaba borracho, le confesó sin querer: «¡La prostitución está prohibida en nuestro país, no lo olvide!». ¡Aquel supuesto ingeniero atestiguaría que ella se habría acostado con él y que le pidió dinero a cambio! La amenazarán con montar un escándalo y le harán chantaje para que denuncie a la gente que se emborracha en su bar.

–Esa historia no encierra ningún peligro –la tranquilizaba el embajador.

–Espero que no –dijo ella con voz ahogada y salió con *Karenin* a las calles de la Praga nocturna.

La gente, en su mayoría, huye de sus penas hacia el futuro. Se imaginan, en el correr del tiempo, una línea más allá de la cual sus penas actuales dejarán de existir. Pero Teresa no ve ante sí rayas como ésas. Lo único que puede consolarla es mirar hacia atrás. Otra vez era domingo. Cogieron el coche y se fueron lejos de Praga.

Tomás estaba sentado al volante, Teresa a su lado y *Karenin* se acercaba a ellos de vez en cuando desde el asiento trasero y les lamía las orejas. Al cabo de dos horas llegaron a un balneario donde habían pasado unos días hacía seis años. Querían pasar la noche allí.

Pararon el coche en la plaza y bajaron. No había cambiado nada. Frente a ellos estaba el hotel en el que habían vivido tiempo atrás y delante de él un antiguo tilo. A la izquierda del hotel arrancaba un antiguo paseo, construido en madera, al final del cual brotaba de una fuente de mármol el manantial sobre el que hoy, tal como entonces, se inclinaba la gente con sus vasos en la mano.

Tomás señaló de nuevo el hotel. Algo había cambiado. Antes se llamaba Grand y ahora había un cartel que decía Baikal. Se fijaron en la placa que había en la esquina del edificio: Plaza de Moscú. Y recorrieron después (*Karenin* los seguía sin correa) todas las calles que conocían, mirando sus nombres: había una calle de Stalingrado, una de Leningrado, otra de Rostov, la de Novosibirsk, la de Kiev, la de Odesa, había un sanatorio Chaikovski, un sanatorio Tolstoi, un sanatorio Rimski-Korsakov, un hotel Suvorov, un cine Gorki y un café Pushkin. Todas las denominaciones estaban sacadas de la geografía y la historia rusas.

Teresa recordó los primeros días de la invasión. La gente quitaba en todas las ciudades las placas con los nombres de las calles y eliminaba en las carreteras los indicadores en los que figuraban los nombres de las ciudades. El país se volvió anónimo en una sola noche. Siete días deambuló el ejército ruso por el territorio sin saber dónde estaba. Los oficiales buscaban los edificios de los periódicos, de la televisión, de la radio, querían ocuparlos pero no podían encontrarlos. Preguntaban a la gente, pero la gente se encogía de hombros o les daba nombres falsos y direcciones falsas.

Al cabo de los años, de pronto, parece que aquel anonimato fue peligroso para el país. Las calles y los edificios ya no podían recuperar sus nombres originales. Y así, de pronto, un balneario checo se convirtió en una especie de pequeña Rusia imaginaria y Teresa se encontró con que el pasado que había venido a buscar le había sido confiscado. Ya no les apetecía pasar la noche allí.

26

Regresaron al coche en silencio. Ella reflexionaba: todas las cosas y las personas aparecen disfrazadas. Una vieja ciudad checa se cubrió de nombres rusos. Los checos que fotografiaban la ocupación trabajaban en realidad para la policía secreta. El hombre que la había enviado a la muerte llevaba la máscara de Tomás. El policía aparecía como ingeniero y el ingeniero quería desempeñar el papel del hombre de Petrin. La señal del libro en su piso era falsa y su función era conducirla por el camino equivocado.

Ahora que se acordaba del libro que había cogido, se dio de pronto cuenta de algo y se sonrojó: ¿cómo era aquello? El ingeniero dijo que iba a traer café. Ella se acercó a la librería y sacó el *Edipo* de Sófocles. Después el ingeniero regresó. ¡Pero sin café!

Volvía a recordar aquella situación una y otra vez: ¿cuánto tiempo había estado fuera cuando fue a buscar café? Al menos un minuto, probablemente dos, quizá tres. Pero ¿qué había estado haciendo durante tanto tiempo en aquella antesala de miniatura? ¿Habría ido al váter? Teresa trata de recordar si había oído cerrarse la puerta o correr el agua. No, seguro que no oyó el agua, si no lo recordaría. Y está casi segura de que la puerta no hizo ruido alguno. Entonces, ¿qué hizo en aquella antesala?

De pronto todo le parecía claro, demasiado claro. Si quieren cogerla en la trampa, no les basta el simple testimonio del ingeniero. Necesitan una prueba irrefutable. Durante aquel periodo sospechosamente prolongado, el ingeniero instaló una cámara en la antesala. O, lo que es más probable, le abrió la puerta a alguien provisto de una cámara fotográfica y que les hizo fotos oculto tras la cortina.

No hace más de un par de semanas aún se reía de Prochazka por no saber que vivía en un campo de concentración, en el que no existe vida privada. ¿Y ella? Cuando abandonó la casa de la madre, pensó, qué ingenua, que se había convertido de una vez para siempre en dueña de su intimidad. Pero el hogar de la madre se extiende por todo el mundo y alarga sus manos hacia ella. Teresa nunca podrá escapar de él.

Bajaban por las escaleras atravesando los jardines hacia la plaza en la que habían dejado el coche.

–¿Qué te pasa? –le preguntó Tomás.

Antes de que tuviera tiempo de responderle, alguien saludó a Tomás.

27

Era un hombre de unos cincuenta años, un campesino al que Tomás había operado en una ocasión. Desde entonces lo mandaban todos los años a curarse a ese balneario. Invitó a Tomás y a Teresa a tomar una copa de vino. Dado que en Bohemia los perros tienen prohibida la entrada en los sitios públicos, Teresa fue a llevar a *Karenin* al coche y los hombres se sentaron mientras tanto en la cafetería. Cuando regresó, el campesino estaba diciendo:

–En nuestro pueblo la situación está tranquila. Hasta me eligieron hace dos años presidente de la cooperativa.

–Le felicito –dijo Tomás.

–Ya sabe usted, el campo. La gente quiere irse. Los de arriba tienen que conformarse con que haya alguien, al menos alguien, que quiera quedarse. A nosotros no nos pueden echar del trabajo.

–Sería un sitio ideal para nosotros –dijo Teresa.

–Se aburriría usted, joven. Allí no hay nada. No hay absolutamente nada.

Teresa miraba la cara curtida del agricultor. Le resultaba muy simpático. ¡Después de tanto tiempo, por fin alguien volvía a serle simpático! Tenía ante los ojos la imagen del campo: un pueblecito con la torre de la capilla, las tierras, los bosques, el conejo que corre junto a un surco, el cazador con el sombrero verde. Nunca había vivido en el campo. Aquella imagen era de oídas. O de lecturas. O se la habían impreso en la conciencia sus antepasados lejanos. Y sin embargo la imagen era clara y precisa, como una fotografía de la tatarabuela en el álbum familiar o como un grabado antiguo.

–¿Aún siente algún dolor? –preguntó Tomás.

El agricultor indicó un lugar detrás del cuello, allí donde el cráneo se une a la columna:

–A veces me duele aquí.

Sin levantarse de la silla, Tomás le palpó el lugar señalado y estuvo un rato haciéndole preguntas. Después le dijo:

–Yo ya no tengo derecho a recetar. Pero cuando llegue a casa, dígale a su médico que habló conmigo y que le recomendé esto.

Sacó del bolsillo de la chaqueta un bloc y arrancó un papel. Con letras de imprenta escribió el nombre del medicamento.

28

Volvieron a Praga.

Teresa pensaba en la fotografía en la que su cuerpo desnudo es abrazado por el ingeniero. Se consolaba: aunque existiese tal fotografía, Tomás no la verá nunca. El único valor que tiene para ellos esa foto es que, gracias a ella, van a poder extorsionar a Teresa. En cuanto se la enviasen a Tomás, la foto perdería para ellos todo su valor.

Pero ¿qué sucederá si la policía llega a la conclusión de que Teresa no tiene para ellos ningún interés? En ese caso la foto puede convertirse para ellos en un simple objeto de entretenimiento y nadie podrá impedir que alguien, quizá sólo para divertirse, la meta en un sobre y la envíe a la dirección de Tomás.

¿Qué pasaría si Tomás recibiese semejante fotografía? ¿La echaría de su lado? Es posible que no. Probablemente no. Pero la frágil construcción de su amor se derrumbaría por completo. Porque esa construcción tiene por única columna su fidelidad y los amores son como los imperios: cuando desaparece la idea sobre la que han sido construidos, perecen ellos también.

Tenía ante los ojos una imagen: el conejo corriendo por el surco, el cazador con el sombrero verde y la torre de la capilla por encima del bosque.

Deseaba decirle a Tomás que debían irse de Praga. Dejar a los niños que entierran vivas a las cornejas, dejar a los de la social, dejar a las jóvenes armadas con paraguas. Deseaba decirle que debían irse al campo. Que aquél era el único camino de la salvación.

Volvió la cabeza hacia él. Pero Tomás callaba y miraba la carretera ante él. Teresa no sabía cómo salvar aquel silencio entre ambos. Se sentía como aquella otra vez, al bajar de Petrin. La angustia le oprimía el estómago y tenía ganas de devolver. Tomás le daba miedo. Era demasiado fuerte para ella y ella demasiado débil. Le daba órdenes que ella no comprendía. Procuraba cumplirlas, pero no sabía.

Deseaba regresar a Petrin y pedirle al hombre del fusil que le permitiese atarse la venda ante los ojos y apoyarse en el tronco del castaño. Deseaba morir.

29

Se despertó y comprobó que estaba sola en casa.

Salió a la calle y fue andando hasta el río. Quería ver el Vltava. Quería detenerse junto a la orilla y mirar largamente las olas, porque la visión del fluir del agua tranquiliza y cura. El río fluye de una edad a otra y las historias de la gente transcurren en la orilla. Transcurren para ser olvidadas mañana y para que el río siga fluyendo.

Se apoyó en la barandilla y miró hacia abajo. Estaba en la periferia de Praga, el Vltava había atravesado ya la ciudad, había dejado atrás la gloria del castillo de Hradcany y de las iglesias, era como una actriz después de la representación, cansada y pensativa. Fluía entre dos orillas sucias que lindaban con alambradas y muros, tras los cuales había fábricas y campos de juego abandonados.

Estuvo mirando durante mucho tiempo al agua, que allí parecía más triste y oscura, y de pronto vio en medio del río una especie de objeto, un objeto rojo, sí, era un banco. Un banco de madera con las patas de metal, uno de los tantos que se encuentran en los parques praguenses. Navegaba lentamente por el medio del Vltava. Y tras él otro banco. Y otro y otro, y es ahora cuando Teresa se da cuenta de que los bancos de los parques de Praga se van de la ciudad río abajo, son muchos, son cada vez más, flotan en el agua como en otoño las hojas que el agua se lleva del bosque, son rojos, son amarillos, son azules.

Miró a su alrededor como si quisiera preguntarle a la gente qué quería decir aquello. ¿Por qué se van río abajo los bancos de los parques de Praga? Pero todos pasaban a su lado indiferentes y les daba exactamente lo mismo que hubiera un río fluyendo de una edad a otra por en medio de su efímera ciudad.

Volvió a mirar el río. Se sentía inmensamente triste. Comprendía que lo que estaba viendo era una despedida.

La mayor parte de los bancos desapareció de su vista, aún aparecieron algunos más, los últimos rezagados, otro banco amarillo más y después otro más, azul, el último.

Quinta parte
La levedad y el peso

1

Cuando Teresa llegó inesperadamente a ver a Tomás a Praga, hizo el amor con él, como ya he escrito en la primera parte, ese mismo día o esa misma hora, pero inmediatamente después tuvo fiebre. Ella estaba en cama y él de pie a su lado, con la intensa sensación de que ella era un niño al que alguien había colocado en un cesto y lo había enviado río abajo.

Por eso, la imagen del niño abandonado se convirtió en algo precioso para él y le hizo pensar frecuentemente en los viejos mitos en los que aparecía. Ése fue seguramente el motivo por el cual un día cogió una traducción del *Edipo* de Sófocles.

La historia de Edipo es conocida: un pastor lo encontró abandonado cuando era un niño de pecho, se lo llevó a su rey, Pólibo, y éste lo educó. Cuando Edipo era ya adolescente, se cruzó en un camino de montaña con una carroza en la que iba un dignatario desconocido. Surgió una disputa, Edipo mató al dignatario. Más tarde se convirtió en esposo de la reina Yocasta y en señor de Tebas. No sospechaba que el hombre a quien había matado en las montañas era su padre y que la mujer con la que dormía era su madre. Mientras tanto, la desgracia se cebó en sus súbditos y los castigaba con enfermedades. Cuando Edipo comprendió que él mismo era el culpable de sus padecimientos, se hirió los ojos con dos broches y, ciego, abandonó Tebas.

2

A los que creen que los regímenes comunistas de Europa central son exclusivamente producto de seres criminales, se les escapa una cuestión esencial: los que crearon estos regímenes criminales no fueron los criminales, sino los entusiastas, convencidos de que habían descubierto el único camino que conduce al Paraíso. Lo defendieron valerosamente y para ello ejecutaron a mucha gente. Más tarde se llegó a la conclusión generalizada de que no existía Paraíso alguno; de modo que los entusiastas resultaron ser asesinos.

En aquel momento todos empezaron a gritarles a los comunistas: «¡Sois los responsables de la desgracia del país (empobrecido y despoblado), de la pérdida de su independencia (cayó en poder de Rusia), de los asesinatos judiciales!».

Los acusados respondían: «¡No sabíamos! ¡Hemos sido engañados! ¡Creíamos de buena fe! ¡En lo más profundo de nuestra alma, somos inocentes!».

La polémica se redujo por lo tanto a la siguiente cuestión: ¿en verdad no sabían? ¿O sólo aparentaban no saber?

Tomás seguía atentamente esta polémica (la seguían los diez millones de habitantes de la nación checa) y opinaba que había comunistas que no eran del todo inocentes (inevitablemente tenían que saber algo de los horrores que habían ocurrido y no cesaban de ocurrir en la Rusia postrevolucionaria). Sin embargo, es probable que la mayoría de ellos, en efecto, no supiera nada.

Y llegó a la conclusión de que la cuestión fundamental no es: ¿sabían o no sabían?, sino: ¿es inocente el hombre cuando no sabe?, ¿un idiota que ocupa el trono está libre de toda culpa sólo por ser idiota?

Supongamos que un fiscal checo que a comienzos de los años cincuenta pidió la pena de muerte para un inocente fue engañado por la policía secreta rusa y por el gobierno de su país. Pero ¿cómo es posible que hoy, cuando sabemos ya que las acusaciones eran absurdas y los ejecutados inocentes, ese mismo fiscal defienda la limpieza de su alma y se dé golpes de pecho? ¡Mi conciencia está limpia, no sabía, creía de buena fe! ¿No reside precisamente su irremediable culpa en ese «¡no sabía!, ¡creía de buena fe!»?

Y fue entonces cuando Tomás recordó la historia de Edipo: Edipo no sabía que dormía con su propia madre y, sin embargo, cuando comprendió de qué se trataba, no se sintió inocente. Fue incapaz de soportar la visión de lo que había causado con su desconocimiento, se perforó los ojos y se marchó de Tebas ciego.

Tomás oía los gritos de todos los comunistas que defendían su limpieza interior y se decía: «Por culpa de vuestro desconocimiento este país ha perdido quizá por siglos su libertad, ¿y vosotros gritáis que os sentís inocentes? ¿Cómo sois capaces de seguir presenciándolo? ¿Cómo es que no estáis aterrados? ¿Es que conserváis la vista? ¡Si tuvieseis ojos, deberíais atravesároslos y marcharos de Tebas!».

Aquella comparación le gustaba tanto que la utilizaba con frecuencia en las conversaciones con sus amigos y, con el paso del tiempo, iba expresándola con formulaciones cada vez más precisas y elegantes.

Leía entonces, como todos los intelectuales, el semanario editado por la Unión de Escritores Checos, con una tirada de alrededor de trescientos mil ejemplares, que había logrado una considerable autonomía dentro del régimen y hablaba de cosas de las que otros no podían hablar públicamente. Por eso en el periódico de los escritores se hablaba también de quién y cómo era culpable de los asesinatos judiciales durante los procesos políticos al comienzo del régimen comunista.

En todas estas polémicas se repetía siempre la misma pregunta: ¿sabían o no sabían? Tomás creía que esta cuestión era secundaria y por eso escribió un día sus ideas sobre Edipo y las envió al semanario. Al cabo de un mes recibió respuesta. Le invitaron a que se pasara por la redacción. Cuando llegó, lo recibió un redactor de escasa estatura, erguido como una regla, y le propuso que modificase la sintaxis en una frase. El texto se publicó en la penúltima página, en la sección de cartas de los lectores.

Tomás no quedó satisfecho. Se habían tomado la molestia de invitarle a visitar la redacción para que les autorizase a modificar la sintaxis, pero después, sin preguntarle nada, recortaron notablemente su texto, de modo que sus ideas se vieron reducidas exclusivamente a la tesis básica (considerablemente esquemática y agresiva) y dejaron de gustarle.

Eso sucedió en 1968. En el poder estaba Alexander Dubcek y con él los comunistas que se sentían culpables y estaban dispuestos a reparar de algún modo las culpas contraídas. Pero los otros comunistas, los que gritaban que eran inocentes, tenían miedo de que la nación indignada los juzgara. Por eso iban diariamente a quejarse a la embajada rusa y a pedir ayuda. Cuando se publicó la carta de Tomás, gritaron: «¡Hasta aquí podíamos llegar! ¡Ya se escribe públicamente que nos tienen que arrancar los ojos!».

Y dos o tres meses más tarde los rusos decidieron que en su virreinato las discusiones libres eran intolerables, y una noche su ejército ocupó la patria de Tomás.

3

Cuando Tomás regresó de Zurich a Praga, volvió a trabajar en su hospital como antes. Pero un buen día lo llamó el director.

–Al fin y al cabo, colega –le dijo–, usted no es un escritor ni un periodista, ni un salvador de la nación, sino un médico y un científico. No me gustaría perderlo y haré todo lo posible por mantenerlo aquí. Pero es necesario que retire lo que ha dicho en el artículo sobre Edipo. ¿Tiene usted mucho interés en ese artículo?

–Señor director –dijo Tomás recordando cómo le habían amputado una tercera parte del texto–, jamás ha habido nada que me importase menos.

–Ya sabe de qué se trata –dijo el director.

Lo sabía: en la balanza había dos cosas: por una parte su honor (que consistía en no retirar las afirmaciones que había hecho), por la otra aquello que se había acostumbrado a considerar como el sentido de su vida (su trabajo científico y médico). El director continuó:

–Esto de exigir que la gente reniegue públicamente de lo que ha dicho tiene algo de medieval. ¿Qué significa «renegar»? En nuestra época una idea sólo puede ser refutada y no tiene sentido renegar de ella. Y dado que, estimado colega, renegar de una idea es algo imposible, sencillamente verbal, formal, mágico, no encuentro ningún motivo para que no haga usted lo que desean. En una sociedad gobernada por el terror, no hay ninguna declaración que sea vinculante, son declaraciones forzadas y las personas honradas están obligadas a no tomarlas en cuenta, a no oírlas. Tal como le digo, colega, es importante para mí, y lo es para sus pacientes, que continúe usted trabajando.

–Creo que tiene razón –dijo Tomás con cara de infelicidad.

–¿Pero? –preguntó el director tratando de adivinar su pensamiento.

–Temo que me daría vergüenza.

–¿Tiene usted una opinión tan elevada de la gente que le rodea como para que le importe lo que vayan a pensar?

–No, la opinión que tengo de ellos no es demasiado elevada.

–Además –añadió el director–, me han asegurado que no se trata de una declaración pública. Son unos burócratas. Lo que necesitan es tener constancia en sus expedientes de que usted no está en contra del régimen para poder defenderse en caso de que alguien los atacase por haberle dejado trabajar en su puesto. Me han dado garantías de que la declaración será una cuestión privada entre usted y ellos y de que no está previsto hacerla pública.

–Déjeme una semana para pensarlo –dijo Tomás para terminar la conversación.

4

A Tomás se le consideraba el mejor cirujano del hospital. Se decía que el director, al que ya le faltaba poco para jubilarse, le dejaría pronto su puesto. Cuando se supo la noticia de que los organismos directivos le habían pedido una declaración autocrítica, nadie puso en duda que Tomás obedecería.

Eso fue lo primero que le sorprendió: pese a que nunca había dado motivo para ello, la gente se sentía más inclinada a apostar por su inmoralidad que por su moralidad.

La segunda cuestión sorprendente era la reacción que producía su supuesta actitud. Podríamos dividir esas reacciones en dos tipos básicos:

El primer tipo de reacciones era el que manifestaban aquellos que se habían visto obligados (ellos mismos o quienes los rodeaban) a renegar de algo, a manifestar su apoyo al régimen de ocupación o estaban dispuestos a hacerlo (aunque fuera a disgusto; nadie lo hacía por placer).

Esta gente le sonreía con una sonrisa especial, que hasta entonces desconocía: con la tímida sonrisa de aprobación del conspirador. Es la sonrisa de dos hombres que se encuentran por casualidad en un burdel; les da un poco de vergüenza y al mismo tiempo se alegran de que la vergüenza sea mutua; surge entre ellos una especie de fraternidad que los une.

Le sonreían aún más contentos porque él nunca había tenido fama de conformista. Por eso su prevista aceptación de la propuesta del director era una muestra de que la cobardía iba convirtiéndose en norma de conducta y de que pronto dejaría de ser vista como tal. Esta gente nunca había sido amiga suya. Tomás advirtió con temor que, si en efecto hiciese la declaración que le había pedido el director, lo invitarían a tomar una copa a su casa y pretenderían hacerse amigos suyos.

El segundo tipo de reacciones era el de la gente que había sufrido (ellos mismos o quienes los rodeaban) persecuciones, el de quienes se negaban a aceptar ningún tipo de compromiso con el régimen de ocupación o el de aquellos a los que nadie les exigía que aceptaran ningún compromiso (que hicieran ninguna declaración), quizá porque eran demasiado jóvenes para haberse visto implicados en nada y estaban convencidos de que, si se lo hubieran pedido, no lo habrían hecho.

Uno de ellos, el médico S., un joven de mucho talento, le preguntó a Tomás:

–¿Qué, ya la hiciste?

–¿De qué me hablas? –le preguntó Tomás.

–De tu declaración –dijo S.

No lo decía con mala intención. Incluso sonreía. Era una sonrisa completamente distinta, otra de las sonrisas del voluminoso herbario de las sonrisas: una sonrisa de feliz superioridad moral.

Tomás dijo:

–Oye, ¿tú qué sabes de mi declaración? ¿La has leído?

–No –respondió S.

–Entonces no hables de lo que no sabes –dijo Tomás.

S. seguía sonriendo tranquilamente:

–Todos sabemos cómo funciona esto. Esas declaraciones se escriben en forma de carta al director o al ministro o al que sea, y éste promete que la carta no se publicará para que el que la escribe no se sienta humillado. ¿Es así?

Tomás se encogió de hombros y siguió escuchando.

–Después archiva la declaración tranquilamente en su cajón, pero el que la escribió sabe que puede publicarse en cualquier momento. Por eso nunca podrá decir nada, ni criticar nada, ni protestar por nada, porque en ese caso se publicaría su declaración y él quedaría deshonrado ante todos. A decir verdad, es un método bastante amable. Los hay peores.

–Sí, es un método muy amable –dijo Tomás–, pero me gustaría saber quién te dijo que yo he aceptado entrar en semejante juego.

Se encogió de hombros pero la sonrisa no desapareció de su rostro.

Tomás se dio cuenta de una cosa curiosa. ¡*Todos* le sonríen, *todos* desean que escriba esa declaración, *todos* se alegrarían! Los primeros se alegran de que la inflación de cobardía trivialice su actitud y les devuelva el honor perdido. Los otros ya se han acostumbrado a considerar su honor como un privilegio especial al que no quieren renunciar. Por eso tienen por los cobardes un amor secreto; sin ellos su coraje se convertiría en un esfuerzo corriente e inútil que no suscitaría la admiración de nadie.

Tomás no podía soportar aquellas sonrisas y le daba la impresión de que las veía en todas partes, incluso en la cara de los desconocidos que pasaban por la calle. No podía dormir. ¿Y eso? ¿Es tal la importancia que les atribuye? No. La opinión que esa gente le merece no es buena y se enfada consigo mismo por sentirse tan afectado por esas miradas. Es algo que carece de lógica. ¿Cómo es posible que alguien que estime tan poco a la gente dependa tanto de su opinión?

Su profunda desconfianza hacia la gente (sus dudas con respecto a que tengan derecho a decidir acerca de lo que a él le concierne y a juzgarlo) tuvo probablemente algo que ver en la elección de su profesión, que descartaba cualquier posibilidad de relación con el público. Cuando alguien elige, por ejemplo, una carrera política, opta libremente por hacer del público su juez, en la ingenua y manifiesta confianza de que logrará su favor. Un eventual rechazo de las masas le estimula para lograr metas aún más difíciles, del mismo modo que la dificultad de un diagnóstico estimulaba a Tomás.

El médico (a diferencia del político o del actor) sólo es juzgado por sus pacientes y por sus colaboradores más próximos, o sea entre cuatro paredes y a la vista de sus jueces. Puede responder inmediatamente a las miradas de quienes lo juzgan con su propia mirada, puede explicarse o defenderse. Pero ahora Tomás se encontraba (por primera vez en la vida) en una situación en la que se fijaba en él un número de ojos mayor del que era capaz de registrar. No podía responderles ni con una mirada suya ni con palabras. Estaba a su merced. Se hablaba de él en el hospital y fuera del hospital (en aquella época, Praga, nerviosa, comunicaba las noticias acerca de quién había defraudado, quién había denunciado, quién había colaborado, con la extraordinaria rapidez de un tamtam africano), y él lo sabía pero no podía hacer nada por remediarlo. Él mismo estaba sorprendido de lo insoportable que aquello le resultaba y de la sensación de pánico que le invadía. El interés que aquella gente sentía por él le resultaba tan desagradable como una aglomeración o como el contacto de la gente que nos arranca la ropa en nuestras pesadillas.

Fue a ver al director y le comunicó que no escribiría nada.

El director apretó su mano con mucha mayor fuerza que otras veces y le dijo que había previsto esa decisión. Tomás dijo:

–Señor director, quién sabe si no será posible que usted me mantenga aquí aunque yo no haga esa declaración –dándole a entender que sería suficiente que todos sus colegas amenazasen con presentar la dimisión en caso de que obligasen a Tomás a marcharse.

Pero a nadie se le ocurrió amenazar con la dimisión y al cabo de un tiempo (el director le estrechó la mano aún con mayor fuerza que la vez anterior, le dejó marcas) Tomás tuvo que abandonar su puesto en el hospital.

5

Primero fue a parar a una clínica rural a unos ochenta kilómetros de Praga. Tenía que coger el tren todos los días, y regresaba con un cansancio mortal. Un año más tarde consiguió un puesto mucho más cómodo, aunque de menor importancia, en un ambulatorio de la periferia. Ya no podía dedicarse a la cirugía y tenía que ejercer como médico de cabecera. La sala de espera estaba repleta, apenas podía dedicarle cinco minutos a cada caso; les recetaba aspirinas, escribía los certificados de baja para sus empresas y los mandaba al especialista. Ya no se consideraba médico sino oficinista.

Allí fue a visitarlo en una ocasión, cuando ya terminaba de pasar consulta, un hombre de unos cincuenta años; una ligera obesidad le añadía cierta prestancia. Se presentó como funcionario del Ministerio del Interior e invitó a Tomás al bar de enfrente.

Pidió una botella de vino. Tomás se resistió:

–He venido en coche. Si me coge la policía, me quitarán el carné de conducir.

El hombre del Ministerio del Interior se sonrió:

–Si le pasase algo, basta con dar mi nombre –y le dio a Tomás su tarjeta en la que figuraba su nombre (seguro que falso) y el teléfono del Ministerio.

Después se puso a hablar, durante largo rato, de lo mucho que apreciaba a Tomás. En el Ministerio todos lamentan que un cirujano de su talla tenga que recetar aspirinas en un ambulatorio de la periferia. Le dio a entender indirectamente que la policía, aunque no puede decirlo en voz alta, no está de acuerdo con el procedimiento excesivamente drástico por el cual se priva a destacados especialistas de sus puestos de trabajo.

Hacía mucho tiempo que a Tomás no lo elogiaba nadie, así que oía muy atentamente al señor obeso y se sorprendía de la precisión y el detalle con que estaba informado de sus éxitos profesionales. ¡Qué indefenso está el hombre ante los elogios! Tomás no podía evitar tomarse en serio lo que decía el hombre del Ministerio.

Pero no era sólo por vanidad. Era más que nada por falta de experiencia. Si está usted sentado cara a cara con alguien afable, respetuoso, cortés, es muy difícil darse cuenta permanentemente de que nada de lo que dice es verdad, de que ninguna de sus afirmaciones es sincera. No creer (permanente y sistemáticamente, sin un momento de duda) requiere un enorme esfuerzo y exige entrenamiento, es decir interrogatorios policiales frecuentes. A Tomás le faltaba este entrenamiento. El hombre del Ministerio seguía:

–Sabemos, estimado doctor, que tenía usted en Zurich una excelente posición. Y valoramos su actitud al regresar. Eso ha sido estupendo. Usted sabía que su sitio era éste –y después añadió, como si le estuviera echando algo en cara a Tomás–: ¡Pero su sitio está en el quirófano!

–Estoy de acuerdo –dijo Tomás.

Se produjo una breve pausa y el hombre del Ministerio dijo con voz compungida:

–Pero dígame, doctor, ¿usted cree de verdad que habría que atravesarles los ojos a los comunistas? ¿No le parece raro que pueda decir eso una persona como usted, que le ha devuelto la salud a tanta gente?

–Esto es absurdo –objetó Tomás–. Lea atentamente lo que yo escribí.

–Lo he leído –dijo el hombre del Ministerio con una voz que pretendía ser muy triste.

–¿Y acaso escribí que hay que atravesarles los ojos a los comunistas?

–Todos lo entendieron así –dijo el hombre del Ministerio y su voz era cada vez más triste.

–Si hubiera leído usted el texto completo, tal como lo escribí, jamás se le hubiera ocurrido eso.

–¿Cómo? –aguzó el oído el hombre del Ministerio–. ¿No publicaron el texto tal como usted lo escribió?

–Lo recortaron.

–¿Mucho?

–Como un tercio.

El hombre del Ministerio parecía sinceramente indignado:

—Pues eso no fue juego limpio por parte de ellos.

Tomás se encogió de hombros.

—¡Debió haber protestado! ¡Debió haber exigido una rectificación!

—¿No ve que inmediatamente después llegaron los rusos? Todos teníamos otras preocupaciones —dijo Tomás.

—Pero ¿por qué tiene que creer la gente que usted, un médico, quería que alguien le arrancara los ojos a la gente?

—Pero si mi artículo se publicó en la parte de atrás, con las cartas de los lectores. Nadie se fijó en él. Únicamente la embajada rusa, porque le vino bien.

—¡No diga eso, doctor! Yo mismo he hablado con mucha gente que había leído su artículo y estaba asombrada de que usted lo hubiera escrito. Pero ahora todo está mucho más claro al explicarme usted que el artículo no fue publicado tal como usted lo escribió. ¿Se lo encargaron ellos?

—No —dijo Tomás—, se lo mandé yo.

—¿Usted los conoce?

—¿A quiénes?

—A los que publicaron su artículo.

—No.

—¿No habló nunca con ellos?

—Me invitaron una vez a la redacción.

—¿Para qué?

—Por lo del artículo.

—¿Y con quién habló?

—Con uno de los redactores.

—¿Cómo se llamaba?

Hasta ese momento Tomás no se había dado cuenta de que estaba siendo interrogado. De pronto le dio la impresión de que cualquier cosa que dijera podía poner a alguien en peligro. Por supuesto sabía el nombre de aquel redactor, pero lo negó: «No lo sé».

–Pero, doctor –dijo el hombre con un tono lleno de indignación por la insinceridad de Tomás–, ¡sin duda le dijo su nombre al recibirle!

Resulta tragicómico que nuestra buena educación se convierta en aliada de la policía. No sabemos mentir. El imperativo «¡di la verdad!» que nos inculcaron mamá y papá actúa hasta tal punto de forma automática que incluso ante el policía que nos interroga nos da vergüenza mentir. Es más fácil para nosotros discutir con él, insultarlo (lo cual no tiene sentido alguno), que mentirle descaradamente (que es lo único lógico que podemos hacer).

Cuando el hombre del Ministerio del Interior le reprochó su falta de sinceridad, Tomás estuvo a punto de sentirse culpable; tuvo que superar una especie de obstáculo interno para continuar mintiendo:

–Seguramente se presentó –dijo–, pero el nombre no me decía nada y en seguida lo olvidé.

–¿Qué aspecto tenía?

El redactor que había hablado con él era pequeño y tenía el pelo rubio muy corto. Tomás trató de elegir los rasgos opuestos:

–Era alto. Tenía el pelo largo y negro.

–Ah –dijo el hombre del Ministerio–, ¡y la mandíbula saliente!

–Sí –dijo Tomás.

–Un poco encorvado.

–Sí –coincidió Tomas una vez más y se dio cuenta de que el hombre del Ministerio había identificado a la persona en cuestión.

Tomás no sólo acababa de delatar a un pobre redactor, sino que además su delación era falsa.

–¿Y por qué le llamaron? ¿De qué hablaron?

–Se trataba de una modificación de la sintaxis.

Aquello sonaba como una excusa ridícula. El hombre del

Ministerio volvió a indignarse y asombrarse de que Tomás no quisiera decirle la verdad:

–¡Pero doctor! ¡Hace un rato me dijo que le habían recortado una tercera parte del texto y ahora me dice que estuvieron discutiendo de un cambio en la sintaxis! ¡Eso no es lógico!

Para Tomás la respuesta ya era más fácil porque lo que decía era la pura verdad:

–No es lógico pero es así –sonrió–: Me pidieron que les permitiese modificar la sintaxis en una frase y después redujeron el artículo en un tercio.

El hombre del Ministerio volvió a hacer con la cabeza un gesto como si no pudiera comprender una actitud tan inmoral y dijo:

–Esa gente no se ha comportado correctamente con usted.

Terminó su copa de vino y concluyó:

–Estimado doctor, ha sido usted víctima de una manipulación. Sería una lástima que tuvieran que pagar las consecuencias usted y sus pacientes. Nosotros sabemos de su nivel profesional. Ya veremos lo que se puede hacer.

Le estrechó cordialmente la mano a Tomás. Después salieron del bar y cada uno cogió su coche.

6

Tras el encuentro Tomás se quedó con un humor de perros. Se reprochaba haber aceptado el tono jovial de la conversación. ¡Ya que no se había negado a hablar con el policía (no estaba preparado para semejante situación, no sabía qué prescribía la ley), al menos tenía que haberse negado a tomar una copa de vino con él en el bar, como si fuese un amigo!

¿Qué pasaría si lo hubiese visto alguien que conociera a aquel hombre? ¡Pensaría que Tomás está al servicio de la policía! ¿Y por qué ha tenido que decirle que el artículo fue recortado? ¿Para qué le dio, sin ninguna necesidad, esa información? Estaba absolutamente descontento de sí mismo.

Dos semanas más tarde el hombre del Ministerio regresó. Pretendía que fueran otra vez al bar de enfrente, pero Tomás le pidió que permaneciera en el consultorio.

–Comprendo, doctor –sonrió.

Aquella frase despertó la atención de Tomás. El hombre del Ministerio había hablado como un ajedrecista que le confirma a su contrincante que en la jugada anterior ha cometido un error.

Se habían sentado en dos sillas, uno frente al otro, y entre ambos estaba el escritorio de Tomás. Al cabo de unos diez minutos, durante los cuales hablaron de la epidemia de gripe que alcanzaba en aquel momento su apogeo, el hombre dijo:

–He estado meditando sobre su caso, doctor. Si se tratase únicamente de usted, la cosa sería sencilla. Pero tenemos que tener en cuenta la opinión pública. Queriendo o sin querer, con su artículo contribuyó a impulsar la histeria anticomunista. No puedo ocultarle que incluso hemos recibido una propuesta para que se le exijan a usted responsabilidades penales por ese artículo. Hay un párrafo que lo contempla. Incitación pública a la violencia.

El hombre del Ministerio se calló y miró a Tomás a los ojos. Tomás se encogió de hombros. El hombre volvió nuevamente al tono amistoso:

–Hemos rechazado esas propuestas. Cualquiera que sea su responsabilidad, a la sociedad le interesa que trabaje en el puesto en el que mejor provecho puede sacar a su capacidad. Su director lo estima a usted mucho. Y también tenemos información de sus pacientes. ¡Es usted un gran especialista, doctor! Nadie puede exigirle a un médico que entienda de política. Usted se dejó engañar. Habría que dejar las cosas en su justo lugar. Por eso querríamos proponerle un texto para la declaración que, a nuestro juicio, debería hacer para la prensa. Ya nos ocuparíamos nosotros de que se publicara en el momento adecuado –y le dio a Tomás un papel.

Tomás leyó lo que estaba escrito y se horrorizó. Era mucho peor que lo que dos años antes le había pedido su director. Aquello no era solamente una retractación total con respecto al artículo sobre Edipo. Había frases sobre el amor a la Unión Soviética, sobre la fidelidad al partido comunista, había una condena a los intelectuales que al parecer querían arrastrar al país a una guerra civil, pero, sobre todo, había una denuncia contra los redactores del semanario de la Unión de Escritores, incluido el nombre del redactor alto y encorvado (Tomás no había hablado nunca con él pero sabía su nombre y le conocía de ver su foto en la prensa), que habían deformado conscientemente su artículo para cambiarle el sentido y transformarlo en una proclama contrarrevolucionaria; según parece, eran demasiado cobardes para escribir ellos mismos un artículo así y trataron de aprovecharse de un ingenuo médico.

El hombre del Ministerio percibió el gesto de horror que había en los ojos de Tomás. Se inclinó y le dio una amistosa palmada en la rodilla por debajo de la mesa:

–¡Estimado doctor, eso no es más que una sugerencia! Tómese tiempo para pensarlo y, si quiere modificar alguna frase, por supuesto podemos llegar a un acuerdo. ¡Al fin y al cabo el texto es *suyo!*

Tomás le devolvió el papel al policía como si le diese miedo tenerlo un segundo más en sus manos. Era casi como si creyera que alguien fuera algún día a buscar en él sus huellas dactilares.

En lugar de coger el papel, el hombre del Ministerio extendió con fingida sorpresa los brazos (era el mismo gesto que emplea el Papa para bendecir a las masas desde su balcón):

–Pero, doctor, ¿por qué me lo devuelve? Quédeselo. Ya lo meditará tranquilamente en su casa.

Tomás hizo un gesto de negación con la cabeza, manteniendo pacientemente el papel en la mano extendida. El hombre del Ministerio dejó de imitar al Papa durante la bendición y al fin tuvo que coger el papel.

Tomás tenía la intención de decirle con toda energía que no pensaba escribir ni firmar jamás ningún texto de ese tipo. Pero finalmente optó por otro tono. Dijo con suavidad:

–No soy un analfabeto. ¿Por qué iba a firmar algo que no he escrito yo mismo?

–Bien, doctor, podemos hacerlo al revés. Usted primero lo escribe y después lo revisamos los dos juntos. Lo que ha leído podrá servirle al menos como modelo.

¿Por qué no rechazó en seguida la proposición del policía con toda energía?

Seguramente le pasó por la cabeza la siguiente idea: este tipo de declaraciones sirve para desmoralizar a todo el país (ésa es evidentemente la estrategia general de los rusos), pero en su caso la policía persigue probablemente algún objetivo concreto: es posible que estén preparando un proceso contra los redactores del semanario en el que Tomás escribió su artículo. Si eso es así, necesitan la declaración de Tomás como prueba en el juicio y como parte de la campaña de prensa que organizarán contra los redactores. Si ahora se negase tajante y enérgicamente, correría el riesgo de que la policía publicase el texto, tal como estaba preparado, falsificando su firma. ¡Ningún periódico publicaría una rectificación suya! ¡No habría nadie en el mundo que creyese que no lo había ni escrito ni firmado! Comprendió que la gente, al ver a alguien moralmente humillado, se alegraba demasiado como para permitir que sus explicaciones le privaran de su placer.

Al darle a la policía esperanzas de que fuera a escribir algún tipo de declaración, había logrado ganar tiempo. Al día siguiente presentó por escrito la dimisión a su puesto. Suponía (correctamente) que en cuanto descendiese voluntariamente al puesto más bajo de la escala social (al que en aquella época habían descendido, por lo demás, miles de intelectuales de otras especialidades), la policía perdería todo poder sobre él y dejaría de ocuparse de su persona. En tales circunstancias no iban a poder publicar una declaración suya, porque carecería de credibilidad. Y es que esas vergonzosas declaraciones públicas van siempre ligadas al ascenso y no a la caída de los firmantes.

Pero en Bohemia los médicos son empleados del Estado y el Estado puede admitir o no sus dimisiones. El empleado con el que Tomás trató el tema de su dimisión conocía su nombre y le apreciaba. Trató de convencerlo de que no dejase su puesto. De pronto Tomás se dio cuenta de que no estaba en absoluto seguro de haber decidido correctamente. Pero se sentía ligado a su decisión por una especie de promesa de fidelidad y la mantuvo. Y así se convirtió en limpiador de escaparates.

7

Hace años, al partir de Zurich hacia Praga, Tomás se decía en silencio «es muss sein!» y pensaba entonces en su amor por Teresa. Pero aquella misma noche empezó a dudar de si, en verdad, había tenido que ser: se daba cuenta de que lo que lo había llevado hacia Teresa era sólo una cadena de ridículas casualidades que le habían sucedido siete años atrás (el principio fue el lumbago de su jefe) y de que sólo por esa causa regresaba ahora a una jaula de la que no habría escapatoria.

¿Quiere decir eso que en su vida no hubo ningún «es muss sein!», que no hubo nada realmente ineluctable? Creo que sí lo hubo. No fue el amor, fue la profesión. A la medicina no lo condujo ni la casualidad ni el cálculo racional sino un profundo anhelo interior.

Si es posible dividir a las personas de acuerdo con alguna categoría, es de acuerdo con estos profundos anhelos que las orientan hacia tal o cual actividad a la que dedican toda su vida. Todos los franceses son distintos. Pero todos los actores del mundo se parecen, en París, en Praga y en el último teatro de provincias. Actor es aquel que desde la infancia está de acuerdo con pasar toda la vida exponiéndose a un público anónimo. Sin este acuerdo básico que no tiene nada que ver con el talento, que es más profundo que el talento, no puede llegar a ser actor. De un modo similar, médico es aquel que está de acuerdo con pasar toda la vida, y hasta las últimas consecuencias, hurgando en cuerpos humanos. Es este acuerdo básico (y no el talento o la habilidad) lo que le permite entrar en primer curso a la sala de disección y ser médico seis años más tarde.

La cirugía lleva el imperativo básico de la profesión médica hasta límites extremos, en los que lo humano entra en contacto con lo divino. Si le pega usted con fuerza un porrazo a alguien, el sujeto en cuestión cae y deja definitivamente de respirar. Pero de todas formas alguna vez iba a dejar de respirar. Un asesinato así sólo se adelanta un poco a lo que Dios se hubiese encargado de hacer algo más tarde. Se puede suponer que Dios contaba con el asesinato, pero no contaba con la cirugía. No sospechaba que alguien iba a atreverse a meter la mano dentro del mecanismo que él había inventado, meticulosamente cubierto de piel, sellado y cerrado a los ojos del hombre. Cuando Tomás posó por primera vez el bisturí sobre la piel de un hombre previamente anestesiado y luego atravesó esa piel con un gesto decidido y la cortó con un tajo recto y preciso (como si fuese un trozo de materia inerte, un abrigo, una falda, una cortina), tuvo una breve pero intensa sensación de sacrilegio. ¡Pero era precisamente eso lo que le atraía! Ése era el «es muss sein!» profundamente arraigado dentro de él, al que no lo había conducido casualidad alguna, el lumbago de ningún médico jefe, nada externo.

Pero ¿cómo es posible que se deshiciera de algo tan profundo con tal rapidez, con tal energía, con tal facilidad?

Nos hubiera respondido que lo hizo para que la policía no lo utilizara. Pero sinceramente, aunque en teoría era posible (y aunque en efecto se produjeron casos similares), no era demasiado probable que la policía publicase una declaración falsa con su firma.

Claro que uno también tiene derecho a temer que le suceda algo aunque ello sea poco probable. Admitamos esto. Admitamos también que estaba furioso consigo mismo, que estaba furioso por su propia torpeza y que quería evitar cualquier contacto con la policía para que no se incrementase su sensación de impotencia. Y admitamos incluso que de todas formas había perdido ya su profesión, porque el trabajo mecánico que realizaba en el ambulatorio, recetando aspirinas, no tenía nada que ver con lo que la medicina representaba para él. Sin embargo me llama la atención la vehemencia con que adoptó su decisión. ¿No se esconde tras ella algo más, algo más profundo, algo que escapaba a su razonamiento?

8

A pesar de que gracias a Teresa se había aficionado a Bee-thoven, Tomás no entendía demasiado de música y dudo que conociera la verdadera historia del famoso motivo «muss es sein?, es muss sein!».

Es la siguiente: cierto señor Dembscher le debía a Bee-thoven cincuenta marcos y el compositor, que jamás tenía un céntimo, se los reclamó. «Muss es sein?», suspiró desolado el señor Dembscher y Beethoven se echó a reír alegremente: «Es muss sein!»; inmediatamente anotó aquellas palabras y su me-lodía y compuso sobre aquel motivo realista una pequeña composición para cuatro voces: tres voces cantan «es muss sein, es muss sein, ja, ja, ja», «tiene que ser, tiene que ser, sí, sí, sí», y la tercera voz añade: «Heraus mit dem Beutel!», «¡Saca el monedero!».

Ese mismo motivo fue un año más tarde la base de la cuarta frase de su último cuarteto opus 135. Beethoven ya no pensaba entonces en el monedero de Dembscher. La frase «es muss sein!» le sonaba cada vez más majestuosa, como si la pronunciara el propio Destino. En el idioma de Kant, hasta el «buenos días», con la entonación precisa, puede adquirir el as-pecto de una tesis metafísica. El alemán es un idioma de pa-labras *pesadas*. De modo que «es muss sein!» ya no era ningu-na broma, sino «der schwer gefasste Entschluss».

De ese modo, Beethoven transformó una inspiración có-mica en un cuarteto serio, un chiste en una verdad metafísica. Ésta es una interesante historia de transformación de lo leve en pesado (o sea, según Parménides, de transformación de lo positivo en negativo). Sorprendentemente, semejante trans-formación no nos sorprende. Por el contrario, nos indignaría que Beethoven hubiese transformado la seriedad de su cuar-teto en el chiste ligero del canon a cuatro voces sobre el monedero de Dembscher. Sin embargo, estaría actuando plenamente de acuerdo con Parménides: ¡convertiría lo pesado en leve, lo negativo en positivo! ¡Al comienzo (como un boceto imperfecto) estaría la gran verdad metafísica y al final (como la obra perfecta) habría una broma ligera! Sólo que nosotros ya no sabemos pensar como Parménides.

Me parece que aquel agresivo, majestuoso, severo «es muss sein!» excitaba secretamente a Tomás desde hacía ya mucho tiempo y que existía dentro de él un profundo deseo de convertir, de acuerdo con Parménides, lo pesado en leve. Recordemos de qué modo, tiempo atrás, se negó en un mismo instante a ver a su mujer y a su hijo y el sentimiento de alivio que le produjo la ruptura con sus padres. ¿Qué fue aquello sino un gesto violento, y no del todo razonable, de rechazo a lo que se le presentaba como una pesada responsabilidad, como «es muss sein!»?

Claro que aquél era un «es muss sein!» externo, planteado por las convenciones sociales, mientras que el «es muss sein!» de su amor por la medicina era interno. Peor aún. Los imperativos internos son aún más fuertes y exigen por eso una rebelión mayor.

Ser cirujano significa hender la superficie de las cosas y mirar lo que se oculta dentro. Fue quizás este deseo el que llevó a Tomás a tratar de conocer lo que había al otro lado, *más allá* del «es muss sein!»; dicho de otro modo: lo que queda de la vida cuando uno se deshace de lo que hasta entonces consideraba como su misión.

Pero cuando se entrevistó con la amable directora de la empresa praguense de limpieza de escaparates y ventanas, percibió de pronto el resultado de su decisión en toda su concreción e irreversibilidad y estuvo a punto de asustarse. Sin embargo, en cuanto superó (tardó aproximadamente una semana) la sorpresa producida por lo inhabitual de su nuevo modo de vida, comprendió de repente que le habían tocado unas largas vacaciones.

Las cosas que hacía no le importaban nada y estaba encantado. De pronto comprendió la felicidad de las gentes (hasta entonces siempre se había compadecido de ellas) que desempeñaban una función a la que no se sentían obligadas por ningún «es muss sein!» interior y que podían olvidarla en cuanto dejaban su puesto de trabajo.

Hasta entonces nunca había sentido aquella dulce indiferencia. Cuando algo no le salía bien en el quirófano, se desesperaba y no podía dormir. Con frecuencia perdía hasta el apetito sexual. El «es muss sein!» de su profesión era como un vampiro que le chupaba la sangre.

Ahora andaba por Praga con la pértiga de lavar escaparates y constataba con sorpresa que se sentía diez años más joven. Las vendedoras de las grandes tiendas le llamaban «doctor» (el tamtam praguense funcionaba a la perfección) y le pedían consejos para sus constipados, sus espaldas doloridas y sus menstruaciones irregulares. Le miraban casi con vergüenza mientras él echaba agua al cristal, colocaba el cepillo en la pértiga y empezaba a limpiar el escaparate. Si hubieran podido dejar solos a los clientes en la tienda, seguro que le hubieran quitado la pértiga y hubieran lavado el cristal en su lugar.

Tomás tenía que atender sobre todo los grandes almacenes, pero la empresa lo enviaba con frecuencia también a casas de particulares. La gente aún vivía la persecución masiva de los intelectuales checos con una especie de euforia solidaria. Cuando sus antiguos pacientes se enteraban de que Tomás limpiaba escaparates, llamaban a la empresa y solicitaban sus servicios. Lo recibían entonces con una botella de champán o de slivovice, apuntaban en la factura que había limpiado trece ventanas y se pasaban dos horas charlando y brindando con él. Las familias de los oficiales rusos iban a vivir a Bohemia, por la radio se oían los discursos amenazantes de los funcionarios del Ministerio del Interior que habían reemplazado a los redactores despedidos y él se tambaleaba borracho por Praga. Y tenía la sensación de que iba de fiesta en fiesta. Eran sus grandes vacaciones.

Regresaba a su época de soltero. Y es que de pronto estaba sin Teresa. Sólo la veía de noche, cuando ella volvía del restaurante y él se despertaba ligeramente del primer sueño, y luego otra vez por la mañana, cuando era ella la que estaba adormilada y él tenía prisa por llegar al trabajo. Tenía dieciséis horas para sí mismo y aquél era un ámbito de libertad inesperadamente conquistado. Todo ámbito de libertad significaba para él, desde su temprana juventud, mujeres.

9

Cuando sus amigos le preguntaban alguna vez cuántas mujeres había tenido en su vida, respondía con evasivas y si insistían decía: «Pueden haber sido unas doscientas». Algunos envidiosos afirmaban que exageraba. Él se defendía: «No es tanto. Tengo relaciones con las mujeres desde hace unos veinticinco años. Dividid doscientos por veintincinco. Os saldrán unas ocho mujeres por año. No creo que eso sea tanto».

Pero desde que vivía con Teresa, su actividad erótica topaba con dificultades organizativas; sólo podía dedicarles (entre la mesa de operaciones y el hogar) un estrecho lapso de tiempo que, aunque intensamente utilizado (tal como labra afanosamente su angosta parcela el agricultor en la montaña), no tenía comparación con el ámbito de dieciséis horas que había recibido repentinamente de regalo. (Digo dieciséis horas porque las ocho horas que empleaba en limpiar ventanas también estaban repletas de nuevas dependientas, empleadas y amas de casa a las que conocía y con las que podía quedar.)

¿Qué buscaba en ellas? ¿Qué era lo que le llevaba hacia ellas? ¿No es el acto amoroso la eterna repetición de lo mismo?

No. Siempre queda un pequeño porcentaje inimaginable. Claro que, cuando veía a una mujer vestida, era capaz de imaginarse aproximadamente qué aspecto iba a tener desnuda (en este sentido su experiencia como médico complementaba su experiencia como amante), pero entre lo aproximado de la imagen y la precisión de la realidad quedaba la pequeña rendija de lo inimaginable que le intranquilizaba. Además, la persecución de lo inimaginable no termina con el descubrimiento de la desnudez, sino que continúa más allá: ¿cómo se comportará cuando la desnude?, ¿qué dirá cuando le haga el amor?, ¿en qué tonos sonarán sus suspiros?, ¿qué muecas tendrá grabadas en la cara en el momento del placer?

El carácter único del «yo» se esconde precisamente en lo que hay de inimaginable en el hombre. Sólo somos capaces de imaginarnos lo que es igual en todas las personas, lo general. El «yo» individual es aquello que se diferencia de lo general, o sea lo que no puede ser adivinado y calculado de antemano, lo que en el otro es necesario descubrir, desvelar, conquistar.

Tomás, que en los últimos diez años de ejercicio de la medicina se había ocupado exclusivamente del cerebro humano, sabe que no hay nada más difícil de aprehender que el «yo». Entre Hitler y Einstein, entre Brezhnev y Solzhenitsyn, hay muchas más similitudes que diferencias. Si se pudiera expresar con números, hay entre ellos una millonésima de diferencia y novecientas noventa y nueve mil novecientas noventa y nueve millonésimas de similitud.

Tomás está poseído por el deseo de apoderarse de esa millonésima y cree que ése es el sentido de su obsesión por las mujeres. No está obsesionado por las mujeres, está obsesionado por lo que hay en cada una de ellas de inimaginable, en otras palabras, está obsesionado por esa millonésima diferencial que distingue a una mujer de las demás mujeres.

(Posiblemente aquí conectaba su pasión de cirujano con su pasión de mujeriego. No soltaba el escalpelo ni cuando estaba con sus amantes. Deseaba apoderarse de algo que estaba en lo profundo de ellas y para lo cual era necesario hender su superficie.)

Por supuesto, podemos preguntarnos, con toda razón, por qué buscaba esa millonésima diferencial precisamente en el sexo. ¿Es que no podía encontrarla, por ejemplo, en la forma de andar, en los placeres culinarios o en las preferencias artísticas de tal o cual mujer?

Por supuesto, la millonésima diferencial está presente en todos los campos de la vida humana, sólo que en todos los demás está a los ojos del público, no es necesario descubrirla, no hace falta el escalpelo. El que una mujer prefiera el queso a las tartas y otra no soporte la coliflor es también un síntoma de originalidad, pero esa originalidad nos convence inmediatamente de que es completamente superflua, inútil, y de que no tiene sentido dedicarle nuestra atención ni buscar en ella valor alguno.

Únicamente en la sexualidad la millonésima diferencial aparece como algo extraordinario, porque no está al alcance del público y es necesario conquistarla. No hace más de medio siglo era necesario dedicar a semejante conquista mucho tiempo (¡semanas y hasta meses!), de modo que el periodo dedicado a la conquista era la medida del valor de lo conquistado. Y aún hoy, aunque la época de conquista se ha reducido enormemente, la sexualidad sigue siendo la caja de caudales en la que está oculto el secreto del yo de la mujer.

De modo que no era el deseo de placer (el placer llegaba como un premio, por añadidura), sino el deseo de apoderarse del mundo (de hendir con el escalpelo el cuerpo yacente del mundo) lo que le hacía ir tras las mujeres.

10

Entre los hombres que van tras muchas mujeres podemos distinguir fácilmente dos categorías. Unos buscan en todas las mujeres su propio sueño, subjetivo y siempre igual, sobre la mujer. Los segundos son impulsados por el deseo de apoderarse de la infinita variedad del mundo objetivo de la mujer.

La obsesión de los primeros es *lírica:* se buscan a sí mismos en las mujeres, buscan su ideal y se ven repetidamente desengañados porque un ideal es, como sabemos, aquello que nunca puede encontrarse. El desengaño que los lleva de una mujer a otra le brinda a su inconstancia cierta disculpa romántica, de modo que muchas mujeres sentimentales pueden sentirse conmovidas por su terca poligamia.

La segunda obsesión es *épica* y las mujeres no ven en ella nada conmovedor: el hombre no proyecta sobre las mujeres un ideal subjetivo; por eso todo le resulta interesante y nada puede desengañarlo. Y es precisamente esa incapacidad para el desengaño la que contiene algo de escandaloso. La obsesión del mujeriego épico produce a la gente la impresión de que no se ha pagado nada a cambio de ella (no se ha pagado con el desengaño).

Debido a que el mujeriego lírico persigue siempre al mismo tipo de mujeres, nadie se da cuenta de que cambia de amantes; los amigos le crean permanentemente conflictos porque no son capaces de diferenciar a sus amigas y les atribuyen siempre el mismo nombre.

Los mujeriegos épicos (y por supuesto Tomás es uno de ellos) se alejan cada vez más, en su búsqueda del conocimiento, de la belleza femenina convencional, de la que se han hartado rápidamente, y terminan indefectiblemente como coleccionistas de curiosidades. Saben que lo son, les da un poco de vergüenza y, para no poner a los amigos en aprietos, no suelen salir públicamente con sus amantes.

Hacía ya dos años que limpiaba ventanas cuando recibió un encargo de una clienta nueva. Su rareza despertó de inmediato en él su interés en cuanto la vio al abrirle la puerta. Era una rareza discreta, que se mantenía dentro de los límites de una agradable trivialidad (la predilección de Tomás por lo curioso no tenía nada que ver con la predilección de Fellini por los monstruos): era extraordinariamente alta, algo más alta que él, tenía una nariz fina y muy larga y su cara era hasta tal punto fuera de lo corriente que no podía decirse que fuera guapa (¡todo el mundo hubiera protestado!), pese a que (al menos a juicio de Tomás) no era fea. Vestía un pantalón y una blusa blanca, parecía una curiosa combinación de tierno adolescente, jirafa y cigüeña.

Lo observaba con una mirada insistente, atenta e indagadora, en la que no faltaba un destello de inteligente ironía.

–Adelante, doctor –dijo.

Comprendió que la mujer sabía quién era él. Prefirió, sin embargo, no reaccionar y preguntó:

–¿Dónde podría llenar el cubo de agua?

Le abrió la puerta del cuarto de baño. Se encontró con el lavabo, la bañera y la taza del váter; delante de la bañera, del lavabo y de la taza había unas pequeñas alfombrillas de color rosado.

La mujer que parecía una jirafa y una cigüeña sonreía, sus

ojos se entrecerraban, de modo que todo lo que decía parecía lleno de un sentido oculto o de ironía.

—El cuarto de baño está a su completa disposición, doctor –dijo–. Puede hacer con él lo que le plazca.

—¿Puedo incluso bañarme? –preguntó Tomás.

—¿Le gusta bañarse? –le preguntó.

Llenó el cubo de agua caliente y regresó al salón.

—¿Por dónde prefiere que empiece?

—Eso sólo depende de usted –se encogió de hombros.

—¿Puedo ver las ventanas de las demás habitaciones?

—¿Quiere conocer mi casa? –sonrió, como si lo de limpiar las ventanas fuese una manía de él que no tuviese interés para ella.

Entró en la habitación contigua. Era un dormitorio con una ventana grande, dos camas juntas y un cuadro de un paisaje otoñal con abedules y un sol poniente.

Al regresar había una botella abierta encima de la mesa con dos vasos.

—¿No prefiere reponer fuerzas antes de semejante trabajo? –preguntó.

—Encantado –dijo Tomás y se sentó.

—Tiene que ser una experiencia interesante para usted conocer tantas casas –dijo.

—No está mal –dijo Tomás.

—En todas partes le esperan mujeres cuyos maridos están trabajando.

—Son mucho más frecuentes las abuelas y las suegras –dijo Tomás.

—¿Y no echa en falta su anterior profesión?

—Mejor explíqueme cómo se ha enterado de mi profesión.

—Su empresa se jacta de contar con usted –dijo la mujer parecida a una cigüeña.

—¿Todavía siguen? –se asombró Tomás.

–Cuando llamé por teléfono para que alguien viniera a limpiar las ventanas, me preguntaron si quería que viniera usted. Me dijeron que es usted un gran cirujano y que lo echaron del hospital. Naturalmente, me llamó la atención.

–Es usted muy curiosa –dijo.

–¿Se me nota?

–Sí, en la mirada.

–¿Cómo miro?

–Entorna los ojos. Y no para de preguntar.

–¿Y a usted no le gusta responder?

Desde el comienzo, ella le había dado a la conversación la gracia de la coquetería. Nada de lo que decía tenía que ver con el mundo que les rodeaba, todas las palabras se referían directamente a ellos mismos. Y ya que él y ella eran desde el comienzo el tema principal de la conversación, nada más fácil que completar las palabras con roces y Tomás, al hablar de sus ojos entornados, se los acarició. Ella también le retribuía cada caricia con otra suya. No lo hacía espontáneamente, sino más bien con una especie de perseverancia deliberada, como si estuviese jugando al juego de «lo que usted me haga a mí, yo se lo haré a usted». Así estaban sentados frente a frente, las manos de cada uno en el cuerpo del otro.

No empezó a resistirse hasta que intentó tocarle el sexo. Tomás no tenía manera de saber hasta qué punto la resistencia iba en serio, pero de todos modos había pasado ya demasiado tiempo y en diez minutos tenía que estar en casa de otro cliente.

Se levantó y le explicó que tenía que marcharse. Ella tenía la cara roja.

–Tengo que firmarle la factura –dijo.

–Pero si no he hecho nada –protestó.

–La culpa ha sido mía –dijo y luego añadió con voz queda, lenta, inocente–: Voy a tener que volver a encargarle el trabajo, para que pueda terminar lo que por mi culpa ni siquiera pudo empezar.

Al negarse Tomás a darle la factura para que la firmara, dijo con ternura, como si le estuviese pidiendo un favor:

–Démela, por favor –y añadió entornando los ojos–: No la pago yo, sino mi marido. Y no la cobra usted, sino la empresa estatal. Esta transacción no tiene nada que ver con nosotros dos.

11

Las curiosas desproporciones de la mujer parecida a una jirafa y a una cigüeña seguían excitándolo cuando se acordaba de ella: la coquetería unida a la torpeza; el sincero deseo sexual complementado por una sonrisa irónica; la vulgaridad convencional de la casa y la no convencionalidad de su propietaria. ¿Cómo será cuando hagan el amor? Trataba de imaginárselo pero no era fácil. Se pasó varios días sin pensar en otra cosa.

Cuando ella le llamó por segunda vez, el vino ya estaba dispuesto encima de la mesa con las dos copas. Pero esta vez todo fue muy rápido. Pronto estuvieron los dos en el dormitorio (en el cuadro de los abedules se ponía el sol) besándose. Le dijo su habitual «¡desnúdese!», pero ella, en lugar de obedecerle, le respondió: «¡No, usted primero!».

No estaba acostumbrado a aquello y se quedó un poco perplejo. Empezó ella a quitarle los pantalones. Él volvió a darle varias veces la orden (su fracaso resultaba cómico) de que se desnudase, pero al final no le quedó más remedio que aceptar un compromiso; de acuerdo con las reglas del juego que ya le había impuesto la vez pasada («lo que usted me hace a mí, yo se lo hago a usted»), ella le quitó el pantalón y él la falda, luego le quitó ella la camisa y él la blusa, hasta que al fin los dos estuvieron desnudos, frente a frente. Él tenía la mano en su húmedo sexo y deslizó luego los dedos hasta el orificio anal, que era lo que más le gustaba del cuerpo de todas las mujeres. El de ella era especialmente saliente, de modo que le recordaba de un modo muy sugerente la imagen del largo tubo digestivo que termina allí y apenas sobresale. Palpó ese firme y sano círculo, la más hermosa de todas las sortijas, denominada en el idioma médico esfínter, y de pronto sintió los dedos de ella en el mismo lugar de su propio trasero. Repetía todos sus gestos con la precisión de un espejo.

A pesar de que, como ya dije, él había conocido a unas doscientas mujeres (y desde que había empezado a lavar ventanas aquel número había aumentado bastante), nunca le había sucedido que una mujer más alta que él, de pie delante de él, entornara los ojos y le palpara el orificio anal. Para superar su perplejidad la empujó rápidamente hacia la cama.

Su movimiento fue tan brusco que la sorprendió. Su alta figura caía de espaldas, con la cara cubierta de manchas rojas y la expresión asustada de quien ha perdido el equilibrio. De pie frente a ella, cogió por debajo de las rodillas sus piernas ligeramente abiertas y las levantó, de modo que de pronto parecían las manos levantadas de un soldado que se rinde temeroso ante un arma a punto de disparar.

La torpeza unida al fervor, el fervor unido a la torpeza, excitaron maravillosamente a Tomás. Hicieron el amor durante largo rato. Tomás observaba mientras tanto su cara cubierta de manchas rojas y buscaba en ella esa expresión asustada de mujer a la que alguien le ha echado la zancadilla y cae, una expresión inimitable que hace un rato le había hecho subir a la cabeza la sangre de la excitación.

Después fue a lavarse al cuarto de baño. Ella le acompañó y le estuvo explicando largamente dónde estaba el jabón, dónde la toalla y cómo había que abrir el agua caliente. Le llamaba la atención que le explicara con tanto detalle cosas tan sencillas. Por fin le dijo que lo había entendido todo y le dio a entender que prefería estar a solas en el cuarto de baño. Ella le dijo suplicante:

–¿No me permite auxiliarle en su limpieza?

Finalmente logró echarla. Se lavó, hizo pis en el lavabo (costumbre generalizada entre los médicos checos) y le pareció que ella paseaba impaciente delante de la puerta, pensando en qué hacer para entrar. Cuando cerró el grifo del agua y la casa quedó en completo silencio, tuvo la sensación de que alguien le observaba desde alguna parte. Estaba casi seguro de que en la puerta del cuarto de baño había algún orificio y que ella arrimaba allí su hermoso ojo entornado.

Salió de la casa de excelente humor. Intentaba acordarse de lo esencial, buscando la forma abstracta del recuerdo en una especie de fórmula química que le permitiera definir lo que en ella había de único (aquella millonésima diferencial). Al fin obtuvo una fórmula compuesta de tres datos:

1. torpeza unida a fervor;

2. cara asustada de alguien que ha perdido el equilibrio y cae;

3. piernas levantadas como las manos de un soldado que se rinde ante un arma a punto de disparar.

Al repetir la fórmula tuvo la feliz sensación de que había vuelto a apoderarse de un trozo de tela del mundo; de que había recortado con su escalpelo imaginario parte del infinito tejido del universo.

12

Más o menos en la misma época le ocurrió la siguiente historia: se veía con una chica joven en un apartamento que un viejo amigo suyo le dejaba todos los días hasta la medianoche. Al cabo de uno o dos meses ella le recordó uno de sus encuentros: al parecer habían hecho el amor en la alfombra, bajo la ventana, mientras afuera relucían los relámpagos y estallaban los truenos. ¡Habían hecho el amor durante toda la tormenta y al parecer había sido inolvidablemente bello!

Tomás casi se asustó: sí, recordaba que había hecho el amor con ella en la alfombra (su amigo sólo tenía en el apartamento una cama estrecha en la que no se sentía a gusto), ¡pero había olvidado por completo la tormenta! Era extraño: podía recordar todas las citas que había tenido con ella, había registrado incluso, con precisión, el modo en que había hecho el amor (se negó a hacerlo desde atrás), recordaba algunas frases que ella pronunció mientras hacían el amor (le pedía constantemente que le apretara las caderas y protestaba porque él la miraba), hasta se acordaba de cómo era su ropa interior, pero de la tormenta no sabía nada.

Su memoria registraba, de sus historias amorosas, sólo la empinada y estrecha senda de la conquista sexual: la primera agresión verbal, el primer roce, la primera obscenidad que le dijo él a ella y ella a él, todas las pequeñas perversiones a las que había ido conduciéndola gradualmente y las que ella había rechazado. Todo lo demás (casi como con cierta pedantería) había sido eliminado de la memoria. Hasta había olvidado el lugar donde había visto por primera vez a aquella mujer, porque ese instante transcurrió antes de su propio ataque sexual.

La chica hablaba de la tormenta, sonreía al recordarla y él

la miraba asombrado y casi sentía vergüenza: ella había vivido algo hermoso y él no lo había vivido con ella. El doble modo en que la memoria de los dos había reaccionado ante la tormenta nocturna contenía toda la diferencia que hay entre el amor y el no-amor.

Al emplear la palabra no-amor, no quiero decir que tuviera una relación cínica con esa chica ni que, como suele decirse, no reconociese en ella más que un objeto sexual: por el contrario, la apreciaba como amiga, estimaba su carácter y su inteligencia, estaba dispuesto a echarle una mano siempre que lo necesitase. No fue él quien se comportó mal con ella, la que se comportó mal fue su memoria, que, por su cuenta y sin la intervención de él, la expulsó de la esfera del amor.

Parece como si existiera en el cerebro una región totalmente específica, que podría denominarse *memoria poética* y que registrara aquello que nos ha conmovido, encantado, que ha hecho hermosa nuestra vida. Desde que conoció a Teresa, ninguna mujer tenía derecho a imprimir en esa parte del cerebro ni la más fugaz de las huellas.

Teresa ocupaba despóticamente su memoria poética y había barrido de ella las huellas de las demás mujeres. No era justo, porque por ejemplo la chica con la que había hecho el amor en la alfombra durante la tormenta era tan digna de poesía como Teresa. Le gritaba: «¡Cierra los ojos, cógeme de las caderas, apriétame fuerte!»; no podía soportar que Tomás tuviera los ojos abiertos, concentrados y observadores, mientras hacía el amor, que su cuerpo, ligeramente levantado por encima de ella, no se apretase contra su piel. No quería que la examinase. Quería arrastrarlo a la corriente del encantamiento, en la que no puede penetrarse más que con los ojos cerrados. Por eso se negaba a ponerse a gatas, porque en esa posición sus cuerpos no se tocaban en absoluto y él podía verla casi desde una distancia de medio metro. Odiaba esa distancia, quería confundirse con él. Por eso afirmaba tercamente que no se había corrido aunque toda la alfombra estuviera mojada de su orgasmo: «No busco el placer», decía, «busco la felicidad, y el placer sin felicidad no es placer». En otras palabras, golpeaba a la puerta de su memoria poética. Pero la puerta permanecía cerrada. En la memoria poética no había sitio para ella. Para ella sólo había sitio en la alfombra.

Su aventura con Teresa había empezado precisamente en el mismo punto en que terminaban las aventuras con otras mujeres. Tenía lugar al otro lado del imperativo que le impulsaba a conquistar a mujeres. No pretendía descubrir nada en Teresa. A Teresa la recibió descubierta. Hizo el amor con ella antes de que le diese tiempo de coger el escalpelo imaginario con el que abría el cuerpo yacente del mundo. Antes aun de que tuviera tiempo de preguntarse cómo sería cuando hiciera el amor con ella, ya le estaba haciendo el amor.

La historia de amor empezó después: ella tuvo fiebre y él no pudo mandarla a su casa como a otras mujeres. Se arrodilló junto a su cama y se le ocurrió que alguien se la había enviado río abajo en un cesto. Ya dije que las metáforas son peligrosas. El amor empieza por una metáfora. Dicho de otro modo: el amor empieza en el momento en que una mujer inscribe su primera palabra en nuestra memoria poética.

13

Hace unos años volvió a inscribírsele en la mente: volvía por la mañana a casa con la leche, como siempre, y, cuando le abrió, apretaba contra su pecho una corneja envuelta en una pañoleta roja. Así es como llevan las gitanas a sus hijos.

No lo olvidará nunca: el enorme pico acusatorio de la corneja junto a su cara.

La había encontrado enterrada en el suelo. Eso es lo que hacían en otros tiempos los cosacos con sus enemigos. «Lo han hecho los niños», dijo y en aquella frase no había sólo una simple constatación, sino también un repentino rechazo hacia la gente. Se acordó de que hacía poco le había dicho: «Empiezo a estarte agradecida de que nunca hayas querido tener hijos».

Ayer se había quejado de que en el trabajo la había molestado un individuo. Le había echado la mano al collar barato que llevaba y había dicho que debía de ser producto de la prostitución. Se había puesto muy nerviosa. Más de lo necesario, pensó Tomás. De pronto se horrorizó al pensar que en los últimos años la había visto tan poco y había tenido tan pocas oportunidades de estrechar largamente las manos de ella entre las suyas para que dejaran de temblar.

Con estas ideas en la cabeza fue por la mañana a la oficina en la que una empleada repartía a los limpiadores el trabajo para todo el día. Un particular había insistido para que fuera precisamente Tomás a limpiarle las ventanas. Fue a aquella dirección a disgusto, temía que volviera a llamarle alguna mujer. No pensaba más que en Teresa y no tenía ganas de ninguna aventura.

Cuando le abrieron la puerta, respiró. Vio ante sí a un hombre alto, ligeramente encorvado. Aquel hombre tenía una barba larga y le recordaba a alguien. Sonrió:

—Adelante, doctor —y lo condujo a la habitación.

Allí estaba un joven. Tenía la cara roja. Miraba a Tomás y trataba de sonreír.

—Creo que no necesito presentarles a ustedes dos —dijo el hombre.

—No —dijo Tomás sin sonreír y le dio la mano al joven.

Era su hijo. Después se presentó el hombre de la barba larga.

–¡Ya sabía yo que me recordaba a alguien! –dijo Tomás–. ¡Claro! Por supuesto que le conozco. De nombre.

Se sentaron en unos sillones entre los cuales había una mesita baja. Tomás era consciente de que los dos hombres que estaban sentados frente a él eran involuntarias criaturas suyas. A su hijo se lo había obligado a hacer su primera mujer y los rasgos de aquel hombre los había dibujado, contra su voluntad, al policía que le había interrogado.

Para alejar aquellos pensamientos dijo:

–Bueno, ¿por qué ventana tengo que empezar?

Los dos hombres que estaban sentados frente a él se echaron a reír abiertamente.

Sí, estaba claro que no se trataba de ninguna limpieza de cristales. No había sido invitado a limpiar ventanas, había sido invitado a una trampa. Nunca había hablado con su hijo. Hoy era la primera vez que le daba la mano. No lo conocía más que de vista y no quería conocerlo de otro modo. Deseaba no saber nada de él y quería que su hijo deseara lo mismo.

–Bonito cartel, ¿verdad? –dijo el redactor señalando hacia un dibujo enmarcado en la pared frente a Tomás.

Hasta entonces Tomás no se había fijado en el aspecto del piso. En las paredes había cuadros interesantes, muchas fotografías y carteles. El dibujo que el redactor le señaló había sido publicado en 1969 en uno de los últimos números del semanario, antes de que los rusos lo clausuraran. Era una imitación del famoso cartel de la guerra civil rusa de 1918 que llamaba a las filas del ejército rojo: un soldado con una estrella roja en la gorra y un gesto extraordinariamente severo le mira a uno a los ojos y extiende su brazo con el índice señalándolo. En texto ruso original decía: «Ciudadano, ¿ya te has alistado en el ejército rojo?». Este texto fue reemplazado por un texto checo: «Ciudadano, ¿tú también has firmado las dos mil palabras?».

¡Era un chiste estupendo! Las dos mil palabras fue un célebre manifiesto, el primero, de la primavera del 68, en el que se llamaba a una radical democratización del régimen comunista. Lo había firmado una gran cantidad de intelectuales y la gente corriente también empezó a firmarlo, de modo que se juntó tal cantidad de firmas que nadie era capaz de contarlas. Cuando el ejército rojo invadió Bohemia y empezaron las purgas políticas, una de las preguntas que les hacían a los ciudadanos era: «¿Tú también has firmado las dos mil palabras?». Los que reconocían que habían firmado eran despedidos de su trabajo sin más discusiones.

–Hermoso dibujo. Lo recuerdo –dijo Tomás.

El redactor sonrió:

–Esperemos que el soldado rojo no esté oyendo lo que decimos –y luego añadió en tono serio–: Para aclarar la situación, doctor. Ésta no es mi casa. Es la casa de un amigo. De modo que no es seguro que la policía nos esté oyendo. Sólo es posible. Si lo hubiera invitado a mi casa sería seguro.

Después continuó en un tono más distendido:

–Pero yo parto de la premisa de que no tenemos nada que ocultar a nadie. ¡Además, imagínese la ventaja que tendrán los historiadores checos en el futuro! ¡Encontrarán en los archivos de la policía la grabación de la vida de todos los intelectuales checos! ¿Sabe usted el esfuerzo que le cuesta a un historiador de la literatura imaginarse en concreto la vida sexual, digamos, de Voltaire o de Balzac o de Tolstoi? En el caso de los intelectuales checos no habrá ninguna duda. Todo estará grabado. Hasta el último suspiro.

Luego se dirigió a los imaginarios micrófonos de la pared y dijo en voz más alta:

–Señores, como siempre en estos casos, deseo alentarles

en su trabajo y darles las gracias en mi nombre y en el de los futuros historiadores.

Rieron los tres un rato y el redactor empezó luego a contar cómo habían cerrado la revista, a qué se dedicaba el dibujante que había hecho aquella caricatura y lo que hacían los demás pintores, filósofos y escritores checos. Después de la invasión rusa todos habían sido expulsados de sus trabajos y se habían convertido en limpiadores de ventanas, guardianes de aparcamientos, porteros de noche, encargados de la calefacción de los edificios públicos y, en el mejor de los casos, casi por recomendación, en taxistas.

Lo que el redactor decía no carecía de interés, pero Tomás era incapaz de concentrarse en aquello. Pensaba en su hijo. Recordaba que hacía ya varios meses que lo veía por la calle. Al parecer no era casual. Le sorprendió verle ahora en compañía de un redactor perseguido. La primera mujer de Tomás era una comunista ortodoxa y Tomás suponía automáticamente que el hijo estaría bajo su influencia. No sabía nada de él. Claro que podía preguntarle directamente cuáles eran sus relaciones con su madre, pero no le parecía elegante hacerlo en presencia de un extraño.

Finalmente el redactor entró en el meollo de la cuestión. Dijo que había cada vez más gente presa sólo por mantener sus ideas y terminó su exposición diciendo:

–Por eso hemos pensado que habría que hacer algo.

–¿Qué quieren hacer? –preguntó Tomás.

En ese momento habló su hijo. Era la primera vez que le oía hablar. Comprobó con sorpresa que tartamudeaba.

–Tenemos noticias –dijo– de que maltratan a los presos políticos. Algunos de ellos están en un estado verdaderamente crítico. De modo que pensamos que sería bueno escribir una solicitud que firmarían los principales intelectuales checos cuyos nombres tienen aún algún peso.

No, no era tartamudeo, era más bien un leve atragantamiento que detenía el fluir de sus palabras, de modo que cada una de las palabras que decía era subrayada y retenida contra su voluntad. Evidentemente él lo notaba, y su cara, que un rato antes había palidecido, volvía a estar roja.

–¿Y quieren ustedes que les aconseje a quién dirigirse en mi especialidad? –preguntó Tomás.

–No –rió el redactor–. No queremos su consejo. ¡Queremos su firma!

¡Una vez más se sintió halagado! ¡Una vez más estaba contento de que alguien no se hubiera olvidado de que había sido cirujano! Se resistió sólo por modestia:

–¡Un momento! ¡Que me hayan echado del trabajo no demuestra que yo sea un médico importante!

–No nos hemos olvidado de lo que escribió para nuestro semanario –le sonrió a Tomás el redactor.

Con una especie de entusiasmo que Tomás probablemente no captó, su hijo suspiró:

–¡Sí!

Tomás dijo:

–No sé si mi nombre en una petición puede servirles de algo a los presos políticos. ¿No deberían firmarla más bien los que aún no han caído en desgracia y conservan un mínimo de influencia sobre los que están en el poder?

El redactor se rió:

–¡Claro que deberían!

También se rió el hijo de Tomás, con la risa de quien ha comprendido ya muchas cosas.

–Lo malo es que ésos nunca la firmarán.

El redactor prosiguió:

–Eso no significa que no vayamos a verles. No somos tan amables como para ahorrarles el mal trago –rió–. Debería usted oír sus disculpas. Son fantásticas.

El hijo rió confirmando sus palabras. El redactor continuó:

–Desde luego, todos nos dicen que están totalmente de acuerdo con nosotros, sólo que las cosas hay que hacerlas de otro modo: con más táctica, con más prudencia, con más discreción. Tienen miedo de firmar y al mismo tiempo temen que, si no firman, pensemos mal de ellos.

El hijo y el redactor volvieron a reírse juntos.

El redactor le pasó a Tomás un papel con un texto breve, en el que, con un tono relativamente respetuoso, se pedía al presidente de la República que amnistiara a los presos políticos.

Tomás trataba de pensar con rapidez: ¿Amnistiar a los presos políticos? Pero ¿va a darles alguien la amnistía porque la gente desechada por el régimen (o sea nuevos presos políticos en potencia) se lo pidan al presidente? ¡Una petición así sólo puede servir para que no se amnistíe a los presos políticos, aunque diera la casualidad de que quisieran amnistiarlos ahora!

Su meditación se vio interrumpida por su hijo:

–Lo principal es que la gente se entere de que sigue habiendo en este país un puñado de personas que no tienen miedo. Dejar en claro, también, la posición de cada uno. Separar la paja del grano.

Tomás pensaba: «Sí, es verdad, pero ¿eso qué tiene que ver con los presos políticos? O se trata de conseguir la amnistía o de separar la paja del grano. Esas dos cosas no son idénticas».

–¿Duda, doctor? –preguntó el redactor.

Sí, dudaba. Pero tenía miedo de decirlo. Frente a él, en la pared, estaba el retrato de un soldado que le amenazaba con el dedo y decía: «¿Aún no has decidido alistarte en el ejército rojo?», o: «¿Aún no has firmado las dos mil palabras?», o: «¿Tú también has firmado las dos mil palabras?», o: «¿Tú quieres firmar una petición en favor de la amnistía?». Dijera lo que dijera, amenazaba.

El redactor había dicho ya hacía un momento su opinión acerca de las personas que pensaban que los presos políticos debían ser amnistiados pero eran capaces de presentar mil motivos en contra de la firma de una petición. A su juicio, semejantes motivos no eran más que excusas tras las cuales se ocultaba la cobardía. ¿Qué podía decir Tomás?

Se hizo un silencio y de pronto se echó a reír: señaló el dibujo en la pared.

–Ése me está amenazando, me pregunta si firmo o no. ¡Bajo esa mirada es difícil pensar!

Los tres rieron durante un rato.

Tomás añadió entonces:

–Bien. Lo pensaré. ¿Podríamos vernos dentro de unos días?

–Estaré siempre encantado de verle –dijo el redactor–, pero para esta petición ya sería tarde. Queremos llevarla mañana al presidente.

–¿Mañana?

Tomás recordó el momento en que el policía gordo le dio el papel con el texto escrito para que denunciara precisamente a este hombre alto de la barba larga. Todos le fuerzan a firmar textos que él mismo no ha escrito.

El hijo dijo:

–Aquí no hay nada que pensar.

Las palabras eran agresivas pero el tono era casi suplicante. Se miraban ahora a los ojos y Tomás advirtió que, al centrar la mirada en un punto, se le levantaba ligeramente la parte izquierda del labio superior. Conocía esa mueca de su propia cara cuando se miraba atentamente al espejo para comprobar si iba bien afeitado. No pudo impedir cierta sensación de malestar al verla en una cara ajena.

Cuando los padres viven con sus hijos desde la infancia,

se acostumbran a esas semejanzas, les parecen triviales y, si de vez en cuando las perciben, pueden parecerles divertidas. ¡Pero Tomás hablaba con su hijo por primera vez en la vida! ¡No estaba acostumbrado a sentarse frente a su propio labio torcido!

Imagínese que le amputaran a usted una mano y se la trasplantaran a otra persona. Esa persona se sentaría luego frente a usted y gesticularía con esa mano en su inmediata proximidad. Usted miraría esa mano como si fuera un fantasma. ¡A pesar de ser su propia mano, a la que conoce íntimamente, tendría pánico de que lo tocara!

El hijo continuó:

–¡Al fin y al cabo, tú estás del lado de los perseguidos!

Tomás se había estado preguntando todo el tiempo si su hijo le tutearía. Hasta ahora había formulado las frases de modo que pudiese evitar la decisión. Finalmente se había decidido. Le tuteaba y Tomás estaba seguro de que en esta escena no se trataba de los presos políticos, sino de su hijo: si firma, sus dos vidas se unirán y Tomás se verá más o menos obligado a aproximarse a él. Si no firma, su relación seguirá siendo nula como hasta ahora, pero ya no por su voluntad, sino por la voluntad de su hijo, que renegará de su padre por su cobardía.

Estaba en la situación del ajedrecista que no tiene ningún movimiento para evitar la derrota y tiene que abandonar la partida. Al fin y al cabo, da exactamente lo mismo que firme o que no. Eso no cambiará en absoluto su suerte ni la de los presos políticos.

–Déme eso –dijo y cogió el papel.

14

Como si quisiera premiarlo por su decisión, el redactor dijo:

–Aquel artículo sobre Edipo estaba muy bien escrito.

El hijo le dio la pluma y añadió:

–Hay ideas que son como un atentado.

El elogio que le hizo el redactor le había complacido, pero la metáfora utilizada por el hijo le pareció exagerada y fuera de lugar. Dijo:

–Lamentablemente ese atentado sólo me afectó a mí. Gracias a aquel artículo no puedo seguir operando a mis pacientes.

La frase sonaba fría y casi hostil.

Probablemente para eliminar esa pequeña disonancia, el redactor dijo (y sonó como si pidiera disculpas):

–¡Pero su artículo le sirvió de ayuda a mucha gente!

Las palabras «ayudar a la gente» no le sugerían a Tomás, desde la infancia, más que una sola actividad: la medicina. ¿Que un artículo ayuda a la gente? ¿De qué quieren convencerle esos dos? Han reducido su vida a una pequeña idea sobre Edipo y quizás a algo aún menor: a un «¡no!» primitivo que le había espetado a la cara al régimen.

Dijo (y su voz seguía sonando con la misma frialdad, aunque ni siquiera lo notaba):

–Ignoro que aquel artículo haya ayudado a alguien. Pero como cirujano le he salvado la vida a algunas personas.

Hubo otro momento de silencio. Lo interrumpió el hijo:

–Las ideas también pueden salvarle la vida a la gente.

Tomás veía en la cara de su hijo su propia boca y pensaba: «Es curioso ver tartamudear a la propia boca».

–En aquel artículo había una cosa magnífica –continuó el hijo y se notaba que le costaba hablar–: el rechazo a los compromisos. Ese sentido, que ya estamos perdiendo, para distinguir el bien del mal. Nosotros ya no sabemos qué es sentirse culpable. Los comunistas tienen la excusa de que Stalin los engañó. El asesino se excusa diciendo que su madre no le quería y se sentía frustrado. Y tú de pronto dijiste: no existe excusa alguna. Nadie era más inocente en su interior que Edipo. Y a pesar de eso se castigó a sí mismo al ver lo que había causado.

Tomás arrancó con esfuerzo la vista de su propio labio en la cara del hijo y trató de mirar al redactor. Estaba irritado y tenía ganas de que sus opiniones no coincidieran. Dijo:

–¿Saben una cosa?, todo esto es un malentendido. La frontera entre el bien y el mal es terriblemente confusa. Y yo no pretendía en absoluto que alguien fuera castigado. Castigar a alguien que no sabía lo que hacía es una barbaridad. El mito de Edipo es hermoso. Pero castigarlo así...

Hubiera querido añadir algo, pero se dio cuenta de que en la casa podía haber micrófonos ocultos. No le apetecía nada ser citado por los historiadores de los próximos siglos. Más bien tenía miedo de que le citara la policía. Ésa era precisamente la retractación que le pedían. Le desagradaba que ahora hubieran podido oírla de su boca. Sabía que todo lo que una persona dijera en este país puede ser emitido en cualquier momento por la radio. Se calló.

–¿Qué le indujo a cambiar así de opinión? –preguntó el redactor.

–Más bien me pregunto qué me indujo a escribir aquel artículo... –dijo Tomás y en ese momento lo recordó: ella había atracado junto a su cama como un niño enviado en un cesto río abajo. Sí, por eso cogió aquel libro: volvió a las historias sobre Rómulo, sobre Moisés, sobre Edipo. Y ya estaba otra vez con él. La veía apretando contra su pecho una corneja envuelta en una pañoleta. Aquella imagen le produjo placer.

Como si le hubiera venido a decir que Teresa vive, que está en ese preciso momento en la misma ciudad que él y que todo lo demás carece por completo de significado.

El redactor rompió el silencio:

–Le comprendo, doctor. A mí tampoco me gusta que se castigue. Pero nosotros no pedimos castigo –sonrió–, nosotros pedimos el levantamiento del castigo.

–Ya lo sé –dijo Tomás.

Ya se había hecho a la idea de que en los siguientes instantes iba a hacer algo posiblemente altruista pero sin duda inútil (porque no les iba a servir de nada a los presos) y para él personalmente desagradable (porque se producía en unas circunstancias que le habían sido impuestas).

El hijo añadió (casi suplicante):

–¡Tienes la obligación de firmarlo!

¿Obligación? ¿Su hijo le va a recordar cuáles son sus obligaciones? ¡Ésa era la peor palabra que nadie podía decirle! Volvió a tener ante sus ojos la imagen de Teresa cogiendo la corneja en su regazo. Recordó que ayer la había molestado uno de la social en el bar. Le vuelven a temblar las manos. Ha envejecido. Ella es lo único que le importa. Ella, nacida de seis casualidades, ella, que floreció del lumbago del médico jefe, ella, que está al otro lado de todos los «es muss sein!», ella es lo único que le importa.

¿Por qué sigue pensando si debe firmar o no? No existe más que un solo criterio para todas sus decisiones: no debe hacer nada que pueda perjudicarla. Tomás no puede salvar a los presos políticos, pero puede hacer feliz a Teresa. No sabe hacer ni eso. Pero si firma la petición, lo más seguro es que los de la social vayan a visitarla aún con mayor frecuencia y que las manos le tiemblen aún más. Dijo:

–Es mucho más importante desenterrar a una corneja que mandar una petición al presidente.

Sabía que la frase era incomprensible pero precisamente por eso le gustaba aún más. Experimentaba una especie de repentina e inesperada embriaguez. Era la misma negra embriaguez de cuando, tiempo atrás, le comunicó a su mujer que ya no quería verla más, ni a ella ni a su hijo. Era la misma negra embriaguez de cuando echó al buzón la carta en la que renunciaba para siempre a la profesión médica. No tenía la seguridad de estar actuando correctamente, pero tenía la seguridad de estar actuando tal como quería actuar. Dijo:

–No se ofendan ustedes. No voy a firmar.

15

A los pocos días ya podía leer artículos sobre la petición en todos los periódicos.

Por supuesto, no decían que se trataba de una amable solicitud que intercedía por los presos políticos y solicitaba su liberación. Ninguno de los periódicos citó ni una sola frase de aquel breve texto. En lugar de eso hablaban extensa, confusa y amenazadoramente de una especie de manifiesto contra el Estado, que pretendía convertirse en la base de una nueva lucha contra el socialismo. Nombraban a los que habían firmado el texto y acompañaban los nombres de calumnias y ataques que le pusieron a Tomás la piel de gallina.

Claro, era previsible. En aquella época cualquier acción pública (reunión, petición, manifestación callejera) que no estuviera organizada por el partido comunista era considerada automáticamente ilegal y significaba un peligro para quienes participaban en ella. Eso lo sabían todos. Pero quizá por eso le fastidiaba aún más no haber firmado la petición. ¿Y por qué no la había firmado? Ya ni siquiera es capaz de recordar exactamente los motivos de su decisión.

Y vuelvo a verlo tal como apareció ante mí no bien empezaba la novela. Está de pie junto a la ventana y mira, a través del patio, la pared del edificio de enfrente.

Ésa es la imagen de la que nació. Como dije ya, los personajes no nacen como los seres humanos, del cuerpo de su madre, sino de una situación, una frase, una metáfora en la que está depositada, como dentro de una nuez, una posibilidad humana fundamental que el autor cree que nadie ha descubierto aún o sobre la que nadie ha dicho aún nada esencial.

¿Acaso no es cierto que el autor no puede hablar más que de sí mismo?

Mirar con impotencia el patio y no saber qué hacer; oír el terco sonido de las propias tripas en el momento de la emoción amorosa; traicionar y no ser capaz de detenerse en el hermoso camino de la traición; levantar el puño entre el gentío de la Gran Marcha; hacer exhibición de ingenio ante los micrófonos secretos de la policía; todas esas situaciones las he conocido y las he vivido yo mismo, sin embargo de ninguna de ellas surgió un personaje como el que soy yo, con mi curriculum vitae. Los personajes de mi novela son mis propias posibilidades que no se realizaron. Por eso los quiero por igual a todos y todos me producen el mismo pánico: cada uno de ellos ha atravesado una frontera por cuyas proximidades no hice más que pasar. Es precisamente esa frontera (la frontera tras la cual termina mi yo), la que me atrae. Es más allá de ella donde empieza el secreto por el que se interroga la novela. Una novela no es una confesión del autor, sino una investigación sobre lo que es la vida humana dentro de la trampa en que se ha convertido el mundo. Pero basta. Volvamos a Tomás.

Está solo en casa y mira a través del patio la sucia pared del edificio de enfrente. Extraña a aquel hombre alto de la barba larga, a sus amigos, a los que no conoce y entre los cuales no se cuenta. Se siente como si hubiera encontrado en el andén a una hermosa desconocida y, antes de haber podido dirigirle la palabra, ella hubiera subido al coche cama en dirección a Estambul o Lisboa.

Trató de recapacitar sobre lo que hubiera sido correcto hacer. Aunque procuraba dejar de lado todo lo que tenía que ver con los sentimientos (la admiración que sentía por el redactor o la irritación que le producía el hijo), no estaba seguro todavía de si debía haber firmado el texto que le presentaron.

¿Es correcto levantar la voz cuando a uno lo acallan? Sí. Pero por otra parte: ¿por qué le habían dedicado tanto espacio los periódicos a aquella petición? La prensa (totalmente manipulada por el Estado) podía haber mantenido un silencio absoluto sobre el asunto y nadie se hubiera enterado. ¡Si había hablado de la petición era porque les había hecho el juego a los que gobernaban el país! Les había llegado como caída del cielo para justificar y poner en marcha una nueva serie de persecuciones.

¿Qué era entonces lo correcto? ¿Firmar o no firmar? La pregunta puede formularse también del siguiente modo: ¿es mejor gritar y acelerar así la propia muerte?

¿O callar y lograr así una muerte más lenta?

¿Puede haber alguna respuesta a estas preguntas?

Y se le vuelve a ocurrir una idea que ya conocemos: la vida humana acontece sólo una vez y por eso nunca podremos averiguar cuáles de nuestras decisiones fueron correctas y cuáles incorrectas. En la situación dada sólo hemos podido decidir una vez y no nos ha sido dada una segunda, una tercera, una cuarta vida para comparar las distintas decisiones.

Con la historia sucede algo semejante a lo que ocurre con la vida. La historia de los checos es sólo una. Un día concluirá, igual que la vida de Tomás, y nunca podrá ya repetirse por segunda vez.

En 1618 los estados checos le plantaron cara a la situación, decidieron defender sus libertades religiosas, se enfadaron con el emperador que residía en Viena y tiraron por la ventana del castillo de Praga a dos de sus altos funcionarios. Así empezó la guerra de los Treinta Años, que condujo a la casi completa destrucción de la nación checa. ¿Debieron haber tenido los checos en aquella ocasión más prudencia que arrojo? La respuesta parece sencilla, pero no lo es.

Trescientos años más tarde, en 1938, tras la conferencia de Munich, el mundo decidió sacrificar su país a Hitler. ¿Debieron haber intentado luchar por su propia cuenta contra una fuerza ocho veces superior? A diferencia de 1618, aquella vez tuvieron más prudencia que arrojo. Con su capitulación empezó la segunda guerra mundial, que condujo a la pérdida definitiva de la libertad de la nación por muchos decenios o siglos. ¿Debieron haber tenido entonces más arrojo que prudencia? ¿Qué debían haber hecho?

Si la historia de Bohemia pudiera repetirse, sería sin duda bueno intentar la otra eventualidad y comparar después los resultados. Sin un experimento de este tipo, todas las reflexiones no son más que un juego de hipótesis.

«Einmal ist keinmal.» Lo que sólo ocurre una vez es como si no hubiera ocurrido. La historia de los checos no se repetirá por segunda vez, la de Europa tampoco. La historia de los checos y la de Europa son dos bocetos dibujados por la fatal inexperiencia de la humanidad. La historia es igual de leve que una vida humana singular, insoportablemente leve, leve como una pluma, como el polvo que flota, como aquello que mañana ya no existirá.

Tomás se acordó una vez más, con cierta nostalgia, casi con amor, del alto y encorvado redactor. Aquel hombre actuaba como si la historia no fuese sólo un boceto, sino un cuadro terminado. Actuaba como si todo lo que hacía tuviera que repetirse incontables veces en un eterno retorno y como si estuviera seguro de que nunca dudaría de lo que había hecho. Estaba convencido de que tenía razón y no creía que eso fuera un síntoma de limitación mental, sino un signo de virtud. Aquel hombre vivía en una historia distinta de la de Tomás: en una historia que no era un boceto (o que no sabía que lo era).

16

Unos días más tarde se le ocurrió la siguiente idea, que registro como complemento al capítulo anterior: en el universo existe un planeta en el que todas las personas nacerán por segunda vez. Tendrán entonces plena conciencia de la vida que llevaron en la Tierra, de todas las experiencias que allí adquirieron.

Y existe quizás otro planeta en el que todos naceremos por tercera vez, con las experiencias de las dos vidas anteriores.

Y quizás existan más y más planetas en los que la humanidad nazca cada vez con un grado más (con una vida más) de madurez.

Ésa es la versión de Tomás del eterno retorno.

Claro que nosotros, aquí, en la Tierra (en el planeta número uno, en el planeta de la inexperiencia), sólo podemos imaginar muy confusamente lo que le ocurriría al hombre en los siguientes planetas. ¿Sería más sabio? ¿Es acaso la madurez algo que pueda ser alcanzado por el hombre? ¿Puede lograrla mediante la repetición?

Sólo en la perspectiva de esta utopía pueden emplearse con plena justificación los conceptos de pesimismo y optimismo: optimista es aquel que cree que en el planeta número cinco la historia de la humanidad será ya menos sangrienta. Pesimista es aquel que no lo cree.

17

Julio Verne escribió una famosa novela que Tomás adoraba cuando era niño y que se titula *Dos años de vacaciones* y, en efecto, dos años son el plazo máximo para unas vacaciones. Tomás llevaba ya tres años limpiando ventanas.

Precisamente por entonces comprobaba (en parte con tristeza, en parte sonriendo calladamente) que estaba ya físicamente cansado (tenía todos los días uno y a veces hasta dos torneos amorosos) y, aun sin perder el apetito, para hacer el amor tenía que poner en juego las últimas fuerzas que le quedaban. (Añado: no se trataba de las fuerzas sexuales, sino de las físicas; no tenía problemas con el sexo, sino con la respiración; y era precisamente eso lo que resultaba un tanto cómico.)

Un día estaba intentando organizar una cita para la tarde, pero, como a veces ocurre, no conseguía localizar por teléfono a ninguna mujer, de modo que la tarde amenazaba con quedar vacía. Estaba desesperado. Ese día llamó unas diez veces a una chica, una encantadora estudiante de arte dramático cuyo cuerpo se había bronceado en alguna de las playas nudistas de Yugoslavia con tal regularidad que parecía que hubiera estado dando vueltas lentamente en algún asador asombrosamente preciso.

La llamó en vano desde todas las tiendas en las que trabajó y al terminar su jornada, alrededor de las cuatro de la tarde, cuando volvía a la oficina a entregar las facturas firmadas, lo detuvo de pronto en una calle del centro de Praga una mujer desconocida. Le sonrió:

—Doctor, ¿dónde se había metido? ¡Lo había perdido completamente de vista!

Tomás se esforzaba por recordar de dónde la conocía. ¿Sería una antigua paciente? Se comportaba como si fueran amigos íntimos. Él trataba de comportarse de modo que ella no advirtiera que no la había reconocido. Estaba pensando en cómo convencerla para que fuera con él al piso del amigo, cuyas llaves llevaba en el bolsillo, cuando por un comentario casual comprendió quién era aquella mujer: era la estudiante de arte dramático, maravillosamente bronceada, a la que había estado llamando desesperadamente por teléfono durante todo el día.

Aquella historia le hizo reír y le aterró: no sólo está cansado física, sino también psíquicamente; dos años de vacaciones no pueden prolongarse indefinidamente.

18

Las vacaciones sin quirófano eran también vacaciones sin Teresa: durante seis días a la semana apenas se veían y sólo estaban juntos el domingo. A pesar de que los dos deseaban estar juntos, tenían que ir acercándose desde una gran distancia, poco más o menos como cuando él volvió al lado de ella desde Zurich. Hacer el amor les producía placer pero no les daba consuelo. Ella ya no gritaba y en el momento del orgasmo su cara parecía expresar dolor y una extraña ausencia. Sólo mientras dormían permanecían cada noche tiernamente unidos. Se cogían de la mano y ella olvidaba el abismo (el abismo de la luz del día) que les separaba. Pero las noches no bastaban para que la protegiera y la cuidara. Cuando la veía por la mañana se le encogía el corazón con un nuevo temor: tenía mal aspecto y parecía enferma.

Un domingo ella le pidió que fueran a dar un paseo en coche fuera de Praga. Llegaron al balneario en el que vieron todas las calles con los nombres cambiados por nombres rusos y se encontraron con el antiguo paciente de Tomás. Aquel encuentro le afectó mucho. De pronto alguien volvía a hablarle como a un médico y él sentía la voz distante de su antigua vida, con su agradable regularidad, con la atención a los enfermos, con sus miradas llenas de confianza, a las que no parecía prestar atención pero que en realidad le producían placer y que ahora añoraba.

Volvían en coche a casa y Tomás iba pensando que el regreso de Zurich a Praga había sido para ellos un error catastrófico. Miraba fijamente la carretera porque no quería ver a Teresa. Sentía rabia hacia ella. La presencia de ella a su lado aparecía ahora en toda su insoportable casualidad. ¿Por qué estaba junto a él? ¿Quién la había metido en el cesto y la había enviado río abajo? ¿Y por qué la habían mandado precisamente a la orilla de su cama? ¿Y por qué precisamente a ella y no a alguna otra mujer?

Durante todo el camino ninguno de los dos habló.

Regresaron a casa y cenaron en silencio.

El silencio yacía entre ellos como una desgracia. A cada minuto se volvía más pesado. Para librarse de él fueron pronto a dormir. Por la noche la despertó, ella lloraba en sueños.

Le contó: «Estaba enterrada. Hace ya tiempo. Venías a verme todas las semanas. Siempre golpeabas con los nudillos en la tumba y yo salía. Tenía los ojos llenos de tierra.

»Decías: "Así no puedes ver" y me quitabas la tierra de los ojos.

»Y yo te decía: "De todos modos no veo. Si tengo agujeros en vez de ojos".

»Y un día te fuiste y no volviste durante mucho tiempo y yo sabía que estabas con otra mujer. Pasaban las semanas y tú no volvías. Tenía miedo de no verte y por eso no dormía nunca. Por fin volviste a llamar a la tumba, pero yo estaba tan cansada después de un mes sin dormir que no tenía fuerzas para salir a la superficie. Cuando lo conseguí, tú me miraste decepcionado. Me dijiste que tenía muy mal aspecto. Sentí que te desagradaba terriblemente, que tenía la cara hundida y hacía unos gestos muy bruscos.

»Te pedí disculpas: "No te enfades, no he dormido en todo el tiempo".

»Y tú dijiste con voz falsa, tranquilizadora: "Ya ves. Tienes que descansar. Deberías tomarte un mes de vacaciones".

»Y yo sabía perfectamente qué querías decir con lo de las vacaciones. Sabía que no querías verme en todo el mes porque estarías con otra mujer. Te fuiste y yo bajé a la tumba y sabía que pasaría otro mes sin dormir para estar despierta cuando vinieses y que, cuando llegases al cabo de un mes, estaría aún más fea que hoy y que tú estarías aún más decepcionado».

No había oído nunca un relato más torturado que aquél. Apretó a Teresa contra su pecho, sintió su cuerpo que temblaba y le pareció que era incapaz de soportar su amor.

La tierra puede estremecerse por las explosiones de las bombas, la patria puede ser expoliada cada día por un invasor distinto, todos los habitantes de la calle contigua pueden ser conducidos ante el pelotón de ejecución, todo eso lo soportaría con mucha mayor facilidad de lo que estaría dispuesto a reconocer. Pero era incapaz de soportar la tristeza de un solo sueño de Teresa.

Regresó al interior del sueño del que ella le había hablado. Se imaginaba que le acariciaba la cara y, disimuladamente, para que no se diese cuenta, le quitaba la tierra de las órbitas de los ojos. Después oyó que le decía aquella frase increíblemente torturada: «De todos modos no veo. En vez de ojos tengo agujeros».

El corazón se le estrechaba de tal modo que creyó que estaba al borde del infarto.

Teresa había vuelto a dormirse pero él no podía conciliar el sueño. Se imaginaba su muerte. Está muerta y tiene pesadillas; pero como está muerta él no puede despertarla. Sí, eso es la muerte: Teresa duerme, tiene pesadillas, pero él no puede despertarla.

19

En los cinco años que han pasado desde que el ejército ruso invadió la patria de Tomás, Praga ha cambiado mucho: la gente a la que Tomás encontraba por la calle era distinta de la de antes. La mitad de sus amigos había emigrado y de la mitad que se había quedado la mitad había muerto. Ése es un hecho que no será registrado por ningún historiador: los años que siguieron a la invasión rusa fueron años de entierros; la frecuencia de los fallecimientos fue mucho mayor que antes. No hablo sólo de los casos (más bien infrecuentes) en los que alguien era perseguido hasta la muerte, como Jan Prochazka.

A los catorce días de que la radio emitiera a diario sus conversaciones privadas, ingresó en el hospital. El cáncer que probablemente dormitaba desde antes en su cuerpo floreció de pronto como una rosa. Le operaron en presencia de la policía, que, cuando comprobó que el novelista estaba condenado a muerte, cesó de interesarse por él y le dejó morir en brazos de su mujer. Pero también morían los que no eran directamente perseguidos por nadie. La desesperanza que se había apoderado del país penetraba por las almas hasta los cuerpos y los destrozaba. Algunos huían desesperadamente del favor del régimen, que quería obsequiarles honores y obligarles así a aparecer junto a los nuevos gobernantes. Así murió, huyendo del amor del partido, el poeta Frantisek Hrubin. El ministro de Cultura, del que se escondía desesperadamente, lo alcanzó cuando ya estaba en el ataúd. Pronunció ante él un discurso sobre el amor del poeta a la Unión Soviética. Quizá pretendiera despertar a Hrubin con aquel escándalo. Pero el mundo era tan feo que nadie tenía ganas de levantarse de entre los muertos.

Tomás fue al crematorio a presenciar el funeral por un famoso biólogo expulsado de la Academia de Ciencias. En la nota necrológica no se permitió publicar la hora de las honras fúnebres para que el acto no se convirtiese en una manifestación, y sus deudos no se enteraron hasta el último momento de que la cremación sería a las seis y media de la mañana.

Cuando entraron en la sala del crematorio, Tomás no comprendía qué pasaba: la sala estaba iluminada como un estudio de cine. Miró sorprendido a su alrededor y comprobó que habían colocado cámaras en tres sitios. No, no era la televisión, era la policía la que filmaba el funeral para poder estudiar a los participantes. Un antiguo compañero del científico, que seguía siendo miembro de la Academia de Ciencias, tuvo el valor de despedir al féretro. No contaba con que ese día se convertiría en actor de cine.

Cuando terminaba el acto y ya todos habían estrechado las manos de los familiares del muerto, Tomás vio en un rincón de la sala a un grupo de personas y, entre ellas, al redactor alto y encorvado. Volvió a añorar a aquellas personas que no tenían miedo a nada y estaban seguramente unidas por una gran amistad. Avanzó hacia él, le sonrió, quería saludarlo, pero el hombre encorvado dijo: «Cuidado, doctor, es mejor que no se acerque».

La frase era curiosa. Podía explicársela como una sincera advertencia amistosa («Cuidado, nos están filmando, si habla con nosotros, tendrá un interrogatorio más») o podía tener también un sentido irónico («¡Si no ha tenido el valor suficiente para firmar la petición, sea consecuente y no se junte con nosotros!»). Cualquiera que hubiera sido el significado real, Tomás obedeció y se alejó. Tenía la sensación de que veía a una hermosa mujer subir al coche cama de uno de los grandes expresos y de que, en el momento en que iba a expresarle su admiración, ella ponía el dedo sobre los labios y no le permitía hablar.

20

Ese mismo día por la tarde tuvo otro encuentro interesante. Estaba limpiando el escaparate de una gran zapatería y justo a su lado se detuvo un hombre joven. Se inclinó hacia el escaparate y se puso a mirar los precios.

–Han subido –dijo Tomás sin dejar de secar el agua del cristal con su aparato.

El hombre lo miró. Era aquel compañero suyo del hospital al que he bautizado con la letra S., el mismo que en otros tiempos sonreía enfadado porque Tomás hubiera firmado su declaración autocrítica. Tomás se alegró de aquel encuentro (con la simple e ingenua alegría que nos producen los acontecimientos inesperados), pero observó en la mirada de su colega (durante el primer segundo, mientras S. aún no había tenido tiempo de controlarse) un gesto de sorpresa y desagrado.

–¿Cómo te va? –preguntó S.

Antes de que Tomás tuviera tiempo de responder, ya se había dado cuenta de que S. se avergonzaba de su pregunta. Era una evidente tontería que un médico que sigue trabajando preguntara «¿cómo te va?» a un médico que limpia escaparates.

Para que no se sintiese avergonzado, Tomás le respondió con el tono más alegre que pudo: «¡Estupendamente!», pero advirtió de inmediato que ese «estupendamente» sonaba, a su pesar (y precisamente por haber procurado pronunciarlo con alegría), como una amarga ironía. Por eso añadió en seguida:

–¿Qué hay de nuevo en el hospital?

S. respondió:

–Nada. Todo normal.

Esta respuesta, aunque pretendía ser lo más neutral posible, también estaba totalmente fuera de lugar, y los dos lo sabían y sabían que lo sabían: ¿cómo es posible que todo sea normal cuando uno de los dos limpia escaparates?

–¿Y el jefe? –preguntó Tomás.

–¿No os veis? –preguntó S.

–No –dijo Tomás.

Era verdad, desde que se fue del hospital no había vuelto a ver al médico jefe, a pesar de que trabajaban muy bien juntos y tendían a considerarse casi como amigos. Hiciera lo que hiciera, el «no» que acababa de pronunciar llevaba cierta carga de tristeza y Tomás intuía que S. estaba disgustado por la pregunta que le había hecho, porque al igual que el médico jefe, él tampoco había ido nunca a preguntarle a Tomás cómo le iba y si le hacía falta algo.

La conversación entre los dos antiguos compañeros de trabajo se había vuelto imposible, aunque ambos lo lamentaran, Tomás en particular. No estaba enfadado porque sus compañeros de trabajo se hubieran olvidado de él. Le habría gustado explicárselo a aquel joven. Tenía ganas de decirle: «¡No sientas vergüenza! ¡Es normal y totalmente correcto que no os relacionéis conmigo! ¡No te acomplejes por eso! ¡Estoy encantado de verte!», pero hasta de decir eso tenía miedo, porque todo lo que había dicho hasta entonces había sonado de un modo distinto al que pretendía y su compañero de profesión habría sospechado que esta sincera frase también era irónica y agresiva.

–Perdona –dijo finalmente S.–, tengo una prisa horrible –y le dio la mano–. Te llamaré.

Antes, cuando sus compañeros de trabajo lo miraban despectivamente por su previsible cobardía, todos le sonreían. Ahora que no pueden mirarlo despectivamente, que están incluso obligados a reconocer su valor, lo esquivan.

Por lo demás, tampoco los antiguos pacientes lo invitaban ya, ni lo recibían con champán. La situación de los intelectuales desclasados había dejado de ser excepcional; se había convertido en algo duradero y desagradable a la vista.

21

Llegó a casa y se durmió antes que de costumbre. Una hora más tarde le despertó el dolor de estómago. Eran sus antiguas molestias, que reaparecían siempre en los momentos de depresión. Abrió el botiquín y maldijo. No había ningún medicamento. Había olvidado renovarlos. Trató de superar el ataque a fuerza de voluntad y fue lográndolo pero no consiguió dormirse. Cuando Teresa volvió a casa, a la una y media de la mañana, tenía ganas de charlar con ella. Le habló del entierro, del redactor que no había querido dirigirle la palabra, de su encuentro con su colega S.

–Praga se ha vuelto fea –dijo Teresa.

–Fea –dijo Tomás.

Al cabo de un rato Teresa dijo en voz muy baja:

–Sería mejor que nos fuéramos de aquí.

–Sí –dijo Tomás–, pero no tenemos adónde ir.

Estaba sentado en la cama, en pijama, y ella se sentó a su lado y se abrazó a su cuerpo. Dijo:

–Al campo.

–¿Al campo? –preguntó extrañado.

–Allí estaríamos solos. Allí no te encontrarías ni con el redactor ni con tus antiguos compañeros. Allí la gente es distinta y la naturaleza sigue siendo igual que siempre.

En ese momento Tomás volvió a sentir un suave dolor en el estómago, se sentía viejo y le parecía que lo único que deseaba era un poco de tranquilidad y de paz.

–Puede que tengas razón –dijo dificultosamente, porque el dolor le impedía respirar.

Teresa seguía:

–Tendríamos una casa y un pequeño jardín, y *Karenin* por lo menos podría correr a gusto.

–Sí –dijo Tomás.

Después se imaginó qué pasaría si de verdad se fueran al campo. En un pueblo sería difícil tener todas las semanas a una mujer diferente. Allí se acabarían sus aventuras eróticas.

–Lo malo es que en un pueblo, a solas conmigo, te aburrirías –dijo Teresa como si le leyese los pensamientos.

El dolor había vuelto a aumentar. No podía hablar. Se le ocurrió pensar que su hábito de ir tras las mujeres era una especie de «es muss sein!», un imperativo que lo esclavizaba. Anhelaba unas vacaciones. ¡Pero unas vacaciones totales, en las que le dejaran en paz *todos* los imperativos, *todos* los «es muss sein!»! Si había sido capaz de descansar (y para siempre) de la mesa de operaciones del hospital, ¿por qué no descansar de esa mesa de operaciones del mundo, sobre la cual abría con un escalpelo imaginario la funda en la que las mujeres guardaban la ilusoria millonésima diferencial?

–¡A ti te duele el estómago! –advirtió entonces Teresa.

Asintió.

–¿Te has puesto la inyección?

Hizo un gesto de negación:

–Me olvidé de pedirlas.

Se enfadó con él por su dejadez y le acarició la frente, en la que el dolor había hecho aparecer algunas gotas de sudor.

–Ahora estoy un poco mejor –dijo.

–Acuéstate –dijo ella y lo cubrió con la manta.

Después fue al baño y al cabo de un momento se acostó a su lado. Él volvió hacia ella la cabeza, apoyada en la almohada, y se quedó asombrado: la tristeza que reflejaban sus ojos era insoportable. Dijo:

–Teresa, dime, ¿qué te pasa? A ti te está pasando algo. Lo siento. Lo veo.

Negó con la cabeza:

–No, no me pasa nada.

–¡No lo niegues!

–Es lo de siempre –dijo.

«Lo de siempre» significaba los celos de ella y las infidelidades de él. Pero Tomás siguió insistiendo.

–No, Teresa. Esta vez es otra cosa. Nunca habías estado tan mal.

Teresa dijo:

–Bien, te lo diré. Ve a lavarte la cabeza.

No le entendía.

Lo dijo con tristeza, sin agresividad, casi con ternura:

–Hace ya varios meses que tu pelo huele intensamente. Huele al sexo de alguna mujer. No te lo quería decir. Pero hace ya muchas noches que tengo que respirar el perfume del sexo de alguna de tus amantes.

En cuanto lo dijo, el estómago volvió a dolerle. Estaba desesperado. ¡Se lava tanto! Se frota con tanto cuidado el cuerpo, las manos, la cara, para que no le quede ni una huella de olor ajeno. Evita los jabones perfumados en los cuartos de baño ajenos. Lleva a todas partes su propio jabón sin perfume. ¡Pero olvidó el pelo! ¡No, no se le ocurrió pensar en el pelo!

Y recordó a la mujer que se le sienta en la cara y quiere que le haga el amor con toda su cara y hasta con la nuca. Ahora la odiaba. ¡Qué ocurrencia más idiota! Sabía que ahora no era posible negar nada y que lo único que podía hacer era reír estúpidamente e ir al baño a lavarse la cabeza.

Ella volvió a acariciarle la frente:

–Quédate acostado. Ya no vale la pena. Ya estoy acostumbrada.

Le dolía el estómago y anhelaba tranquilidad y paz. Dijo:

–Escribiré a aquel paciente mío que encontramos en el balneario. ¿Conoces la región donde está su aldea?

–No –dijo Teresa.

A Tomás le costaba mucho trabajo hablar. No logró decir más que: «Bosques... montes...».

–Sí, lo haremos. Nos iremos de aquí. Pero deja de hablar –y seguía acariciándole la frente.

Estaban los dos juntos, acostados, y ya no decían nada. El dolor desaparecía lentamente. Pronto se durmieron los dos.

22

En medio de la noche se despertó y recordó con sorpresa que no había tenido más que sueños eróticos. Sólo recordaba con claridad el último: en una piscina nadaba de espaldas una enorme mujer desnuda, al menos cinco veces mayor que él, con una barriga toda cubierta de espeso vello, desde la entrepierna hasta el ombligo, la miraba desde la orilla y estaba terriblemente excitado.

¿Cómo podía estar excitado cuando su cuerpo se hallaba debilitado por un súbito dolor de estómago? ¿Y cómo pudo excitarse mirando a una mujer que, despierto, sólo hubiera podido producirle asco?

Se dijo: en el sistema de relojería de la cabeza dan vueltas en sentido contrario dos ruedas dentadas. En una de ellas están las visiones, en la otra las reacciones del cuerpo. El diente en el que está la visión de una mujer desnuda toca el diente opuesto, en el que está inscrito el imperativo de la erección. Si por algún descuido las ruedas se desplazan y la rueda de la excitación se pone en contacto con el diente en el que está pintada la imagen de una golondrina volando, nuestro sexo se empinará al ver a una golondrina. Conocía además las investigaciones de un colega suyo que estudiaba el sueño de las personas y afirmaba que en el hombre se produce la erección con cualquier sueño. Eso quiere decir que la relación entre la erección y una mujer desnuda es sólo uno de los mil modos en que el Creador pudo haber ajustado el mecanismo de relojería de la cabeza del hombre.

Pero ¿qué tiene que ver el amor con esto? Nada. Si en la cabeza de Tomás la rueda se desplaza por algún motivo y él, a partir de entonces, se excita al ver a una golondrina, nada cambia en su amor por Teresa.

Si la excitación es el mecanismo mediante el cual se divierte nuestro Creador, el amor es, por el contrario, lo que nos pertenece sólo a nosotros y con lo que escapamos al Creador. El amor es nuestra libertad. El amor está al otro lado del «es muss sein!».

Pero esto no es del todo cierto. Aunque el amor sea algo distinto a la maquinaria de relojería del sexo con el que se divierte el Creador, queda sin embargo amarrado a esa maquinaria. Está amarrado a ella como una tierna mujer desnuda al péndulo de un enorme reloj.

Tomás piensa: amarrar el amor al sexo ha sido una de las ocurrencias más extravagantes del Creador.

Y después piensa esto también: la única manera de salvar el amor de la estupidez del sexo hubiese sido la de ajustar de otro modo el reloj de nuestra cabeza y excitarnos viendo una golondrina.

Se durmió con aquella dulce idea. Y en el umbral del sueño, en ese mágico territorio de imágenes confusas, de pronto se sintió seguro de haber descubierto la solución de todos los misterios, la llave del secreto, la nueva utopía, el Paraíso: un mundo donde el hombre se excita al mirar una golondrina y donde puede querer a Teresa sin verse interrumpido por la agresiva estupidez del sexo. Se durmió.

23

Había varias mujeres semidesnudas, daban vueltas a su alrededor y él se sentía cansado. Para escapar de ellas, abrió la puerta de la habitación contigua. Vio en el sofá de enfrente a una muchacha. También estaba semidesnuda, sólo en bragas.

Estaba reclinada de costado y se apoyaba en un codo. Le miraba con una sonrisa, como si supiera que iba a venir.

Se acercó a ella. Recorrió su cuerpo una sensación de inmensa felicidad por haberla encontrado y poder estar con ella. Se sentó junto a ella, él le dijo algo y ella también le habló. Irradiaba serenidad. Los gestos de su mano eran lentos y acompasados. Toda la vida había anhelado aquellos gestos serenos. Era precisamente aquella serenidad femenina la que había echado en falta toda la vida. Pero en ese momento se produjo el deslizamiento del sueño al despertar. Se encontró en ese *no man's land* en el que el hombre ya no duerme y aún no está despierto. Le aterró que la muchacha desapareciera ante sus ojos y se dijo: «¡Por Dios, no debo perderla!». Intentó desesperadamente recordar quién era la muchacha, dónde la había encontrado, qué experiencia había tenido con ella. ¿Cómo es posible que no lo sepa, conociéndola tanto? Se hizo la promesa de llamarla por teléfono en cuanto amaneciese. Pero nada más pensarlo se alarmó, porque había olvidado su nombre y no podía llamarla. Pero ¿cómo puede olvidar el nombre de alguien a quien conoce tanto? Estaba ya casi despierto del todo, tenía los ojos abiertos y se preguntaba: «¿Dónde estoy? Sí, estoy en Praga, pero y esa muchacha, ¿es de Praga?, ¿no la habré visto en otro sitio?, ¿no será una suiza?». Tardó un rato en comprender que no conocía a aquella muchacha, que no era de Suiza ni de Praga, que era la muchacha de un sueño, que no era de ninguna otra parte.

Estaba tan excitado que se incorporó en la cama. Teresa respiraba profundamente a su lado. Pensaba que la muchacha del sueño no se parecía a ninguna de las mujeres que jamás había visto. La muchacha que le había parecido íntimamente *conocida* era precisamente una completa *desconocida*. Pero era precisamente la que siempre había anhelado. Si existe para él algún Paraíso personal, en ese Paraíso tendría que vivir con ella. Esa mujer del sueño es el «es muss sein!» de su amor.

Recordó el conocido mito de *El banquete* de Platón: los humanos eran antes hermafroditas y Dios los dividió en dos mitades que desde entonces vagan por el mundo y se buscan. El amor es el deseo de encontrar a la mitad perdida de nosotros mismos.

Admitimos que eso es así; que cada uno de nosotros tiene en algún lugar del mundo a su mitad, con la que una vez formó un solo cuerpo. La otra mitad de Tomás era la muchacha con la que había soñado. Lo que sucede es que el hombre no encuentra a la otra mitad de sí mismo. En su lugar le envían, en un cesto aguas abajo, a Teresa. Pero ¿qué sucede si se encuentra realmente con la mujer que le corresponde, con la otra mitad de sí mismo? ¿A quién dará prioridad? ¿A la mujer del cesto o a la mujer del mito de Platón?

Se imaginó que estaba viviendo en un mundo ideal con la muchacha del sueño. Junto a las ventanas abiertas de su residencia pasa Teresa. Está sola, se detiene en medio de la acera y desde allí lo mira, con una mirada de infinita tristeza. Y él no soporta aquella mirada. ¡Siente otra vez el dolor de ella en su propio corazón! Está otra vez en poder de la compasión y se hunde en el alma de ella. Atraviesa de un salto la ventana. Pero ella le dice amargamente que se quede allí donde se siente feliz y hace aquellos gestos bruscos y crispados que le disgustaban en ella y que siempre le habían molestado. Coge aquellas manos nerviosas y las estrecha entre las suyas para calmarlas. Y sabe que abandonaría en cualquier momento la casa de su felicidad, que abandonaría en cualquier momento su Paraíso en el que vive con la muchacha del sueño, que traicionaría el «es muss sein!» de su amor para irse con Teresa, la mujer nacida de seis ridículas casualidades.

Seguía incorporado en la cama y miraba a la mujer que yacía a su lado y apretaba en sueños su mano. Sentía hacia ella un amor indescriptible. Ella debía de tener en aquel momento un sueño muy frágil porque abrió los ojos y lo miró con asombro.

–¿Qué miras? –preguntó ella.

Sabía que no debía despertarla, que tenía que hacer que volviese a dormirse; por eso trató de responder de tal modo que sus palabras creasen en su mente la imagen de un nuevo sueño.

–Miro las estrellas –dijo.

–No mientas, no miras las estrellas. Estás mirando hacia abajo.

–Porque estamos en un avión. Las estrellas están por debajo de nosotros –respondió Tomás.

–Ah, en un avión –dijo Teresa.

Apretó aún más la mano de Tomás y volvió a dormirse. Tomás sabía que ahora Teresa estaba mirando por la ventana redonda de un avión que vuela muy por encima de las estrellas.

Sexta parte
La Gran Marcha

1

Fue en 1980 cuando pudimos leer por primera vez, en el *Sunday Times*, cómo murió Iakov, el hijo de Stalin. Preso en un campo de concentración alemán durante la segunda guerra mundial, compartía alojamiento con oficiales británicos. Tenían el retrete en común. El hijo de Stalin lo dejaba sucio. A los ingleses no les gustaba ver el retrete embadurnado de mierda, aunque fuera mierda del hijo de quien entonces era el hombre más poderoso del mundo. Se lo echaron en cara. Se ofendió. Volvieron a reprochárselo una y otra vez, le obligaron a limpiar el retrete. Se enfadó, discutió con ellos, se puso a pelear. Finalmente solicitó una audiencia al comandante del campo. Quería que hiciese de juez. Pero aquel engreído alemán se negó a hablar de mierda. El hijo de Stalin fue incapaz de soportar la humillación. Clamando al cielo terribles insultos rusos, echó a correr hacia las alambradas electrificadas que rodeaban el campo. Cayó sobre ellas. Su cuerpo, que ya nunca ensuciaría el el retrete de los ingleses, quedó colgando de las alambradas.

El hijo de Stalin no tenía una vida fácil. Su padre lo había concebido con una mujer a la que, después, según todos los indicios, asesinó. El joven Stalin era por tanto hijo de Dios (porque su padre era venerado como un Dios) y, al mismo tiempo, réprobo. La gente lo temía por partida doble: podía hacerles daño con su poder (al fin y al cabo era hijo de Stalin) y con su favor (el padre podía castigar a sus amigos en lugar de hacerlo con el hijo réprobo).

La reprobación y el privilegio, la felicidad y la infelicidad, nadie sintió de un modo más concreto hasta qué punto estos contrarios son intercambiables y hasta qué punto no hay más que un paso desde un polo de la existencia humana hasta el otro.

Nada más empezar la guerra lo capturaron los alemanes, y otros prisioneros, que pertenecían a una nación que siempre le había sido profundamente antipática por su incomprensible introversión, lo acusaron de ser sucio. ¿Él, que debía soportar el peso del mayor drama imaginable (ser al mismo tiempo hijo de Dios y ángel réprobo), debía ser ahora sometido a juicio, no por cuestiones elevadas (referidas a Dios y a los ángeles), sino por asuntos de mierda? ¿Está entonces el más elevado drama tan vertiginosamente próximo al más bajo?

¿Vertiginosamente próximo? ¿Es que la proximidad puede producir vértigo?

Puede. Cuando el polo norte se aproxima al polo sur hasta llegar a tocarlo, la tierra desaparece y el hombre se encuentra en un vacío que hace que la cabeza le dé vueltas y se sienta atraído por la caída.

Si la reprobación y el privilegio son lo mismo, si no hay diferencia entre la elevación y la bajeza, si el hijo de Dios puede ser juzgado por cuestiones de mierda, la existencia humana pierde sus dimensiones y se vuelve insoportablemente leve. En ese momento el hijo de Stalin echa a correr hacia los alambres electrificados para lanzar sobre ellos su cuerpo como sobre el platillo de una balanza que cuelga lamentablemente en lo alto, elevado por la infinita levedad de un mundo que ha perdido sus dimensiones.

El hijo de Stalin dio su vida por la mierda. Pero morir por la mierda no es una muerte sin sentido. Los alemanes, que sacrificaban su vida para extender el territorio de su imperio hacia oriente, los rusos, que morían para que el poder de su patria llegase más lejos hacia occidente, ésos sí, ésos morían por una tontería y su muerte carece de sentido y de validez general. Por el contrario, la muerte del hijo de Stalin fue, en medio de la estupidez generalizada de la guerra, la única muerte metafísica.

3

Cuando yo era pequeño y hojeaba el Antiguo Testamento adaptado para niños y adornado con grabados de Gustave Doré, veía ahí a Dios sobre una nube. Era un anciano, tenía ojos, nariz, una larga barba y yo me decía que, si tenía boca, debía comer. Y si come, también tenía que tener tripas. Pero aquella idea me asustaba porque, aunque era hijo de una familia más bien no creyente, sentía que la idea de las tripas de Dios era una blasfemia.

Sin ningún tipo de preparación teológica, espontáneamente, comprendí desde niño la incompatibilidad entre la mierda y Dios y, de ahí, cuán dudosa resulta la tesis básica de la antropología cristiana según la cual el hombre fue creado a imagen y semejanza de Dios. Una de dos: o el hombre fue creado a semejanza de Dios y entonces Dios tiene tripas, o Dios no tiene tripas y entonces el hombre no se le parece.

Los antiguos gnósticos lo sentían igual que yo cuando tenía cinco años. Valentín, gran maestro de la Gnosis en el siglo II, decía para resolver este enrevesado problema que Jesús «comía, bebía, pero no defecaba».

La mierda es un problema teológico más complejo que el mal. Dios les dio a los hombres la libertad y por eso podemos suponer que, al fin y al cabo, no es responsable de los crímenes humanos. Pero el único responsable de la mierda es aquel que creó al hombre.

4

En el siglo IV, san Jerónimo rechazaba por completo la idea de que Adán y Eva fornicaran en el Paraíso. Por el contrario, Juan Escoto Erígena, gran teólogo del siglo IX, admitía semejante idea. Pero imaginaba que a Adán se le elevaba el miembro tal como se eleva el brazo o el pie, cuando quería y como quería. No busquemos en esta imagen el eterno sueño del hombre obsesionado por la amenaza de la impotencia. La idea de Escoto Erígena tiene otro sentido. Si el miembro puede elevarse por una simple orden del cerebro, la excitación carece de utilidad. El miembro no se yergue porque estemos excitados, sino porque se lo ordenamos. Lo que al gran teólogo le parecía incompatible con el Paraíso no era la fornicación y el placer ligado a ella. Lo incompatible con el Paraíso era la excitación. Recordémoslo bien: en el Paraíso existía placer, no excitación.

En esta meditación de Escoto Erígena podemos encontrar la clave de una especie de justificación teológica (dicho de otro modo, de una teodicea) de la mierda. Mientras se le permitió al hombre permanecer en el Paraíso, o bien (al modo de Jesús, según afirmaba Valentín) no defecaba o, lo cual parece más probable, la mierda no se entendía como algo asqueroso. Cuando Dios expulsó al hombre del Paraíso, hizo que conociera el asco.

El hombre empezó a ocultar aquello de lo que se avergonzaba y, cuando levantó el velo, le cegó un resplandor. De ese modo conoció, inmediatamente después del asco, la excitación. Sin mierda (en sentido literal y figurado) no existiría el amor sexual tal como lo conocemos: acompañado de palpitaciones del corazón y ceguera de los sentidos.

En la tercera parte de esta novela hablé de Sabina semidesnuda, con el sombrero hongo en la cabeza, junto a Tomás, vestido. En aquella ocasión silencié algo. En el momento en que se miró al espejo y se sintió excitada por su ridiculización, se le cruzó por la cabeza la ocurrencia de que Tomás la cogería así, con el sombrero hongo en la cabeza, y la sentaría en la taza del váter y ella cagaría delante de él. En ese momento empezó a palpitarle el corazón, perdió la conciencia de lo que ocurría, tumbó a Tomás en la alfombra y poco después gritaba de placer.

5

La disputa entre quienes afirman que el mundo fue creado por Dios y quienes piensan que surgió por sí mismo se refiere a algo que supera las posibilidades de nuestra razón y nuestra experiencia. Mucho más real es la diferencia que divide a los que dudan acerca del ser que le fue dado al hombre (por quien quiera que fuera y en la forma que fuera) y a los que están incondicionalmente de acuerdo con él.

En el trasfondo de toda fe, religiosa o política, está el primer capítulo del Génesis, del que se desprende que el mundo fue creado correctamente, que el ser es bueno y que, por lo tanto, es correcto multiplicarse. A esta fe la denominamos *acuerdo categórico con el ser.*

Si hasta hace poco la palabra mierda se reemplazaba en los libros por puntos suspensivos, no era por motivos morales. ¡No pretenderá usted afirmar que la mierda es inmoral! El desacuerdo con la mierda es metafísico. El momento de la defecación es una demostración cotidiana de lo inaceptable de la Creación. Una de dos: o la mierda es aceptable (¡y entonces no cerremos la puerta del váter!), o hemos sido creados de un modo inaceptable.

De eso se desprende que el ideal estético del *acuerdo categórico con el ser* es un mundo en el que la mierda es negada y todos se comportan como si no existiese. Este ideal estético se llama *kitsch.*

Es una palabra alemana que nació a mediados del sentimental siglo XIX y se extendió después a todos los idiomas. Pero la frecuencia del uso dejó borroso su original sentido metafísico, es decir: el kitsch es la negación absoluta de la mierda; en sentido literal y figurado: el kitsch elimina de su punto de vista todo lo que en la existencia humana es esencialmente inaceptable.

6

La primera rebelión interna de Sabina contra el comunismo no tuvo un carácter ético, sino estético. Pero lo que le producía rechazo era mucho menos la fealdad del mundo comunista (los palacios destrozados convertidos en establos) que la máscara de belleza que se ponía o, dicho de otro modo, el kitsch comunista. Su modelo es la festividad denominada Primero de Mayo.

Había visto las manifestaciones del Primero de Mayo en la época en que la gente aún estaba entusiasmada o aún fingía plenamente el entusiasmo. Las mujeres vestían camisas rojas, azules, blancas, de modo que, vistas desde los balcones y las ventanas, formaban diversas figuras: estrellas de cinco puntas, corazones, letras. En medio de las distintas partes de la manifestación iban pequeñas orquestas que tocaban marchas. Cuando los manifestantes se acercaban a la tribuna, hasta las caras más aburridas se iluminaban con una sonrisa, como si quisiesen demostrar que se alegraban convenientemente o, más exactamente, que estaban convenientemente *de acuerdo*. Y no se trataba de un mero acuerdo político con el comunismo, sino de un acuerdo con el ser en tanto que tal. La festividad del Primero de Mayo bebía de la profunda fuente del *acuerdo categórico con el ser*. La consigna tácita, implícita, de la manifestación no era «¡viva el comunismo!», sino «¡viva la vida!». La fuerza y la astucia de la política comunista consistían en haberse apoderado de esta consigna. Era precisamente esta estúpida tautología («¡viva la vida!») la que atraía a la manifestación comunista incluso a aquellos que eran indiferentes a las tesis comunistas.

7

Diez años más tarde (cuando vivía ya en Norteamérica), un amigo de sus amigos, senador norteamericano, la llevaba en su enorme automóvil. En el asiento trasero se apretujaban cuatro niños. El senador detuvo el coche; los niños bajaron y corrieron por el amplio césped hacia el edificio de un estadio en el que había una pista de patinaje sobre hielo. El senador, sentado al volante, miraba enternecido a las cuatro figuritas que corrían y se volvió luego hacia Sabina: «Mírelos». Dibujó con la mano un círculo que pretendía abarcar el estadio, el césped y a los niños: «A esto lo llamo felicidad».

Tras aquellas palabras no sólo había felicidad porque los niños corrieran y el césped creciera, sino también una expresión de comprensión hacia una mujer que procedía de uno de los países del comunismo donde, a juicio del senador, el césped no crece y los niños no corren.

Pero Sabina se imaginaba precisamente en aquel momento al senador en la tribuna de la plaza praguense. Tenía en la cara exactamente la misma sonrisa que los gobernantes comunistas dirigían desde lo alto de su tribuna a los ciudadanos, que sonreían del mismo modo, abajo, en la manifestación.

8

¿Cómo sabía aquel senador que los niños son la felicidad? ¿Acaso podía ver sus almas? ¿Y si en el momento en que desaparecieran de su vista, tres de ellos se lanzaran sobre el cuarto y empezaran a pegarle?

El senador tenía un solo argumento para su afirmación: sus sentimientos. Allí donde habla el corazón es de mala educación que la razón lo contradiga. En el reino del kitsch impera la dictadura del corazón.

Por supuesto el sentimiento que despierta el kitsch debe poder ser compartido por gran cantidad de gente. Por eso el kitsch no puede basarse en una situación inhabitual, sino en imágenes básicas que deben grabarse en la memoria de la gente: la hija ingrata, el padre abandonado, los niños que corren por el césped, la patria traicionada, el recuerdo del primer amor.

El kitsch provoca dos lágrimas de emoción, una inmediatamente después de la otra. La primera lágrima dice: «¡Qué hermoso, los niños corren por el césped!».

La segunda lágrima dice: «¡Qué hermoso es estar emocionado junto con toda la humanidad al ver a los niños corriendo por el césped!».

Es la segunda lágrima la que convierte el kitsch en kitsch.

La hermandad de todos los hombres del mundo sólo podrá edificarse sobre el kitsch.

9

Nadie lo sabe mejor que los políticos. Cuando hay una cámara fotográfica cerca, corren en seguida hacia el niño más próximo para levantarlo y besarle la mejilla. El kitsch es el ideal estético de todos los políticos, de todos los partidos políticos y de todos los movimientos.

En una sociedad en la que coexisten diversas corrientes políticas y en la que sus influencias se limitan o se eliminan mutuamente, podemos escapar más o menos de la inquisición del kitsch; el individuo puede conservar sus peculiaridades y el artista crear obras inesperadas. Pero allí donde un solo movimiento político tiene todo el poder, nos encontramos de pronto en el imperio del kitsch *totalitario*.

Cuando digo totalitario quiero decir que todo lo que perturba al kitsch queda excluido de la vida: cualquier manifestación de individualismo (porque toda diferenciación es un escupitajo a la cara de la sonriente fraternidad), cualquier duda (porque el que empieza dudando de pequeñeces termina dudando de la vida como tal), la ironía (porque en el reino del kitsch hay que tomárselo todo en serio) y hasta la madre que abandona a su familia o el hombre que prefiere a los hombres y no a las mujeres y pone así en peligro la consigna sagrada «amaos y multiplicaos».

Desde ese punto de vista podemos considerar al denominado gulag como una especie de fosa higiénica a la que el kitsch totalitario arroja los desperdicios.

10

El primer decenio posterior a la segunda guerra mundial fue el periodo más horrible del terror estalinista. Fue entonces cuando detuvieron por alguna tontería al padre de Teresa y echaron de la casa a su hijita, que tenía diez años. En la misma época Sabina, a sus veinte años, estudiaba en la Academia de Bellas Artes. El profesor de marxismo le explicaba a ella y a sus condiscípulos esta tesis del arte socialista: la sociedad soviética ha llegado tan lejos que la contradicción básica ya no se da allí entre el bien y el mal, sino entre lo bueno y lo mejor. Por eso la mierda (es decir, lo que es esencialmente inaceptable) sólo podía existir en «otra parte» (por ejemplo, en América) y sólo desde allá; desde fuera, como algo extraño (por ejemplo, en forma de espías), podía introducirse en el mundo de «los buenos y los mejores».

En efecto, las películas soviéticas, que precisamente en aquella época extremadamente cruel inundaron los cines de todos los países comunistas, estaban impregnadas de una increíble inocencia. El mayor conflicto que podía producirse entre dos rusos era un malentendido amoroso: él cree que ella ya no le quiere y ella opina lo mismo de él. Al final caen uno en los brazos del otro y gotean lágrimas de felicidad.

La interpretación convencional de aquellas películas es actualmente la siguiente: mostraban el ideal comunista mientras la realidad comunista era peor.

Sabina protestaba siempre por semejante interpretación. Cuando se imaginaba que el mundo del kitsch soviético tuviera que hacerse realidad y que a ella pudiera tocarle vivir en él, sentía escalofríos. Daba prioridad, sin la menor vacilación, al régimen comunista verdadero, con todas sus persecuciones y sus colas para comprar carne. En el mundo comunista real se puede vivir. En el mundo del ideal comunista hecho realidad, en ese mundo de idiotas sonrientes, con los que no sería capaz de cambiar ni una palabra, moriría de horror en una semana.

Me parece que la sensación que despertaba en Sabina el kitsch soviético era semejante al horror que experimentaba Teresa en el sueño cuando marchaba con las mujeres desnudas alrededor de la piscina y tenía que cantar canciones alegres. Bajo la superficie del agua flotaban los cadáveres. Teresa no podía dirigir a ninguna de las mujeres ni una sola palabra, ni una sola pregunta. Por respuesta no habría oído más que otra estrofa de la canción. Ni siquiera podía hacerle un guiño secreto a alguna de las mujeres. En seguida habrían empezado a hacerle señas al hombre que estaba de pie en el cesto sobre la piscina para que la matase.

El sueño de Teresa descubre la verdadera función del kitsch: el kitsch es un biombo que oculta la muerte.

11

En el imperio del kitsch totalitario las respuestas están dadas de antemano y eliminan la posibilidad de cualquier pregunta. De ello se desprende que el verdadero enemigo del kitsch totalitario es el hombre que pregunta. La pregunta es como un cuchillo que rasga el lienzo de la decoración pintada, para que podamos ver lo que se oculta tras ella. Así fue, por lo demás, como Sabina le explicó una vez a Teresa el sentido de sus cuadros: delante hay una mentira comprensible y tras ella reluce una verdad incomprensible.

Sólo que quienes luchan contra los llamados regímenes totalitarios difícilmente pueden luchar con interrogantes y dudas. Ellos también necesitan su seguridad y sus verdades sencillas, comprensibles para la mayor cantidad posible de personas y capaces de provocar el llanto colectivo.

En cierta ocasión, una organización política le preparó a Sabina una exposición en Alemania. Sabina cogió el catálogo: se encontró con que encima de su fotografía habían dibujado alambres de espino. En el interior publicaban su biografía, que se parecía a las biografías de los mártires y los santos: padeció, luchó contra la injusticia, tuvo que abandonar la patria destrozada y sigue luchando, «Lucha con sus cuadros por la libertad», decía la última frase de aquel texto.

Protestó, pero no la comprendieron.

¿No es verdad que en el comunismo se persigue al arte moderno?

Dijo con rabia:

–¡Mi enemigo no es el comunismo sino el kitsch!

Desde entonces empezó a inventar su propia biografía y cuando, más tarde, llegó a Norteamérica, logró incluso ocultar que era checa. Aquello no era más que un desesperado intento por huir del kitsch en el que la gente quería convertir su vida.

12

Estaba de pie ante un caballete en el que había un cuadro a medio hacer. En un sillón detrás de ella estaba sentado un hombre mayor que observaba cada uno de los trazos de su pincel.

El hombre miró al reloj:

–Creo que deberíamos ir –dijo.

Dejó la paleta y fue al cuarto de baño a lavarse. El anciano se levantó del sillón y se inclinó para coger el bastón que estaba apoyado en la mesa. La puerta del *atelier* conducía directamente al parque. Oscurecía. Enfrente, a veinte metros de distancia, había una casa blanca de madera, con las ventanas de la planta baja iluminadas. Aquellas dos ventanas iluminando el ocaso emocionaron a Sabina.

Se ha pasado la vida diciendo que su enemigo es el kitsch. Pero ¿no lo lleva dentro de sí misma? Su kitsch es la imagen de un hogar, tranquilo, dulce, armónico, donde imperan una madre amable y un padre sabio.

Aquella imagen surgió dentro de ella al morir sus padres. Cuanto menos se parecía la vida a aquel dulce sueño, más sensible era a su encanto, y varias veces se le saltaron las lágrimas al ver en la televisión una historia sentimental en la que una hija desagradecida abrazaba a un padre abandonado y en el ocaso del día brillaban las ventanas de la casa de la feliz familia.

Conoció al anciano en Nueva York. Era rico y le gustaba la pintura. Vivían él y su mujer solos en una villa en el campo. Frente a la villa, en sus terrenos, había un viejo granero. Él lo arregló como *atelier* para Sabina, la invitó a pintar allí y se pasaba los días observando los movimientos de su pincel.

Ahora mismo están cenando los tres. La vieja señora le llama a Sabina «¡mi niña!», pero todo parece indicar que la realidad es exactamente al revés: Sabina hace aquí el papel de mamá, con dos hijos que dependen de ella, la admiran y estarían dispuestos a obedecerla si quisiera darles órdenes.

¿Encontró entonces en el umbral de la vejez a sus ancianos padres, a quienes cuando niña se les había escapado de la mano? ¿Encontró por fin a los hijos que ella misma nunca tuvo?

Sabía bien que aquello era una ilusión. Su estancia junto a los ancianos no es más que una breve parada. El viejo señor está gravemente enfermo y su mujer, cuando se quede sin él, irá a vivir con su hijo a Canadá. El camino de traiciones de Sabina continuará y, en medio de la insoportable levedad del ser, se oirá de vez en cuando, desde las profundidades de su alma, una canción sentimental acerca de dos ventanas iluminadas tras las cuales vive una familia feliz.

Esa canción le emociona, pero Sabina no se toma su emoción en serio. Sabe muy bien que esa canción es una hermosa mentira. En el momento en que el kitsch es reconocido como mentira, se encuentra en un contexto de no-kitsch. Pierde su autoritario poder y se vuelve enternecedor, como cualquier otra debilidad humana. Porque ninguno de nosotros es un superhombre como para poder escapar por completo al kitsch. Por más que lo despreciemos, el kitsch forma parte del sino del hombre.

La fuente del kitsch es el acuerdo categórico con el ser. Pero ¿cuál es la base del ser? ¿Dios? ¿Los hombres? ¿La lucha? ¿El amor? ¿El hombre? ¿La mujer?

Las opiniones sobre este tema son diversas y por eso hay también diversos tipos de kitsch: católico, protestante, judío, comunista, fascista, democrático, feminista, europeo, americano, nacional, internacional.

Desde la época de la Revolución francesa la mitad de Europa se denomina *izquierda* mientras la otra mitad se llama *derecha*. Es casi imposible definir la una o la otra a partir de algún tipo de principios teóricos en los que se apoyen. Eso no es nada extraño: los movimientos políticos no se basan en posiciones racionales, sino en intuiciones, imágenes, palabras, arquetipos, que en conjunto forman tal o cual *kitsch político*. La idea de la Gran Marcha, por la que se deja embriagar Franz, es el kitsch político que une a las personas de izquierdas de todas las épocas y corrientes. La Gran Marcha es ese hermoso camino hacia delante, el camino hacia la fraternidad, la igualdad, la justicia, la felicidad y aún más allá, a través de todos los obstáculos, porque ha de haber obstáculos si la marcha debe ser una Gran Marcha.

¿Dictadura del proletariado o democracia? ¿Rechazo a la sociedad de consumo o incremento de la producción? ¿Guillotina o supresión de la pena de muerte? Eso no tiene la menor importancia. Lo que hace del hombre de izquierdas un hombre de izquierdas no es tal o cual teoría, sino su capacidad de convertir cualquier teoría en parte del kitsch llamado Gran Marcha hacia delante.

Por supuesto Franz no es una persona para la cual el kitsch sea esencial. La idea de la Gran Marcha juega en su vida aproximadamente el mismo papel que desempeña en la vida de Sabina la canción sentimental sobre las dos ventanas iluminadas. ¿A qué partido político votará Franz? Me temo que no vota a ninguno y que el día de las elecciones prefiere irse de excursión a la montaña. Pero eso no significa que la Gran Marcha haya dejado de emocionarlo. Es hermoso soñar que formamos parte de una masa que marcha a través de los siglos y Franz no olvidó nunca ese hermoso sueño.

Un día le llamaron por teléfono unos amigos desde París. Dicen que están organizando una marcha a Camboya y lo invitan a que se sume a ellos.

Camboya había pasado ya en aquella época por la guerra civil, por los bombardeos norteamericanos, por la devastación producida por los comunistas locales, que habían reducido en una quinta parte a la población, y, finalmente, había sido ocupada por el vecino Vietnam, que a su vez ya no era en aquella época más que un instrumento de Rusia. En Camboya había hambruna y la gente moría sin atención médica. La Organización Internacional de Médicos había pedido ya muchas veces autorización para entrar en el país, pero los vietnamitas se negaban. Por eso los grandes intelectuales de Occidente debían marchar a pie hasta la frontera de Camboya y forzar así, con este gran espectáculo representado ante los ojos de todo el mundo, la entrada de los médicos al país ocupado.

El amigo que llamó por teléfono a Franz era uno de aquellos con quienes había ido a las manifestaciones por las calles de París. Al principio le entusiasmó la invitación, pero después dirigió la vista hacia la estudiante de las grandes gafas. Estaba sentada frente a él y sus ojos, tras los gruesos cristales, parecían aún mayores. Franz tenía la sensación de que aquellos ojos le rogaban que no fuera a ninguna parte. Así que se disculpó.

Pero en cuanto colgó el auricular, lo lamentó. Había satisfecho, en efecto, a su amante terrenal, pero descuidaba al amor celestial. ¿No era Camboya una variante de la patria de Sabina? ¡Un país ocupado por el ejército de un país comunista vecino! ¡Un país sobre el que cayó el puño de Rusia! Franz imagina de pronto que su casi olvidado amigo le ha llamado siguiendo instrucciones secretas de ella.

Los seres celestiales todo lo ven y todo lo saben. Si participara en aquella marcha, Sabina lo vería y estaría orgullosa de él. Comprendería que le ha sido fiel.

«¿Te enfadarías mucho si fuese?», le preguntó a su chica de las gafas, que no quiere estar ni un solo día sin él, pero es incapaz de negarle nada.

Unos días más tarde estaba en un gran avión en el aeropuerto de París. Había veinte médicos, acompañados por unos cincuenta intelectuales (profesores, escritores, parlamentarios, cantantes, actores y alcaldes) y todos ellos acompañados por cuatrocientos periodistas y fotógrafos.

15

El avión aterrizó en Bangkok. Cuatrocientos setenta médicos, intelectuales y periodistas se dirigieron a la sala principal de un hotel internacional donde les esperaban otros médicos, actores, cantantes y filósofos, y con ellos varios cientos de periodistas con sus blocs de notas, magnetófonos, aparatos fotográficos y cámaras de cine. La sala estaba presidida por un podio, encima del cual había una mesa alargada y, tras la mesa, unos veinte norteamericanos que habían empezado ya a dirigir la reunión.

Los intelectuales franceses, con los que Franz entró en la sala, se sentían desplazados y humillados. La marcha a Camboya era idea suya y de repente están allí los norteamericanos, que, con maravillosa naturalidad, se han hecho con la dirección y, por si fuera poco, se ponen a hablar en inglés sin siquiera ocurrírseles pensar que pueda haber franceses o daneses que no les entiendan. Claro que los daneses olvidaron hace tiempo que antaño fueron una nación, de modo que los únicos europeos capaces de protestar eran los franceses. Aquélla era una cuestión de principios, de modo que se negaron a protestar en inglés, dirigiéndose a los norteamericanos que estaban en el podio en su lengua materna. Los norteamericanos reaccionaron con sonrisas de aceptación y simpatía, porque no entendían ni una palabra. Al fin, los franceses no tuvieron más remedio que formular sus objeciones en inglés: «¿Por qué se habla en esta reunión sólo en inglés si también hay franceses?».

Los norteamericanos se asombraron mucho por tan extraña objeción, pero no dejaron de sonreír y estuvieron de acuerdo en que todos los discursos se tradujeran. Se tardó mucho en encontrar a un traductor para que la reunión pudiera continuar. A partir de ese momento cada frase había que decirla en inglés y francés, de modo que la reunión duraba el doble y en realidad más del doble, porque todos los franceses hablaban inglés, interrumpían al traductor y discutían con él por cada palabra.

El momento cumbre de la reunión fue cuando subió al podio una famosa actriz norteamericana. Su aparición provocó la entrada en la sala de más fotógrafos y cámaras, y cada una de las sílabas que pronunciaba iba seguida por el disparo de algún aparato. La actriz hablaba de los niños que sufrían, de la barbarie de la dictadura comunista, del derecho de los hombres a la seguridad, del peligro que corrían los valores tradicionales de la sociedad civilizada, de la irrenunciable libertad del individuo y del presidente Carter, que estaba apenado por lo que sucedía en Camboya. La última frase la dijo llorando.

En ese momento se levantó un joven médico francés con un bigote pelirrojo y empezó a gritar: «¡Hemos venido a curar a la gente que se está muriendo! ¡No hemos venido a homenajear al presidente Carter! ¡Esto no es un circo norteamericano! ¡No hemos venido a protestar contra el comunismo, sino a curar a los enfermos!».

Otros franceses se sumaron al médico con bigote. El traductor se asustó y no se atrevía a traducir lo que decían. Los veinte norteamericanos del podio volvieron a mirarlos con sonrisas llenas de simpatía y muchos de ellos hacían gestos de aprobación con la cabeza. Uno de ellos levantó incluso el puño, porque sabía que eso es lo que hacen los europeos en los momentos de euforia colectiva.

16

¿Cómo es posible que los intelectuales de izquierdas (entre los cuales se contaba precisamente el médico del bigote pelirrojo) estén dispuestos a participar en una marcha contraria a los intereses de un país comunista, a pesar de que el comunismo siempre hubiera formado parte de la izquierda?

Cuando los crímenes del país llamado Unión Soviética se hicieron demasiado escandalosos, las personas de izquierdas se encontraron ante dos posibilidades: escupir sobre lo que hasta entonces había sido su vida o (con mayores o menores titubeos) incluir la Unión Soviética entre los obstáculos de la Gran Marcha y seguir andando.

Como ya dije, lo que hace que la izquierda sea la izquierda es el kitsch de la Gran Marcha. La identidad del kitsch no viene dada por una estrategia política, sino por imágenes, metáforas, por un vocabulario. Por eso es posible trasgredir la costumbre y participar en una marcha en contra de los intereses de un país comunista. Pero no se puede reemplazar una palabra por otras. Es posible amenazar con los puños al ejército vietnamita. Pero no es posible gritarle: «¡Abajo el comunismo!». Porque «¡abajo el comunismo!» es la consigna de los enemigos de la Gran Marcha y quien no desee perder su identidad debe permanecer fiel a la pureza de su propio kitsch.

Digo esto solamente para explicar el malentendido entre el médico francés y la actriz norteamericana, que en su egocentrismo pensaba que había sido víctima de la envidia o la misoginia. En realidad lo que el francés había manifestado era un fino sentido estético: palabras como «el presidente Carter», «nuestros valores tradicionales», «la barbarie comunista», formaban parte del vocabulario del *kitsch norteamericano* y no tenían nada que hacer en el kitsch de la Gran Marcha.

17

Al día siguiente subieron todos a los autobuses y atravesaron toda Tailandia hasta la frontera con Camboya. Por la noche llegaron a una pequeña aldea, donde habían alquilado unas casas construidas sobre pilotes. El río que amenazaba con inundaciones obligaba a la gente a vivir arriba, mientras abajo, entre los pilotes, se apiñaban los cerdos. Franz durmió en una habitación con otros cuatro profesores. En sueños oía el gruñido de los puercos, que venía de abajo, y, a su lado, el ronquido de un famoso matemático.

Por la mañana volvieron a subir todos a los autobuses. Dos kilómetros antes de llegar a la frontera estaba ya prohibida la circulación. No había más que una estrecha carretera, vigilada por el ejército, que conducía al puesto fronterizo. Allí se detuvieron los autobuses. Al bajar, los franceses comprobaron que los norteamericanos habían vuelto a adelantárseles y que les esperaban ya formados, encabezando la marcha. La situación era gravísima. Ya llegó el traductor y la discusión está al rojo vivo. Al final se alcanzó un acuerdo: forman la cabeza de la marcha un norteamericano, un francés y la traductora camboyana. Después van los médicos y todos los demás van tras ellos; la actriz norteamericana se encontró a la cola de la marcha.

La carretera era estrecha y estaba flanqueada por campos de minas. A cada rato topaban con una valla: dos bloques de cemento rodeados de alambre de espino y entre ellos un paso estrecho. Tenían que ir en fila india.

Unos cinco metros delante de Franz iba un famoso poeta y cantante pop alemán, que había escrito ya novecientas treinta canciones contra la guerra y por la paz. Llevaba una larga pértiga con una bandera blanca que hacía juego con su barba negra y lo diferenciaba de todos los demás.

A lo largo de la extensa columna corrían los fotógrafos y los cámaras. Disparaban sus aparatos, hacían zumbar sus cámaras, corrían hacia delante, se detenían, se alejaban, se ponían en cuclillas y volvían a levantarse y a correr hacia delante. De vez en cuando llamaban por su nombre a un hombre o una mujer famosos, de modo que se volviesen instintivamente hacia ellos y en ese momento apretaban el disparador.

18

Algún acontecimiento flotaba en el aire. La gente aminoraba el paso y miraba hacia atrás.

La actriz norteamericana, a la que habían situado al final de la marcha, se había negado a seguir soportando la humillación y se había decidido a atacar. Echó a correr. Era como cuando en una carrera de cinco mil metros un corredor, que hasta el momento había estado ahorrando fuerzas y permanecía al final del pelotón, de pronto salta y adelanta a todos los demás corredores.

Los hombres sonreían perplejos y se hacían a un lado para permitir la victoria de la famosa corredora, pero las mujeres gritaban:

—¡A su sitio! ¡Esto no es una marcha de estrellas de cine!

Pero la actriz no se dejaba amedrentar y seguía corriendo acompañada por cinco fotógrafos y dos cámaras.

Entonces una francesa, profesora de lingüística, cogió a la actriz por la muñeca y le dijo (en un inglés horrible):

—¡Ésta es una marcha de médicos que quieren curar a los camboyanos que están mortalmente enfermos y no un espectáculo para estrellas de cine!

La actriz tenía la muñeca cogida por la mano de la profesora de lingüística y le faltaba fuerza para soltarse. Dijo (en un inglés excelente):

–¡Váyase al diablo! ¡Yo he estado en cientos de marchas como ésta! ¡En todas partes hace falta que aparezcan estrellas! ¡Ése es nuestro trabajo! ¡Es nuestra obligación moral!

–Mierda –dijo la profesora de lingüística (en un francés excelente).

La actriz norteamericana la entendió y se echó a llorar.

–No te muevas –gritó un cámara y se arrodilló delante de ella. La actriz miró prolongadamente al objetivo mientras las lágrimas corrían por su cara.

19

La profesora de lingüística soltó finalmente la muñeca de la actriz norteamericana. En ese momento la llamó el cantante alemán con la barba negra y la bandera blanca.

La actriz norteamericana nunca había oído hablar de él, pero en un momento de humillación era mucho más sensible que nunca a las manifestaciones de simpatía y echó a correr hacia él. El cantante cogió con la mano izquierda el mástil de la bandera y apoyó el brazo derecho sobre el hombro de la actriz.

Alrededor de la actriz y el cantante seguían saltando los fotógrafos y los cámaras. Un famoso fotógrafo norteamericano quería captar con su objetivo las caras de los dos con bandera y todo, lo cual era complicado porque el mástil era largo. Por eso corrió hacia el arrozal que tenía detrás. Así fue cómo pisó una mina. Se oyó una explosión y su cuerpo, deshecho en pedazos, voló por los aires, salpicando con una ducha de sangre a los intelectuales europeos.

El cantante y la actriz estaban aterrorizados y no podían moverse. Después levantaron la vista hacia la bandera. Estaba salpicada de sangre. Al ver aquello volvieron a sentirse aterrados. Después miraron nuevamente unas cuantas veces, tímidamente, hacia arriba y empezaron a sonreír. Sentían un orgullo extraño y hasta entonces desconocido al ver que la bandera que llevaban estaba manchada de sangre. Se pusieron nuevamente en marcha.

20

La frontera estaba formada por un pequeño riachuelo que no se veía porque a lo largo de él se extendía un muro de un metro y medio de alto sobre el cual había sacos con arena para los tiradores tailandeses. La pared sólo se interrumpía en un punto. Allí un puente atravesaba el riachuelo. Nadie podía llegar hasta él. Al otro lado del río estaba el ejército de ocupación vietnamita, pero no se veía. Sus posiciones estaban perfectamente camufladas. Pero era evidente que, si alguien llegase hasta el puente, los invisibles vietnamitas empezarían a disparar.

Los miembros de la marcha llegaron hasta la pared y se pusieron de puntillas. Franz se apoyó en la ranura entre dos sacos y trató de ver algo. No vio nada porque le empujó uno de los fotógrafos, que se consideraba autorizado a ocupar su sitio.

Franz miró hacia atrás. En la poderosa corona de un árbol solitario, como una bandada de grandes cuervos, estaban sentados ocho fotógrafos con los ojos puestos en la otra orilla.

En ese momento la traductora que encabezaba la marcha se llevó a la boca un tubo ancho y habló en jemer hacia el otro lado del río: «Aquí están unos médicos que piden que se les permita entrar en territorio camboyano para llevar ayuda sanitaria; esta acción nada tiene que ver con intervención política alguna; lo único que les preocupa es la vida de la gente».

La respuesta del otro lado fue un silencio impresionante. Un silencio tan completo que todos se sintieron angustiados. Lo único que se oía en aquel silencio era el sonido de las cámaras fotográficas, como el canto de una especie de insectos exóticos.

Franz tuvo de pronto la impresión de que la Gran Marcha había llegado a su fin. Alrededor de Europa se cierran las fronteras del silencio, y el espacio por el que transcurre la Gran Marcha no es más que un pequeño podio en medio del planeta. Las masas que antes se apretujaban alrededor del podio hace tiempo ya que se han vuelto de espaldas, y la Gran Marcha continúa a solas y sin espectadores. Sí, piensa Franz, la Gran Marcha continúa, a pesar del desinterés del mundo, pero se vuelve nerviosa y febril, ayer contra los norteamericanos que ocupaban Vietnam, hoy contra Vietnam que ocupa Camboya, ayer a favor de Israel, hoy a favor de los palestinos, ayer a favor de Cuba, mañana contra Cuba y siempre contra Norteamérica, siempre contra las masacres y siempre en apoyo de otras masacres, Europa marcha para no perder el ritmo de los acontecimientos y que ninguno se le escape, su paso se hace cada vez más rápido, de modo que la Gran Marcha es una marcha de gentes que dan saltos, que tienen prisa y el escenario es cada vez menor, hasta que un día se convierta en un mero punto sin dimensiones.

La traductora gritó por segunda vez su llamada con la bocina. En respuesta volvió a oírse un inmenso e interminable silencio indiferente.

Franz miró a su alrededor. El silencio desde la otra orilla del río había sido para todos como una bofetada. Incluso el cantante con la bandera blanca y la actriz se sienten angustiados, dubitativos, sin saber qué hacer.

Franz comprendió de pronto que todos eran ridículos, él y los demás, pero aquella comprensión no lo separaba de ellos, no lo llenaba de ironía, al contrario, era ahora cuando sentía por ellos un inmenso amor, como el que sentimos por quienes han sido condenados. Sí, la Gran Marcha se acerca a su fin, pero ¿es ése un motivo para que Franz la traicione? ¿No se aproxima también su propia vida a su fin? ¿Es justo que se ría del exhibicionismo de los que acompañaron a los valientes médicos hasta la frontera? ¿Qué más puede hacer esa gente que teatro? ¿Les queda alguna otra posibilidad?

Franz tiene razón. Estoy pensando en el redactor que organizaba la recogida de firmas para la amnistía de los presos políticos en Praga. Sabía perfectamente que aquello no ayudaría a los presos. El verdadero objetivo no era liberar a los presos, sino demostrar que aún había gente que no tenía miedo. Lo que hacía era teatro. Pero no tenía otra posibilidad. No podía elegir entre actuar o hacer teatro. La disyuntiva era: hacer teatro o no hacer nada. Hay situaciones en las que las personas están *condenadas* a hacer teatro. Su lucha contra el poder silencioso (el poder silencioso al otro lado del río, la policía convertida en silenciosos micrófonos en la pared) es la lucha de un grupo de comediantes peleando contra un ejército.

Franz vio a su amigo de la Sorbona levantando el puño y amenazando a aquel silencio de la orilla de enfrente.

La traductora gritó por tercera vez su llamada con la bocina.

El silencio que nuevamente le respondió transformó de pronto la angustia de Franz en una rabia furiosa. Estaba muy cerca del puente que separa Tailandia de Camboya y le invadió un inmenso deseo de cruzarlo corriendo, de gritar al cielo terribles insultos y de morir en medio del inmenso estruendo de los disparos.

Ese repentino deseo de Franz nos recuerda algo; sí, nos recuerda al hijo de Stalin, que corrió a colgarse a las alambradas electrificadas al no poder soportar la visión de los polos de la existencia humana acercándose hasta tocarse, sin diferencia ya entre lo elevado y lo bajo, entre el ángel y la mosca, entre Dios y la mierda.

Franz no podía aceptar que la gloria de la Gran Marcha fuese lo mismo que la cómica vanidad de quienes participaban en ella y que el magnífico estruendo de la historia europea se perdiese en un silencio interminable sin que hubiese ya diferencia entre la historia y el silencio. En ese momento quiso poner su propia vida en el platillo de la balanza para demostrar que la Gran Marcha pesa más que la mierda.

Pero el hombre no es capaz de lograrlo. Sobre uno de los platillos de la balanza estaba la mierda, encima del otro se puso el hijo de Stalin con todo su cuerpo y la balanza no se movió.

En lugar de hacerse matar, Franz agachó la cabeza y regresó, a paso ligero con todos los demás, hacia los autobuses.

Todos necesitamos que alguien nos mire. Sería posible dividirnos en cuatro categorías, según el tipo de mirada bajo la cual queremos vivir.

La primera categoría anhela la mirada de una cantidad infinita de ojos anónimos, o dicho de otro modo, la mirada del público. Ése es el caso del cantante alemán, de la actriz norteamericana y también del redactor de largas barbas. Estaba acostumbrado a sus lectores y, cuando un buen día los rusos cerraron su semanario, tuvo la sensación de que el aire era cien veces más enrarecido. Nadie podía reemplazarle la mirada de los ojos desconocidos. Le pareció que se ahogaba. Entonces fue cuando advirtió que la policía vigilaba todos sus pasos, que oían sus conversaciones por teléfono y que hasta le sacaban en secreto fotos en la calle. ¡De pronto los ojos anónimos estaban otra vez en todas partes y él podía respirar de nuevo! ¡Estaba feliz! Se dirigía con voz teatral a los micrófonos de las paredes. Había encontrado en la policía al público perdido.

La segunda categoría la forman los que necesitan para vivir la mirada de muchos ojos conocidos. Éstos son los incansables organizadores de cócteles y cenas. Son más felices que las personas de la primera categoría, quienes, cuando pierden a su público, tienen la sensación de que en el salón de su vida se ha apagado la luz. A casi todos ellos les sucede esto alguna vez. En cambio, las personas de la segunda categoría siempre consiguen alguna de esas miradas. Entre éstos están Marie-Claude y su hija.

Luego está la tercera categoría, los que necesitan de la mirada de la persona amada. Su situación es igual de peligrosa que la de los de la primera categoría. Alguna vez se cerrarán los ojos de la persona amada y en el salón se hará la oscuridad. Pertenecen a este grupo Teresa y Tomás.

Y hay también una cuarta categoría, la más preciada, la de quienes viven bajo la mirada imaginaria de personas ausentes. Son los soñadores. Por ejemplo Franz. El único motivo de su viaje hasta la frontera de Camboya fue Sabina. El autobús traquetea por la carretera tailandesa y él siente que su larga mirada se fija en él.

A la misma categoría pertenece también el hijo de Tomás. Lo llamaré Simón. (Se alegrará de tener un nombre bíblico como su padre.) Los ojos que anhela son los de Tomás. Cuando se comprometió en la recogida de firmas lo echaron de la universidad. La chica con la que salía era sobrina de un cura de pueblo. Se casó con ella, se hizo tractorista en la cooperativa, católico practicante y padre. Después se enteró por medio de algún amigo de que Tomás también vivía en el campo y se alegró: ¡el destino había logrado que sus vidas fuesen simétricas! Aquello lo impulsó a escribirle una carta. No pedía respuesta. Lo único que quería era que Tomás dirigiera su mirada hacia su vida.

24

Franz y Simón son los soñadores de esta novela. A diferencia de Franz, Simón no quería a su madre. Buscaba desde su infancia a su papá. Estaba dispuesto a creer que alguna injusticia cometida contra su padre antecedía y explicaba la injusticia que éste había cometido con él. Nunca se había enfadado con él porque no quería convertirse en aliado de la madre, que calumniaba sistemáticamente al padre.

Vivió con ella hasta que cumplió los dieciocho y después de la reválida se fue a estudiar a Praga. En aquella época Tomás ya lavaba escaparates. Simón le esperó muchas veces con la intención de preparar un encuentro casual en la calle, pero el padre nunca se detuvo junto a él.

Trabó amistad con el antiguo redactor de barba larga sólo porque su historia le recordaba a la de su padre. El redactor no conocía el nombre de Tomás. El artículo sobre Edipo había caído en el olvido y el redactor se enteró de él por medio de Simón, quien le rogó que fueran juntos a pedirle a su padre la firma. El redactor asintió sólo por darle gusto a un muchacho al que apreciaba.

Cuando Simón se acordaba de aquella reunión, se avergonzaba de su timidez. Seguro que a su padre no le había gustado. En cambio su padre le gustó a él. Se acordaba de cada una de las palabras que había dicho y le daba cada vez más la razón. Sobre todo se le quedó grabada una frase: «Castigar a los que no sabían lo que estaban haciendo es una barbaridad». Cuando el tío de su chica puso en sus manos una Biblia, le llamaron la atención sobre todo unas palabras de Jesús: «Perdónalos, porque no saben lo que hacen». Sabía que su padre no era creyente, pero en la similitud de ambas frases veía una señal secreta: su padre está de acuerdo con el camino que ha elegido.

Llevaba en el pueblo unos tres años cuando recibió una carta en la que Tomás le invitaba a visitarlo. El encuentro fue amable, Simón se sintió a gusto y no tartamudeó nada. Quizá ni siquiera advirtió que no se habían entendido demasiado. Unos cuatro meses más tarde le llegó una carta. Tomás y su mujer habían muerto aplastados bajo un camión.

Fue entonces cuando se enteró de la existencia de una mujer que había sido amante de su padre y vivía en Francia. Consiguió su dirección. Necesitaba desesperadamente un ojo imaginario que siguiera observando su vida y por eso, de tiempo en tiempo, le escribía largas cartas.

25

Hasta el final de su vida Sabina seguirá recibiéndolas de ese triste corresponsal rural. Muchas de ellas quedarán sin leer, porque el país del que provienen le interesa cada vez menos.

El anciano murió y Sabina se fue a vivir a California. Aún más al oeste, aún más lejos de Bohemia.

Vende bien sus cuadros y le gusta Norteamérica. Pero sólo la superficie. Lo que está debajo es un mundo extraño. No tiene allí abajo ni a un abuelo ni a un tío. Tiene miedo de ser encerrada en un féretro y sepultada en tierra americana.

Por eso un día escribió un testamento en el que estableció que su cuerpo debía ser quemado y las cenizas esparcidas. Teresa y Tomás murieron bajo el signo del peso. Ella quiere morir bajo el signo de la levedad. Será más leve que el aire. Según Parménides ésta es una transformación de lo negativo en positivo.

26

El autobús se detuvo ante un hotel de Bangkok. Nadie tenía ganas ya de organizar reuniones. La gente caminaba en grupos por la ciudad, algunos visitaban los templos, otros iban a los burdeles. El amigo de la Sorbona invitó a Franz a salir por la noche, pero él quería estar solo.

Oscurecía cuando bajó a la calle. Seguía pensando en Sabina y sentía su larga mirada, que siempre le hacía dudar de sí mismo porque no acababa de saber qué pensaba Sabina. Esta vez también se sentía perplejo bajo aquella mirada. ¿No se ríe de él? ¿No cree que el culto que de ella hace es una tontería? ¿No quiere decirle que ya debería ser por fin mayor y dedicarse plenamente a la amante que ella misma le ha enviado?

Se imaginó la cara con las grandes gafas redondas. Se dio cuenta de lo feliz que era con su estudiante. De pronto el viaje a Camboya le parecía ridículo e insignificante. ¿Para qué había venido? Ahora lo sabe. ¡Vino para darse cuenta de una vez por todas de que no eran las marchas, de que no era Sabina, sino su chica de las gafas la que constituía su vida real, su única vida real! ¡Vino para darse cuenta de que la realidad es más que un sueño, mucho más que un sueño!

Entonces salió de la penumbra una figura y le dijo algo en un idioma desconocido. La miró con cierta extrañeza compasiva. El desconocido se inclinaba, sonreía y mascullaba constantemente algo muy urgente. ¿Qué le diría? Le pareció que lo invitaba a ir a algún lugar. Lo cogió del brazo y lo condujo. A Franz se le ocurrió que alguien necesitaba su ayuda. ¿Quizá no ha venido en balde? ¿Quién sabe si está destinado a ayudar aquí a alguien?

Y de pronto junto al hombre que mascullaba había otros dos y uno de ellos le pedía en inglés que les diese dinero.

En ese momento la chica de las gafas desapareció de su mente y volvió a mirarlo Sabina, la irreal Sabina con su gran destino, la Sabina ante la que se sentía pequeño. Sus ojos le miraban enfadados y descontentos: ¿otra vez se había dejado engañar? ¿Otra vez se habían vuelto a aprovechar de su estúpida buena voluntad?

Se soltó bruscamente del hombre que le cogía la manga. Sabía que a Sabina siempre le había gustado su fuerza. Cogió el brazo que otro hombre extendía hacia él. Lo apretó con fuerza e hizo volar al hombre por encima de él en una perfecta toa de judo.

Ahora está satisfecho de sí mismo. Los ojos de Sabina seguían fijos en él. ¡Nunca volverán a verle humillado! ¡Nunca volverán a verle retroceder! ¡Franz ya no volverá a ser blando y sentimental!

Le invadió un odio casi alegre hacia esos hombres que habían pretendido reírse de su ingenuidad. Estaba ligeramente agachado sin quitarle los ojos de encima a ninguno de ellos. Pero entonces algo pesado le golpeó en la cabeza y se desplomó. Se dio cuenta vagamente de que lo llevaban a alguna parte. Después cayó. Sintió un golpe fuerte y perdió el sentido.

Se despertó en el hospital en Ginebra. Sobre su cama se inclinaba Marie-Claude. Quería decirle que no deseaba verla. Quería que avisaran inmediatamente a la estudiante de las gafas grandes. No pensaba más que en ella. Quería gritar que no soportaba a su lado a nadie más que a ella. Pero comprobó con horror que no podía hablar. Miró a Marie-Claude con odio infinito y quiso volverse hacia la pared para no verla. Pero no podía mover el cuerpo. Quiso volver al menos la cabeza. Pero tampoco podía mover la cabeza. Por eso cerró los ojos, para no verla.

27

Franz, muerto, pertenece por fin a su legítima esposa, más de lo que hasta entonces le había pertenecido nunca. Marie-

Claude lo decide todo, se encarga de organizar el entierro, envía las esquelas, compra las coronas, encarga un vestido negro que es en realidad un vestido de bodas. Sí, el entierro del marido es para ella su verdadera boda; la culminación de su camino en la vida; la recompensa por todos sus sufrimientos.

Por lo demás, el pastor lo capta perfectamente y sobre la tumba habla de la fidelidad del amor que tuvo que pasar por muchas pruebas hasta llegar a ser para el finado, al final de su vida, el puerto seguro al que pudo regresar en el último momento. El colega de Franz, al que Marie-Claude le pidió que hablase en el entierro, también rindió homenaje, ante todo, a la entereza de la mujer del finado.

En algún lugar al fondo, sostenida por una amiga, estaba la chica de las gafas grandes. El llanto reprimido y la cantidad de pastillas consumidas hicieron que antes de que terminase el funeral sufriera un espasmo. Está encogida, se coge el vientre con las manos y su amiga tiene que llevársela del cementerio.

28

En cuanto recibió del presidente de la cooperativa el telegrama, cogió la moto y fue allí. Se hizo cargo del entierro. En la tumba mandó grabar, bajo el nombre del padre, la siguiente inscripción: *Quiso el reino de Dios en la Tierra.*

Sabe perfectamente que el padre no lo hubiera dicho nunca con esas palabras. Pero está seguro de que la frase expresa correctamente lo que el padre quería. El reino de Dios en la Tierra significa la justicia. Tomás deseaba un mundo en el que reinase la justicia. ¿No tiene derecho Simón a expresar la vida del padre con su propio vocabulario? ¡Ése es el eterno derecho de los deudos!

Tras tanto andar errante, el regreso, está escrito en el panteón sobre el féretro de Franz. La frase puede interpretarse como un símbolo religioso: andar errante por la vida terrenal, el regreso al seno de Dios. Pero los informados saben que la frase tiene también su sentido plenamente profano. Además, Marie-Claude habla de ello a diario:

Franz, el bueno de Franz, no soportó la crisis de los cincuenta. ¡En manos de qué pobre chica fue a caer! Ni siquiera era guapa. (¿Visteis esas enormes gafas que la tapaban casi por completo?) Pero un hombre, cuando llega a los cincuenta, vendería su alma por un pedazo de cuerpo joven. ¡La única que sabe lo que sufría por ese motivo es su propia mujer! ¡Para él era una verdadera tortura moral! Porque Franz era, en el fondo de su alma, una persona buena y honrada. ¿Cómo explicarse, si no, ese absurdo, desesperado viaje a no sé qué parte de Asia? Fue a buscar la muerte. Sí, Marie-Claude lo sabe con seguridad: Franz buscaba conscientemente la muerte. En el último momento, cuando se estaba muriendo y ya no tenía necesidad de mentir, no quería verla más que a ella. No podía hablar, pero al menos le daba las gracias con los ojos. Con la mirada le pedía que le perdonase. Y ella le había perdonado.

29

¿Qué quedó de la gente que moría en Camboya?

Una gran fotografía de la actriz norteamericana con un niño amarillo en brazos.

¿Qué quedó de Tomás?

Una inscripción: Quiso el reino de Dios en la Tierra.

¿Qué quedó de Beethoven?

Un hombre huraño con una melena inverosímil que afirma con voz profunda: «Es muss sein!».

¿Qué quedó de Franz?

Una inscripción: Tras tanto andar errante, el regreso.

Etcétera, etcétera. Antes de que se nos olvide, seremos convertidos en kitsch. El kitsch es una estación de paso entre el ser y el olvido.

1

Desde la ventana se veía la ladera en la que crecían los cuerpos retorcidos de los manzanos. En la ladera el bosque cerraba el horizonte y la línea de montes se extendía en la lejanía. Al anochecer salía la luna en el cielo pálido y ése era el momento en que Teresa salía al umbral. La luna colgando de un cielo aún no oscurecido le parecía como un lámpara que han olvidado apagar y que ha estado encendida todo el día en la habitación de los muertos.

Los manzanos retorcidos crecían en la ladera y ninguno de ellos podía abandonar el sitio en el que había crecido, al igual que ni Teresa ni Tomás nunca podrían ya abandonar este pueblo. Habían vendido el coche, el televisor, la radio, sólo para comprar una casita pequeña con un jardín a un agricultor que se había ido a vivir a la ciudad.

Vivir en el campo era la única posibilidad de huir que les quedaba, porque aquí había una permanente escasez de gente y un exceso de alojamiento. Nadie tenía interés en investigar el pasado político de alguien que estaba dispuesto a ir a trabajar al campo o al bosque y nadie le tenía envidia.

Teresa era feliz por haber abandonado la ciudad, con los clientes borrachos del bar y las mujeres desconocidas que le dejaban a Tomás en el pelo el perfume de su sexo. La policía había dejado de interesarse por ellos y la historia del ingeniero se le mezclaba con la escena de Petrin, de modo que casi no distinguía ya lo que había sido sueño y lo que había sido realidad. (Además, ¿estaba el ingeniero de verdad al servicio de la policía? Puede que sí, puede que no. Los hombres que emplean para sus citas pisos prestados y que no quieren hacer el amor con la misma mujer más de una vez, no son tan escasos.)

De modo que Teresa era feliz y tenía la sensación de que había logrado su objetivo: estaban juntos ella y Tomás y estaban solos. ¿Solos? Debo ser más preciso: lo que he denominado soledad significaba que habían roto todas las relaciones con los amigos y conocidos que hasta entonces tenían. Cortaron su vida como si fuera un trozo de cinta. Pero se sentía a gusto en compañía de los campesinos con los que trabajaban y a los que de vez en cuando visitaban en sus casas o invitaban a la suya.

Cuando, aquel día, en el balneario cuyas calles tenían nombres rusos, conoció al presidente de la cooperativa local, Teresa descubrió de pronto la imagen del campo que habían dejado en ella los recuerdos de sus lecturas o sus antepasados: un mundo de vida en común, en el que todos forman una especie de gran familia unida por intereses y costumbres comunes: los domingos misa en la iglesia, la taberna en la que se reúnen los hombres solos y la sala de esa misma taberna, donde los sábados toca la banda y todo el pueblo baila.

Pero en el régimen comunista las aldeas ya no se parecen a esta antigua imagen. La iglesia estaba en la aldea vecina y nadie la frecuentaba, la taberna se había convertido en oficinas, los hombres no tenían donde reunirse a beber cerveza, los jóvenes no tenían donde bailar. Las festividades religiosas no podían celebrarse, las estatales no interesaban a nadie. El cine estaba en la ciudad, a veinte kilómetros. De modo que al terminar la jornada, durante la cual la gente gritaba alegremente y charlaba en los minutos de descanso, todos se encerraban entre las cuatro paredes de sus casas con sus muebles modernos, que destilaban a chorros mal gusto, y miraban la pantalla encendida de los televisores. No se hacían visitas, todo lo más se detenían unos minutos en casa del vecino antes de cenar. Todos soñaban con irse a vivir a la ciudad. La aldea no les ofrecía nada que se pareciese un poco a una vida interesante.

Quizá precisamente porque nadie quería echar raíces aquí, el Estado perdía poder sobre la aldea. Un agricultor, al que ya no le pertenece la tierra y que no es más que un obrero que trabaja en el campo, que no siente apego ni por el paisaje ni por su trabajo, no tiene nada que perder, no tiene nada que temer. Gracias a esta indiferencia, el campo conserva una considerable autonomía y cierta libertad. El presidente de la cooperativa no había sido nombrado desde fuera (como todos los directores en las ciudades), sino elegido por los campesinos y era uno de ellos.

Debido a que todos querían irse de aquí, Teresa y Tomás tenían entre ellos una situación excepcional: habían llegado voluntariamente. Si los demás aprovechaban cualquier oportunidad para ir a la ciudad al menos por un día, Teresa y Tomás no tenían más interés que el de permanecer donde estaban y, por eso, pronto conocieron a los campesinos mejor de lo que ellos mismos se conocían entre sí.

El presidente de la cooperativa se hizo verdaderamente amigo suyo. Tenía mujer, cuatro hijos y un cerdo al que criaba como a un perro. El cerdo se llamaba *Mefisto* y era el orgullo y la atracción del pueblo. Obedecía las órdenes, iba limpio y rosado; andaba con sus pezuñas como una mujer de piernas gordas con zapatos de tacón.

Cuando *Karenin* vio por primera vez a *Mefisto,* se excitó y estuvo largo rato dando vueltas a su alrededor y olfateándolo. Pero pronto se hizo amigo de él y prefería su compañía a la de los perros del pueblo, a los que despreciaba porque estaban atados a sus casetas y ladraban estúpidamente, sin descanso y sin motivo. *Karenin* comprendió adecuadamente el valor de lo exclusivo y podría afirmar que estaba orgulloso de su amistad con el cerdo.

El presidente de la cooperativa está contento de poder ayudar a su antiguo cirujano y, al mismo tiempo, triste por no poder hacer algo más por él. Tomás se convirtió en conductor del camión que llevaba a los campesinos al campo o transportaba las herramientas.

La cooperativa tenía cuatro establos grandes y además otro menor para cuarenta terneras. Se las encargaron a Teresa y las sacaba a pastar dos veces al día. Los prados próximos y de fácil acceso estaban destinados a la siega y, por eso, Teresa tenía que llevar el ganado a los montes de los alrededores. Las terneras iban comiendo paulatinamente el pasto de los prados lejanos y de ese modo Teresa recorría con ellas toda una amplia zona alrededor del pueblo. Al igual que en otras épocas en la pequeña ciudad, llevaba siempre algún libro en la mano y lo abría para leerlo en los prados.

Karenin siempre la acompañaba. Aprendió a ladrarles a las terneras jóvenes que eran demasiado alegres y pretendían alejarse de las demás; lo hacía con visible satisfacción. Era, con seguridad, el más feliz del trío. Su oficio de «guardián del reloj» nunca había sido tan respetado como aquí, donde no cabía improvisación alguna. El tiempo en el que vivían Teresa y Tomás se aproximaba a la regularidad de su tiempo.

Un día, después de comer (es decir, cuando ambos tenían dos horas de tiempo libre para sí mismos), fueron los tres a dar un paseo a la ladera detrás de su casa.

—No me gusta cómo corre —dijo Teresa.

Karenin cojeaba de una pata trasera. Tomás se agachó y le miró la pata. Descubrió en el muslo un pequeño bulto.

Al día siguiente lo sentó a su lado en el camión y se detuvo en el pueblo más próximo, donde vivía el veterinario. Volvió a visitarlo al cabo de una semana y regresó con la noticia de que *Karenin* tenía cáncer.

Tres días más tarde lo operó él mismo con el veterinario. Cuando lo llevó de vuelta a casa, *Karenin* aún no se había despertado de la anestesia. Yacía junto a la cama en la alfombra, tenía los ojos abiertos y se quejaba. En el muslo tenía el pelaje afeitado y una cicatriz con seis puntos.

Trató de incorporarse. Pero no pudo.

Teresa se asustó, pensó que ya no iba a volver a andar.

–No temas –dijo Tomás–, aún está bajo los efectos de la anestesia.

Trató de levantarlo pero le lanzó una dentellada. ¡Jamás había intentado morder a Teresa!

–No sabe quién eres –dijo Tomás–, no te reconoce.

Lo pusieron junto a la cama y se durmió rápidamente. Ellos también se durmieron.

Eran las tres de la mañana cuando de pronto los despertó. Movía el rabo y pisoteaba a Teresa y Tomás. Jugaba con ellos salvaje e insaciablemente.

¡Jamás los había despertado! Siempre esperaba a que uno de ellos se despertase antes de atreverse a saltar a su cama.

Pero esta vez no había sido capaz de controlarse al volver plenamente en sí, en medio de la noche. ¡Quién sabe de qué lejanías habría vuelto! ¡Quién sabe con qué fantasmas habría luchado! Al ver ahora que estaba en casa y reconocer a sus seres más próximos, tenía que comunicarles su terrible alegría, la alegría del regreso y del renacer.

2

En el mismo comienzo del Génesis está escrito que Dios creó al hombre para confiarle el dominio sobre los pájaros, los peces y los animales. Claro que el Génesis fue escrito por un hombre y no por un caballo. No hay seguridad alguna de que Dios haya confiado efectivamente al hombre el dominio de otros seres. Más bien parece que el hombre inventó a Dios para convertir en sagrado el dominio sobre la vaca y el caballo, que había usurpado. Sí, el derecho a matar un ciervo o una vaca es lo único en lo que la humanidad coincide fraternalmente, incluso en medio de las guerras más sangrientas.

Ese derecho nos parece evidente porque somos nosotros los que nos encontramos en la cima de esa jerarquía. Pero bastaría con que entrara en el juego un tercero, por ejemplo un visitante de otro planeta al que Dios le hubiese dicho: «Dominarás a los seres de todas las demás estrellas», y toda la evidencia del Génesis se volvería de pronto problemática. Es posible que el hombre uncido a un carro por un marciano, eventualmente asado a la parrilla por un ser de la Vía Láctea, recuerde entonces la chuleta de ternera que estaba acostumbrado a trocear en su plato y le pida disculpas (¡tarde!) a la vaca.

Teresa va con la manada de terneras, las hace caminar delante de ella, a cada rato debe imponer disciplina a alguna de ellas porque las vacas jóvenes son alegres, se escapan del camino y corren hacia los campos. *Karenin* la acompaña. Hace ya dos años que va con ella a diario a los prados. Siempre le había resultado divertido tratar a las terneras con severidad, ladrarles e insultarlas. (Su Dios le había confiado el dominio sobre las vacas y está orgulloso de ello.) Pero esta vez anda con grandes dificultades y salta sólo con tres patas; en la cuarta tiene una herida que sangra. Teresa se agacha hacia él a cada rato y le acaricia el lomo. A los catorce días de la operación estaba claro que el cáncer no se había detenido y que *Karenin* estaría cada vez peor.

Por el camino encuentran a una vecina que, con botas de goma, va hacia el establo. La vecina se detiene:

–¿Qué le pasa a su perro? ¡Parece que cojea!

Teresa dice:

–Tiene cáncer. No hay salvación –y siente una opresión en la garganta que le impide hablar.

La vecina ve las lágrimas de Teresa y casi se enfada:

–¡Por Dios, no va a ponerse a llorar por un perro!

No lo dice con mala intención, es una buena mujer y más bien pretende consolar a Teresa con sus palabras. Teresa lo sabe, lleva además suficiente tiempo en la aldea para comprender que, si los campesinos amasen a cada conejo como ella ama a *Karenin*, no podrían matar a ninguno y morirían pronto de hambre con animales y todo. Pero, aun así, las palabras de la vecina le suenan a enemistad.

–Ya sé –responde sin protestar, pero se aleja rápidamente de ella y sigue su camino.

Se siente aislada en su amor por el perro. Piensa con una sonrisa triste que tiene que mantenerlo en secreto, más que si se tratase de una infidelidad. La gente ve con malos ojos el amor por los perros. Si la vecina se enterase de que es infiel a Tomás, le daría una palmadita en la espalda en señal de secreta complicidad.

Así que sigue su camino con las terneras, que van frotándose mutuamente las ancas, y piensa que son unos animalitos muy agradables. Tranquilas, ingenuas, algunas veces puerilmente alegres: parecen señoras gordas de cincuenta años que fingen tener catorce. No hay nada más conmovedor que las vacas cuando juegan. Teresa las mira con simpatía y piensa (es una idea recurrente desde hace ya dos años) que la humanidad vive a costa de las vacas, del mismo modo en que la tenia vive a costa del hombre: se ha enganchado a su teta como una sanguijuela. El hombre es un parásito de la vaca, así definiría probablemente un no-hombre al hombre en su zoología.

Podemos considerar esta definición como una simple broma y reímos amablemente de ella. Pero cuando Teresa se ocupa seriamente de ella, se encuentra en una situación comprometida: sus ideas son peligrosas y la alejan de la humanidad. Ya en el Génesis, Dios confió al hombre el dominio sobre animales, pero esto podemos entenderlo en el sentido de que sólo le *cedió* ese dominio. El hombre no era el propietario, sino un administrador del planeta que, algún día, debería rendir cuentas de esa administración. Descartes dio un paso decisivo: hizo del hombre el «dueño y señor de la naturaleza». Pero existe sin duda cierta profunda coincidencia en que haya sido precisamente él quien negó definitivamente que los animales tuvieran alma: el hombre es el dueño y señor mientras que el animal, dice Descartes, es sólo un autómata, una máquina viviente, *machina animata*. Si el animal se queja, no se trata de un quejido, es el chirrido de un mecanismo que funciona mal. Cuando chirría la rueda de un carro, no significa que el eje sufra, sino que no está engrasado. Del mismo modo hemos de entender el llanto de un animal y no entristecernos cuando en un laboratorio experimentan con un perro y lo trocean vivo.

Las terneras pastan en el prado, Teresa está sentada sobre un tocón y *Karenin* se apretuja contra ella con la cabeza sobre sus rodillas. Y Teresa se acuerda de que una vez, quizás hace diez años, leyó una noticia de dos líneas en el periódico: decía que en una ciudad rusa habían matado a tiros a todos los perros del lugar. Aquella noticia, poco llamativa y aparentemente insignificante, le hizo sentir por primera vez miedo de ese país vecino, excesivamente grande.

Aquella noticia fue una anticipación de todo lo que sucedió después: durante los primeros años que siguieron a la invasión rusa, no se podía hablar aún de terror. Dado que casi todo el país estaba en contra del régimen de ocupación, los rusos tuvieron que buscar a personas nuevas entre la población checa y auparlas al poder. Pero ¿dónde iban a buscarlas si tanto la fe en el comunismo como el amor hacia Rusia habían muerto? Las buscaron entre quienes deseaban vengarse de la vida por algún motivo. Hacía falta unificar, cultivar y mantener alerta su agresividad. Hacía falta ejercitarlas primero en objetivos provisionales. Esos objetivos fueron los animales.

Los periódicos empezaron entonces a publicar series de artículos y a organizar la recepción de cartas de los lectores. Se pedía, por ejemplo, que se eliminasen las palomas en las ciudades. Y se las eliminó. Pero la campaña principal se orientaba contra los perros. La gente aún estaba desesperada por la catástrofe de la ocupación, pero los periódicos, la radio y la televisión no hablaban más que de los perros, que ensucian las aceras y los parques, ponen en peligro la salud de los niños, no tienen utilidad alguna y sin embargo se los alimenta. Se creó tal psicosis que Teresa tenía miedo de que la chusma azuzada hiciera daño a *Karenin*. La maldad acumulada (y entrenada en los animales) tardó un año en dirigirse a su verdadero objetivo: la gente. Empezaron a echar a la gente de sus trabajos, a detener, a montar procesos judiciales. Los animales ya podían respirar tranquilos.

Teresa acaricia constantemente la cabeza de *Karenin*, que descansa tranquilamente sobre sus rodillas. Para sus adentros dice aproximadamente esto: no tiene ningún mérito portarse bien con otra persona. Teresa tiene que ser amable con los demás aldeanos porque de otro modo no podría vivir en la aldea. Y hasta con Tomás tiene que comportarse amorosamente, porque a Tomás lo necesita. Nunca seremos capaces de establecer con seguridad en qué medida nuestras relaciones con los demás son producto de nuestros sentimientos, de nuestro amor, de nuestro desamor, bondad o maldad, y hasta qué punto son el resultado de la relación de fuerzas existente entre ellos y nosotros.

La verdadera bondad del hombre sólo puede manifestarse con absoluta limpieza y libertad en relación con quien no representa fuerza alguna. La verdadera prueba de la moralidad de la humanidad, la más honda (situada a tal profundidad que escapa a nuestra percepción), radica en su relación con aquellos que están a su merced: los animales. Y aquí fue donde se produjo la debacle fundamental del hombre, tan fundamental que de ella se derivan todas las demás.

Una de las terneras se acercó a Teresa, se detuvo y la miró largamente con sus grandes ojos castaños. Teresa la conocía. Le llamaba *Marqueta*. Le habría gustado poner nombre a todas sus terneras, pero no podía. Eran demasiadas. Antes, y seguro que hasta hace cuarenta años, todas las vacas de este pueblo tenían nombre. (Y dado que el nombre es el signo del alma, puedo afirmar que la tenían, a pesar de Descartes.) Pero luego se hizo cargo del pueblo una gran fábrica cooperativa y las vacas pasaron a llevar su vida en dos metros cuadrados, en el establo. Desde entonces no tienen nombres y se han vuelto *machinae animatae*. El mundo le ha dado la razón a Descartes.

Sigo teniendo ante mis ojos a Teresa, sentada en un tocón, acariciando la cabeza de *Karenin* y pensando en la debacle de la humanidad. En ese momento recuerdo otra imagen: Nietzsche sale de su hotel en Turín. Ve frente a él un caballo y al cochero que lo castiga con el látigo. Nietzsche va hacia el caballo y, ante los ojos del cochero, se abraza a su cuello y llora.

Esto sucedió en 1889, cuando Nietzsche se había alejado

ya de la gente. Dicho de otro modo: fue precisamente entonces cuando apareció su enfermedad mental. Pero precisamente por eso me parece que su gesto tiene un sentido más amplio. Nietzsche fue a pedirle disculpas al caballo por Descartes. Su locura (es decir, su ruptura con la humanidad) empieza en el momento en que llora por el caballo.

Y ése es el Nietzsche al que yo quiero, igual que quiero a Teresa, sobre cuyas rodillas descansa la cabeza de un perro mortalmente enfermo. Los veo a los dos juntos: ambos se apartan de la carretera por la que la humanidad, «dueña y señora de la naturaleza», marcha hacia delante.

3

Karenin parió dos panecillos y una abeja. Miraba sorprendido a su curiosa prole. Los panecillos se comportaban con serenidad, pero la abeja se puso a dar vueltas mareada y después se echó a volar y se marchó.

Fue un sueño que tuvo Teresa. En cuanto se despertaron se lo contó a Tomás y ambos encontraron en él una especie de consuelo: aquel sueño transformaba la enfermedad de *Karenin* en un embarazo y el drama del parto en un resultado a la vez ridículo y tierno: dos panecillos y una abeja.

Se apoderó de ella una infundada esperanza. Se levantó y se vistió. Aquí, en el pueblo, el día también empezaba yendo a comprar a la tienda leche, pan, panecillos.

Pero esta vez, cuando llamó a *Karenin* para que la acompañara, apenas si levantó la cabeza. Era la primera vez que se negaba a participar en una ceremonia que antes era el primero en exigir.

De modo que se fue sin él. «¿Dónde está *Karenin*?», preguntó la dependienta, que ya tenía el panecillo preparado para él. Esta vez se lo llevó Teresa en la bolsa. Nada más llegar a la puerta lo sacó y se lo enseñó. Quería que fuera a por él. Pero se quedó acostado sin moverse.

Tomás se dio cuenta de lo afectada que estaba Teresa. Cogió el panecillo con los dientes y se puso a gatas delante de *Karenin*. Se acercó lentamente a él.

Karenin lo miraba, parecía que alguna chispa de interés le iluminara los ojos, pero no se levantaba. Tomás acercó su cara justo hasta la boca de él. Sin mover el cuerpo, el perro cogió con los dientes la parte del panecillo que sobresalía de la boca de Tomás. Entonces Tomás soltó el panecillo para que *Karenin* se lo quedase todo.

Tomás, que seguía a gatas, retrocedió, se agachó y empezó a gruñir. Simulaba querer pelear por el panecillo. En ese momento el perro le respondió a su amo con un gruñido. ¡Por fin! ¡Cuánto habían tenido que esperar! *¡Karenin* tiene ganas de jugar! *¡Karenin* aún tiene ganas de vivir!

Aquel gruñido era la sonrisa de *Karenin* y ellos querían que la sonrisa durase el mayor tiempo posible. Por eso Tomás volvió a acercarse a él a gatas y mordió un trozo de pan que sobresalía de la boca del perro. Sus caras estaban juntas, Tomás sentía el olor del aliento del perro y en la cara le hacían cosquillas los largos pelos que le crecían en el hocico a *Karenin*. El perro volvió a gruñir y dio un tirón con la boca. Cada uno se quedó con una mitad del panecillo en la boca. Y entonces *Karenin* volvió a cometer un viejo error. Soltó su mitad del panecillo y quiso apoderarse de la mitad que tenía su amo en la boca. Olvidó, como siempre, que Tomás no era un perro y tenía manos. Tomás no soltó el panecillo de la boca y levantó del suelo la mitad que *Karenin* había dejado caer.

–Tomás –gritó Teresa–, ¡no irás a quitarle el pan!

Tomás dejó caer las dos mitades al suelo delante de *Karenin*, que se tragó rápidamente una de ellas y se quedó con la otra en la boca, enseñándola para jactarse ante el matrimonio de que había ganado la lucha.

Volvieron a mirarlo y a pensar que *Karenin* reía y que mientras riera seguiría teniendo un motivo para vivir, aunque estuviera condenado a muerte.

Además, al día siguiente pareció mejorar. Almorzaron. Era el momento en que los dos disponían de una hora de tiempo libre y solían sacarlo a pasear. Él lo sabía y siempre correteaba inquieto a su alrededor. Pero esta vez, cuando Teresa cogió la correa y el collar, no hizo más que mirarlos y no se movió. Estaban frente a él, tratando de parecer alegres (por él y para él), procurando levantarle un poco el ánimo. Al cabo de un rato, como si se hubiera compadecido de ellos, se les acercó saltando sobre tres patas y dejó que le pusieran el collar.

–Teresa –dijo Tomás–, ya sé que odias la máquina de fotos. ¡Pero hoy deberías cogerla!

Teresa obedeció. Abrió el armario para buscar la perdida y olvidada cámara de fotos y Tomás añadió:

–Algún día nos alegraremos de tener fotos de él. *Karenin* ha sido parte de nuestra vida.

–¿Cómo que *ha sido?* –dijo Teresa como si la hubiera mordido una víbora.

La cámara yacía ante ella en el fondo del armario pero no se agachó a cogerla:

–No la llevo. No quiero pensar en que *Karenin* ya no estará. ¡Tú ya has hablado de él en pasado!

–No te enfades –dijo Tomás.

–No me enfado –dijo Teresa sin irritarse–. Yo ya me he sorprendido tantas veces pensando en él en pasado. Ya me he tenido que reprimir a mí misma tantas veces. Y precisamente por eso no cogeré la cámara.

Fueron andando sin hablar. No hablar era la única manera de no pensar en Karenin en pasado. No le quitaban los ojos de encima y estaban siempre con él. Esperaban a que sonriera. Pero él no sonreía, no hacía más que andar, y sólo con tres patas.

–Sólo lo hace por nosotros –dijo Teresa–. No tenía ganas de pasear. Ha venido nada más que para darnos el gusto.

Lo que había dicho era triste y, a pesar de eso, sin darse cuenta, estaban felices. No estaban felices a pesar de la tristeza, sino gracias a la tristeza. Iban cogidos de la mano y los dos tenían la misma imagen ante los ojos: un perro cojo que representaba diez años de su vida.

Anduvieron otro poco. Luego *Karenin,* para su gran decepción, se detuvo y dio la vuelta. Tuvieron que regresar.

Quizás ese mismo día o al día siguiente Teresa entró inesperadamente en la habitación y vio que Tomás leía una carta. Al oír que la puerta se abría, dejó la carta junto a otros papeles. Ella se dio cuenta. Cuando salía de la habitación, no pasó desapercibido para ella el que Tomás se metiera la carta disimuladamente en el bolsillo. Pero olvidó el sobre. Cuando se quedó sola en casa, lo examinó. La dirección estaba escrita con una letra desconocida, muy prolija y que atribuyó a alguna mujer.

Cuando volvieron a verse le preguntó, como si nada, si había venido el correo.

«No», dijo y la desesperación se apoderó de Teresa, una desesperación aún mayor porque había perdido ya la costumbre. No, no cree que Tomás tenga alguna amante secreta. Es prácticamente imposible. No dispone de ningún rato libre del que ella no sepa. Pero parece que le queda alguna mujer en Praga y que piensa en ella, aunque no pueda dejarle el perfume de su sexo en el pelo. No cree que Tomás pueda abandonarla por esa mujer, pero le parece que la felicidad de estos dos últimos años de vida en el campo ha quedado nuevamente degradada por la mentira.

Volvió a su mente una antigua idea: su hogar no es Tomás, sino *Karenin*. ¿Quién le dará cuerda al reloj de sus días cuando él no esté?

Teresa vivía en el futuro, en un futuro sin *Karenin*, y en ese futuro se sentía abandonada.

Karenin yacía en un rincón y se quejaba. Teresa salió al jardín. Se fijó en el césped que crecía entre dos manzanos y se imaginó que enterraban allí a *Karenin*. Clavó el tacón en la tierra y dibujó un rectángulo en el césped. Era el sitio para su tumba.

–¿Qué haces? –le preguntó Tomás, que la había sorprendido en aquella actividad tan inesperadamente como ella lo sorprendiera unas horas antes leyendo la carta.

No le respondió. Tomás notó que, después de tanto tiempo, volvían a temblarle las manos. Se las cogió. Ella se soltó.

–¿Es la tumba de *Karenin*?

No respondió.

Su silencio lo enervaba. Explotó:

–¡Me echas en cara que piense en él en pasado! ¿Y tú qué haces? ¿Ya lo quieres enterrar?

Le dio la espalda y se dirigió a la casa.

Tomás se metió en su habitación y dio un portazo.

Teresa abrió la puerta y dijo:

–Ya que no piensas más que en ti, al menos ahora podrías pensar en él. Estaba durmiendo y lo despertaste. Volverá a quejarse.

Sabía que era injusta (el perro no dormía) y sabía que se comportaba como la más vulgar de las mujeres cuando pretende herir a alguien y sabe cómo hacerlo.

Tomás entró de puntillas en la habitación en la que estaba *Karenin*. Pero ella no quería dejarlo a solas con él. Los dos se agacharon hacia él, cada uno a un lado. En aquel movimiento conjunto no había reconciliación. Por el contrario. Cada uno de ellos estaba solo. Teresa con su perro, Tomás con su perro.

Temo que se queden con él, así, separados, cada uno solo, hasta el último momento.

4

¿Por qué es tan importante para Teresa la palabra idilio?

Nosotros, que hemos sido educados en la mitología del Antiguo Testamento, podríamos decir que un idilio es la imagen que nos ha quedado como recuerdo del Paraíso: la vida en el Paraíso no semejaba una carrera en línea recta que nos conduce a lo desconocido, no era una aventura. Se movía en círculo entre cosas conocidas. Su uniformidad no era un aburrimiento, sino un motivo de felicidad.

Mientras el hombre vivió en el campo, en la naturaleza, rodeado de animales domésticos, en el regazo de las épocas del año y de su repetición, quedaba aún dentro de él al menos un reflejo de ese idilio paradisíaco. Por eso Teresa, cuando se encontró en el balneario con el presidente de la cooperativa, vio de pronto ante sus ojos la imagen de la aldea (de una aldea en la que nunca había vivido, que no conocía) y quedó maravillada. Era como si mirara hacia atrás, en dirección al Paraíso.

Adán, en el Paraíso, cuando se inclinaba sobre una fuente, aún no sabía que aquello que veía era él mismo. No habría comprendido a Teresa cuando, de niña, se ponía ante el espejo y trataba de ver su alma a través de su cuerpo. Adán era como *Karenin*. Teresa se divertía con frecuencia poniéndolo frente al espejo. *Karenin* no reconocía su imagen y se comportaba con increíble desinterés y distracción.

La comparación entre *Karenin* y Adán me lleva a pensar que en el Paraíso el hombre aún no era hombre. Más exactamente: el hombre aún no había sido lanzado a la órbita del hombre. Nosotros hace ya mucho que hemos sido lanzados y volamos por el vacío del tiempo que transcurre en línea recta. Pero aún sigue existiendo dentro de nosotros una estrecha cuerdecilla que nos ata al lejano y nebuloso Paraíso en el que Adán se inclina sobre la fuente y, siendo totalmente distinto de Narciso, no intuye que esa pálida mancha amarilla que ha aparecido allí es en realidad él mismo. La nostalgia del Paraíso es el deseo del hombre de no ser hombre.

Cuando, siendo niña, encontraba las compresas de la madre manchadas por la sangre de la menstruación, le daban asco y odiaba a su madre por no tener la vergüenza necesaria para esconderlas. Pero *Karenin,* que era perra, también tenía menstruaciones. Le venían una vez cada medio año y duraban quince días. Para que no ensuciase la casa, le colocaba entre las patas un gran trozo de algodón y le ponía unas bragas viejas suyas, que le ataba ingeniosamente con un cordón al cuerpo. Se pasaba catorce días riéndose de la forma en que iba vestida.

¿Cómo es posible que la menstruación del perro despertase en ella una alegre ternura mientras que la suya propia le daba asco? La respuesta me parece sencilla: el perro nunca ha sido expulsado del Paraíso. *Karenin* no sabe nada de la dualidad entre el cuerpo y el alma y no sabe qué es el asco. Por eso Teresa se siente tan a gusto y serena con él. (Y por eso es tan peligroso transformar el animal en *machina animata* y la vaca en un autómata que produce leche: el hombre corta así el hilo que lo ataba al Paraíso y en su vuelo por el vacío del tiempo ya nada podrá detenerlo ni consolarlo.)

De la confusa mezcla de estas ocurrencias, crece ante Teresa una idea blasfema de la que no puede librarse: el amor que la une a *Karenin* es mejor que el que existe entre ella y Tomás. Mejor, no mayor. Teresa no quiere culpar a Tomás ni culparse a sí misma, no pretende afirmar que pudieran quererse *más*. Pero le da la impresión de que la pareja humana está hecha de tal manera que su amor es a priori de peor clase de la que puede ser (al menos en su caso, que es el mejor) el amor entre una persona y un perro, esa extravagancia en la historia del hombre, probablemente no planeada por el Creador.

Es un amor desinteresado: Teresa no quiere nada de *Karenin*. Ni siquiera le pide amor. Jamás se ha planteado los interrogantes que torturan a las parejas humanas: ¿me ama?, ¿ha amado a alguien más que a mí?, ¿me ama más de lo que yo le amo a él? Es posible que todas estas preguntas que inquieren acerca del amor, que lo miden, lo analizan, lo investigan, lo interrogan, también lo destruyan antes de que pueda germinar. Es posible que no seamos capaces de amar precisamente porque deseamos ser amados, porque queremos que el otro nos dé algo (amor), en lugar de aproximarnos a él sin exigencias y querer sólo su mera presencia.

Y algo más: Teresa aceptó a *Karenin* tal como era, no pretendía transformarlo a su imagen y semejanza, estaba de antemano de acuerdo con su mundo canino, no pretendía quitárselo, no tenía celos de sus aventuras secretas. No lo educó porque quisiera transformarlo (como quiere el hombre transformar a su mujer y la mujer a su hombre), sino para enseñarle un idioma elemental que hiciera posible la comprensión y la vida en común.

Y luego: el amor hacia el perro es voluntario, nadie la fuerza a él. (Teresa piensa nuevamente en su madre y todo le da lástima: ¡si la madre fuera una de las desconocidas de la aldea, es posible que su alegre brusquedad le resultara simpática! ¡Ay, si la madre fuera una persona extraña! Teresa se avergonzó desde su infancia de que la madre hubiera ocupado los rasgos de su cara y confiscado su yo. ¡Pero lo peor era que el antiguo imperativo «¡ama a tu padre y a tu madre!» la obligaba a estar de acuerdo con aquella ocupación y a llamar a aquella agresión amor! La madre no tenía la culpa de que Teresa hubiera roto con ella. No rompió con ella porque la madre fuera como era, sino porque era la madre.)

Y lo principal: ninguna persona puede otorgarle a otra el don del idilio. Eso sólo lo sabe hacer el animal, porque no ha sido expulsado del Paraíso. El amor entre un hombre y un perro es un idilio. En él no hay conflictos, no hay escenas desgarradoras, no hay evolución. *Karenin* rodeó a Teresa y a Tomás con su vida basada en la repetición y eso mismo era lo que esperaba de ellos.

Si *Karenin* hubiera sido un hombre y no un perro, seguro que hace tiempo ya que le hubiera dicho a Teresa: «Haz el favor, estoy aburrido de llevar todos los días el panecillo en la boca. ¿No puedes inventar algo nuevo?». En esta frase está encerrada toda la condena que pesa sobre el hombre. El tiempo humano no da vueltas en redondo, sino que sigue una trayectoria recta. Ese es el motivo por el cual el hombre no puede ser feliz, porque la felicidad es el deseo de repetir.

Sí, la felicidad es el deseo de repetir, piensa Teresa.

Cuando el presidente de la cooperativa, al volver del trabajo, saca a pasear a su *Mefisto* y se encuentra con Teresa, nunca olvida decir: «¡Señora Teresa! ¿Por qué no la habré conocido yo antes? ¡Habríamos salido a ligar juntos! ¡No hay mujer que se resista a dos marranos!». El cerdito estaba adiestrado de tal manera que, cuando el presidente terminaba de decir estas palabras, gruñía. Teresa se reía aunque sabía de antemano lo que el presidente iba a decir. El chiste no perdía su gracia con la reiteración. Al contrario. En el contexto del idilio, hasta el humor está sometido a la dulce ley de la repetición.

5

Los perros no tienen muchas ventajas con respecto a las personas, pero hay una que vale la pena destacar: en su caso, la eutanasia no está prohibida por la ley; los animales tienen derecho a una muerte caritativa. *Karenin* andaba con tres patas y pasaba cada vez más tiempo en el rincón. Se quejaba. El matrimonio estaba de acuerdo en que no podían hacerle sufrir inútilmente. Pero la aceptación de ese principio no era suficiente para eliminar la angustiosa inseguridad: ¿cómo reconocer el momento en que el sufrimiento es ya inútil?, ¿cómo determinar el momento en que ya no vale la pena vivir?

¡Si al menos Tomás no fuera médico! Entonces podría esconderse detrás de alguien. Podría ir al veterinario y pedirle que le pusiera una inyección.

¡Qué terrible es asumir el papel de la muerte! Tomás insistió durante mucho tiempo en que él no le pondría la inyección, en que llamaría al veterinario. Pero después comprendió que podía otorgarle un privilegio que no tiene hombre alguno: la muerte tendrá para él el aspecto de aquellos a quienes quiere.

Karenin pasó la noche quejándose. Cuando Tomás lo auscultó por la mañana, le dijo a Teresa: «Ya no esperaremos más».

Era de madrugada, pronto iban a tener que irse los dos de casa. Teresa entró en la habitación a ver a *Karenin*. Hasta entonces había estado acostado sin moverse (ni siquiera había prestado atención a Tomás mientras lo auscultaba), pero ahora, al oír que se abría la puerta, levantó la cabeza y miró a Teresa.

Era incapaz de soportar aquella mirada, casi la asustaba. Nunca miraba así a Tomás, así sólo la miraba a ella. Pero nunca con tanta intensidad como esta vez. No era una mirada desesperada o triste, no. Era una mirada de terrible, insoportable confianza. Aquella mirada era una ansiosa interrogación. Toda la vida había esperado *Karenin* la respuesta de Teresa y ahora le comunicaba (aún con mayor urgencia que nunca) que seguía preparado para oír de ella la verdad. (Todo lo que proviene de Teresa es para él verdad: incluso cuando le dice «¡siéntate!» o «¡acuéstate!», para él éstas son verdades con las que se identifica y que le dan sentido a su vida.)

Aquella mirada de terrible confianza fue breve. Al cabo de un momento volvió a apoyar la cabeza sobre las patas. Teresa sabía que nunca nadie más volvería a mirarla *así*.

Nunca le daban dulces, pero hace unos días le había comprado unas tabletas de chocolate. Les quitó el papel de plata, las partió y las puso junto a él. Añadió también un cuenco con agua para que no le faltara nada, ya que tendría que quedarse unas horas solo en casa. Era como si la mirada que le había dirigido hacía un rato lo hubiera fatigado. Aunque estaba rodeado de chocolate, no levantaba la cabeza.

Se tendió en el suelo junto a él y lo abrazó. Lenta y fatigosamente *Karenin* la olisqueó y le lamió una o dos veces la cara. Acogió la lamida con los ojos cerrados, como si quisiera recordarla para siempre. Volvió la cabeza para que le lamiera también la otra mejilla.

Tuvo que ir a cuidar a sus terneras. Volvió después de mediodía. Tomás todavía no estaba en casa. *Karenin* yacía rodeado de chocolate y, cuando la oyó llegar, ya no levantó la cabeza. Su pata enferma estaba hinchada y el tumor había reventado en otro sitio más. Entre el pelo aparecía una gotita de color rojo claro (que no parecía sangre).

Volvió a tumbarse en el suelo junto a él. Tenía un brazo encima de su cuerpo y los ojos cerrados. Alguien llamó a la puerta. Se oyó: «¡Doctor, doctor! ¡Han venido el cerdo y su presidente!». Era incapaz de hablar con nadie. No se movió ni abrió los ojos. Volvió a oírse: «¡Doctor, han venido los marranos!» y después, silencio.

Al cabo de media hora llegó Tomás. Fue silenciosamente a la cocina a preparar la inyección. Cuando entró en la habitación, Teresa ya estaba de pie y *Karenin* se levantaba con esfuerzo del suelo. Al ver a Tomás movió débilmente la cola.

–Mira –dijo Teresa–, ¡aún sonríe!

Lo dijo como una súplica, como si con aquellas palabras quisiera pedir un pequeño aplazamiento, pero no insistió.

Puso lentamente una sábana sobre la cama. Era una sábana blanca con un estampado de florecillas lilas. Todo lo tenía preparado y pensado, como si se hubiera imaginado la muerte de *Karenin* con muchos días de antelación. (¡Ay, qué terrible, en realidad, soñamos por adelantado con la muerte de aquellos a quienes amamos!)

Ya no tenía fuerzas para saltar a la cama. Lo cogieron en brazos y lo levantaron entre los dos. Teresa lo colocó de costado y Tomás le examinó la pata. Buscaba el lugar en que la vena se nota más. Luego recortó en ese sitio el pelo con una tijera.

Teresa estaba arrodillada junto a la cama y sostenía con las manos la cabeza de *Karenin* junto a su cara.

Tomás le pidió que le apretara la pata trasera por encima de la vena, que era fina y hacía difícil clavarle la aguja. Apretaba la pata de *Karenin* pero no separaba la cara de la cabeza de él. Le hablaba sin cesar en voz baja y él no pensaba más que en ella. No tenía miedo. Le lamió dos veces más la cara. Y Teresa le susurraba: «No tengas miedo, no tengas miedo, allá no te dolerá nada, allá vas a soñar con ardillas y conejos, habrá vaquitas y estará *Mefisto,* no tengas miedo...».

Tomás le pinchó la vena con la aguja y apretó el émbolo. *Karenin* dio un pequeño tirón con la pata, respiró aceleradamente durante un par de segundos y de pronto su respiración se detuvo. Teresa estaba arrodillada en el suelo junto a la cama y apretaba su cara contra la cabeza de él.

Los dos tuvieron que ir a trabajar y el perro quedó tendido en la cama sobre una sábana blanca con florecillas lilas.

Volvieron por la noche. Tomás salió al jardín. Encontró entre dos manzanos las cuatro rayas del rectángulo que Teresa había dibujado hacía unos días con el tacón. Empezó a cavar allí. Mantuvo exactamente las dimensiones marcadas. Quería que todo fuese tal como lo había querido Teresa.

Ella se quedó en casa con *Karenin.* Tenía miedo de que lo enterraran vivo. Acercó el oído a su hocico y le pareció que oía una respiración muy débil. Se alejó y vio que el pecho de él se movía ligeramente.

(No, había oído su propia respiración, que le imprimía un ligero movimiento a su cuerpo y le hacía creer que el pecho del perro se movía.)

Encontró en el bolso un espejito y se lo acercó al hocico. El espejito estaba tan manoseado que creyó que lo empañaba la respiración del perro.

–¡Tomás, está vivo! –gritó cuando Tomás volvió con los zapatos embarrados del jardín.

Se inclinó sobre el perro e hizo con la cabeza un gesto negativo.

Cada uno cogió un extremo de la sábana sobre la que yacía. Teresa por las patas; Tomás por la cabeza. Lo levantaron y lo sacaron al jardín.

Teresa notó que la sábana estaba mojada. Llegó a nosotros con un charquito y con un charquito se fue, pensó y se alegró de sentir en las manos aquella humedad, el último saludo del perrito.

Lo llevaron hasta los manzanos y lo depositaron en el hoyo. Se inclinó sobre él y arregló la sábana de modo que lo cubriera por completo. Le parecía insoportable que la tierra, que dentro de un momento iban a echar encima de él, cayera sobre su cuerpo *desnudo*.

Después volvió a la casa y regresó con el collar, la correa y un puñado de chocolate que había quedado desde la mañana intacto en el suelo. Lo tiró todo por encima de él.

Junto al hoyo había un montón de tierra fresca. Tomás cogió la pala.

Teresa se acordó de su sueño: *Karenin* parió dos panecillos y una abeja. De pronto aquella frase le sonaba como un epitafio. Imaginó entre los dos manzanos un panteón con este texto: «Aquí yace *Karenin*. Parió dos panecillos y una abeja».

El jardín estaba en penumbra, era el momento que va del día a la noche, en el cielo brillaba una luna pálida, la lámpara olvidada en la habitación de los muertos.

Los dos tenían los zapatos manchados de barro y llevaban la azada y la pala al cobertizo en el que estaban las herramientas: el rastrillo, el pico, el azadón.

6

Estaba en su habitación, se había acostumbrado a leer allí, sentado a la mesa. Teresa solía acercarse entonces a él, se inclinaba hacia él, apretaba desde atrás su cara contra la de él.

Ese día, al hacerlo, vio que Tomás no estaba leyendo libro alguno. Tenía ante sí una carta y, aunque no fueran más que cinco líneas escritas a máquina, la mirada de Tomás se mantenía fija e inmóvil en ellas.

–¿Qué es? –preguntó Teresa llena de angustia.

Sin volverse Tomás cogió la carta y se la dio. Decía que tenía que presentarse ese mismo día en el aeropuerto de la ciudad más próxima.

Por fin volvió la cabeza y Teresa advirtió que en sus ojos había el mismo horror que había sentido ella.

–Iré contigo –dijo.

Hizo con la cabeza un gesto de negación:

–La citación sólo se refiere a mí.

–No, iré contigo –repitió.

Fueron con el camión de Tomás. Al cabo de un rato llegaron a la pista de aterrizaje. Había niebla. Frente a ellos se perfilaban, muy borrosamente, varios aviones. Los examinaron uno tras otro, pero todos tenían las puertas cerradas, eran inaccesibles. Por fin encontraron uno con la puerta abierta y unas escalerillas adosadas que conducían hasta ella. Subieron, en la puerta apareció un auxiliar de vuelo y los invitó a pasar. El avión era pequeño, apenas para treinta pasajeros, y estaba completamente vacío. Avanzaron por el corredor entre los asientos, sin perder el contacto entre los dos y sin demasiado interés por lo que sucedía a su alrededor. Se sentaron en dos asientos contiguos y Teresa apoyó la cabeza en el hombro de Tomás. El horror del comienzo se diluía y se convertía en tristeza.

El horror es un impacto, un momento de absoluta ceguera. El horror está desprovisto de toda huella de belleza. No vemos más que la intensa luz del acontecimiento desconocido que aguardamos. La tristeza, por el contrario, presupone que sabemos: Tomás y Teresa sabían qué les esperaba. La luz del horror perdió intensidad y el mundo empezó a verse bajo una iluminación azulada, tierna, que hacía las cosas más bellas de lo que eran antes.

En el momento en que Teresa leyó la carta, no sentía amor por Tomás, lo único que sabía es que no debía abandonarlo ni por un momento: el horror había sofocado todos los demás sentimientos y sensaciones. Ahora, cuando estaba pegada a él (el avión volaba en medio de las nubes), el susto había pasado y ella percibía su amor y sabía que era un amor sin fronteras y sin medida.

Por fin el avión aterrizó. Se levantaron y fueron hacia la puerta, que les abrió el auxiliar de vuelo. Seguían abrazados por la cintura y se detuvieron en la parte superior de la escalerilla. Vieron abajo a tres hombres con capuchas y fusiles en la mano. Era inútil dudar, porque no había escapatoria. Descendieron lentamente y cuando pusieron el pie en el suelo del aeropuerto, uno de los hombres levantó el fusil y apuntó. No se oyó ningún disparo, pero Teresa sintió que Tomás, que un segundo antes estaba pegado a ella y la cogía por la cintura, caía a tierra.

Lo estrechó contra su cuerpo pero no pudo sujetarlo: cayó sobre el cemento de la pista de aterrizaje. Se agachó hacia él. Quería lanzarse encima de él y cubrirlo con su cuerpo, pero en ese momento vio algo extraño: su cuerpo disminuía rápidamente de tamaño. Era algo tan increíble que se quedó paralizada y como clavada al suelo.

El cuerpo de Tomás era cada vez más pequeño, ya no se parecía en nada a Tomás, no quedaba de él más que algo muy pequeño y aquella cosa pequeña empezó a moverse y echó a correr y salió huyendo por la pista de aterrizaje.

El hombre que había disparado se quitó la máscara y sonrió amablemente a Teresa. Después se volvió y corrió tras aquella cosa pequeña que correteaba, confundida, de un lado a otro, como si retrocediese ante alguien y buscase desesperadamente un escondite. Corrieron durante un rato hasta que de pronto el hombre se lanzó a tierra y la persecución terminó.

Se levantó y volvió a donde estaba Teresa. Llevaba aquella cosa en la mano. Aquella cosa temblaba de miedo. Era un conejo. Se lo dio a Teresa. Y en ese momento desaparecieron el susto y la tristeza y se sintió feliz de tener al animalito en su regazo, de que el animalito fuese suyo y de que pudiera apretarlo contra su cuerpo. Se puso a llorar de felicidad. Lloraba y lloraba, las lágrimas no la dejaban ver y se llevaba al conejo a casa con la sensación de que ahora ya estaba cerca del objetivo, de que estaba donde queda estar, en ese lugar del que ya no se escapa.

Iba por las calles de Praga y encontró su casa sin dificultad. Había vivido allí con papá y mamá cuando era pequeña. Pero ahora no estaban ni mamá ni papá. La recibieron dos ancianos a los que nunca había visto, pero de quienes sabía que eran su bisabuelo y su bisabuela. Los dos tenían la piel arrugada como la corteza de los árboles y Teresa estaba contenta de ir a vivir con ellos. Pero ahora quería estar a solas con su animalito. Encontró fácilmente su habitación, en la que había vivido desde los cinco años, cuando sus padres decidieron que merecía una habitación propia.

Había una cama, una mesilla y una silla. En la mesilla había una lámpara encendida que había estado esperándola todo ese tiempo. Encima de la lámpara se había posado una mariposa con las alas abiertas, en las que estaban pintados dos grandes ojos. Teresa sabía que había llegado a la meta. Se acostó en la cama y apretó el conejo contra su cara.

7

Estaba sentado a la mesa junto a la que solía leer. Ante él había un sobre abierto con una carta. Le dijo a Teresa:

–Recibo de cuando en cuando cartas de las que no he querido hablarte. Me escribe mi hijo. He tratado de que su vida y la mía no entraran nunca en contacto. Y fíjate cómo se ha vengado de mí el destino. Hace unos años lo expulsaron de la escuela. Trabaja de tractorista en un pueblo. Mi vida y la suya no están en contacto pero corren una al lado de la otra como dos paralelas.

–¿Y por qué no me querías decir nada sobre esas cartas? –dijo Teresa sintiendo dentro de sí un gran alivio.

–No sé. Me desagradaba.

–¿Te escribe con frecuencia?

–De tarde en tarde.

–¿Y de qué te habla?

–De sí mismo.

–¿Es interesante?

–Sí. La madre, como sabes, era una comunista fanática. Hace tiempo que rompió con ella. Se hizo amigo de gente que está en la misma situación que nosotros. Intentaban alguna actividad política. Algunos están ahora en la cárcel. Pero con éstos también ha roto. Habla de ellos con cierta distancia como de «eternos revolucionarios».

–Y él, ¿se ha reconciliado con el régimen?

–No. En absoluto. Cree en Dios y piensa que ésa es la clave de todo. Según parece, todos debemos vivir en nuestra vida cotidiana de acuerdo con las normas establecidas por la religión y no tener en cuenta para nada al régimen. Ignorarlo. Si creemos en Dios, somos capaces, al parecer, de crear con nuestra propia actuación, en cualquier circunstancia, lo que él llama «el reino de Dios en la Tierra». Me explica que en nuestro país la Iglesia es la única organización voluntaria que escapa al control del Estado. Me gustaría saber si forma parte de la Iglesia para hacerle frente al régimen o si de verdad cree en Dios.

–¡Pregúntaselo!

Tomás prosiguió:

–Siempre he admirado a los creyentes. Pensaba que estaban dotados de un don especial de percepción ultrasensorial del que yo carecía. Algo así como los videntes. Pero mi hijo me demuestra que creer es en realidad muy fácil. Cuando estaba en apuros, le echaron una mano los católicos y de pronto apareció la fe. Es posible que haya decidido creer por agradecimiento. Las decisiones de los hombres son muy simples.

–¿Y tú no le has contestado nunca?

–No me ha puesto la dirección en el remite –pero luego añadió–: Claro que en el matasellos figura el nombre del pueblo. Bastaría con enviar una carta a la dirección de la cooperativa local.

Teresa sentía vergüenza ante Tomás por sus sospechas y quería purgar sus culpas con una repentina amabilidad hacia su hijo:

–Entonces, ¿por qué no le escribes? ¿Por qué no lo invitas?

–Se parece a mí –dijo Tomás–. Cuando habla, tuerce el labio superior exactamente igual que yo. Ver mi propio labio hablando de Dios me parece demasiado raro.

Teresa se echó a reír. Tomás rió con ella.

Teresa dijo:

–¡Tomás, no seas infantil! Es una historia muy antigua. Tú y tu primera mujer. ¿Qué tiene que ver él con esa historia? ¿Qué tiene en común con ella? ¿Cómo vas a hacerle daño a alguien simplemente porque cuando eras joven tenías mal gusto?

–Para serte sincero, me da miedo ese encuentro. Ése es el motivo principal de que no tenga ganas de verle. No sé por qué he sido tan terco. Uno decide algo, ni siquiera sabe muy bien cómo, y esa decisión se mantiene luego por su propia inercia. Cada año que pasa es más difícil cambiarla.

–Invítale –dijo.

Ese mismo día, cuando volvía del establo, oyó voces en la carretera. Al acercarse vio el camión de Tomás. Tomás estaba agachado y desmontaba una rueda. Alrededor había un grupo de hombres que miraban y esperaban que Tomás terminase el trabajo.

Se quedó allí sin poder apartar la mirada: Tomás tenía un aspecto avejentado. Su pelo era canoso y la torpeza con la que actuaba no era la torpeza de un médico que se ha convertido en chófer, sino la de una persona que ya no es joven.

Recordó una reciente conversación con el presidente. Le había dicho que el camión de Tomás estaba en un estado deplorable. Lo decía en broma, no era una queja, pero reflejaba una preocupación. «Tomás sabe más de lo que hay dentro del cuerpo que de lo que hay dentro del motor», rió. Después reconoció que había ido varias veces a pedirle a la Administración que le permitiesen a Tomás volver a ejercer su profesión en aquella provincia. Comprobó que la policía no estaba dispuesta a permitirlo.

Ella se ocultó tras el tronco de un árbol para que ninguna de las personas que estaban alrededor del coche pudiera verla, pero no dejó de mirarle. Los remordimientos le oprimían el corazón: por su culpa había vuelto de Zurich a Praga. Por su culpa se había ido de Praga. Y ni siquiera ahora lo dejaba en paz y, mientras *Karenin* se estaba muriendo, ella lo hacía sufrir con sus sospechas.

Siempre le había reprochado secretamente que no la amaba bastante. Su propio amor estaba para ella fuera de toda sospecha, mientras que consideraba el amor de él como simple amabilidad.

Ahora ve lo injusta que ha sido: ¡si de verdad hubiera sentido por Tomás un gran amor, habría tenido que permanecer con él en el extranjero! ¡Allí Tomás estaba contento, allí se le abría la perspectiva de una nueva vida! ¡Y a pesar de eso se fue de allí! Es verdad que trató de convencerse a sí misma de que lo hacía por generosidad, para no molestarlo. Pero ¿no era la generosidad tan sólo una disculpa? ¡En realidad sabía que iría tras ella! Lo atraía cada vez más hacia abajo, como atraen las ninfas a los campesinos hacia los pantanos para dejarlos morir allí. ¡Utilizó el momento en que él tenía espasmos de estómago para obtener la promesa de que se irían a vivir al campo! ¡Cómo sabía engañarlo! Le hacía ir tras ella como si quisiese comprobar permanentemente que la amaba, hizo que fuera tras ella hasta llegar a este sitio: con el pelo cano, cansado, con las manos medio destrozadas, que ya nunca podrán coger un bisturí.

Llegaron a un lugar del que ya no pueden ir a ninguna parte. ¿Adónde podrían ir? Al extranjero nunca les dejarán salir. Ya no encontrarán el camino de regreso a Praga, nadie les dará trabajo allí. Y no tienen motivo alguno para irse a otro pueblo.

Dios mío, ¿era necesario llegar hasta aquí para que creyera que la quería?

Finalmente, Tomás logró volver a montar la rueda. Se sentó al volante, los hombres saltaron al camión y se oyó el ruido del motor.

Teresa se fue a casa y llenó la bañera de agua. Se sumergió en el agua caliente pensando que toda la vida había utilizado sus propias debilidades en contra de Tomás. Todos tendemos a considerar la fuerza como culpable y la debilidad como víctima inocente. Pero Teresa ahora lo comprende: ¡en su caso ha sido al revés! ¡Hasta sus sueños, como si conociesen las únicas debilidades de ese hombre fuerte, le mostraban los sufrimientos de Teresa para hacerlo huir en retirada! Su debilidad era agresiva y le obligaba a constantes rendiciones, hasta que por fin dejó de ser fuerte y se convirtió en un conejito en su regazo. No dejaba de pensar en aquel sueño.

Salió de la bañera y fue a buscar un vestido que ponerse. Quería ponerse el vestido más bonito para gustarle, para darle una alegría.

Apenas se había abrochado el último botón cuando entró Tomás ruidosamente junto con el presidente de la cooperativa y un joven campesino llamativamente pálido.

–¡Venga –dijo Tomás–, algún licor fuerte!

Teresa salió corriendo y trajo una botella de slivovice. Sirvió un vasito y el joven se lo tomó inmediatamente.

Mientras tanto se enteró de lo que había sucedido: el joven se había dislocado un brazo y gritaba de dolor; nadie sabía qué hacer, así que llamaron a Tomás, que le volvió el brazo a su sitio con un solo movimiento.

El joven bebió otro vasito de un trago y le dijo a Tomás:

–¡Tu mujer está guapísima hoy!

–Tonto –dijo el presidente–, la señora Teresa siempre está guapa.

–Ya sé que siempre está guapa –dijo el joven–, pero hoy se ha puesto muy elegante. Nunca la habíamos visto con ese vestido. ¿Van a salir?

–No vamos a salir. Me lo puse por Tomás.

–Doctor, tú sí que lo pasas bien –rió el presidente–. Mi mujer nunca hace eso de vestirse así para que yo la vea.

–Claro, por eso sales siempre de paseo con el cerdo y no con tu mujer –dijo el joven y se rió mucho.

–¿Y qué hace *Mefisto?* –dijo Tomás–, hace por lo menos... –se puso a pensar–, ¡una hora que no lo veo!

–Es que me añora cuando no estoy –dijo el presidente.

–Ahora que la veo con ese vestido, me dan ganas de bailar con usted –le dijo el joven a Teresa–. ¿Me dejarías bailar con ella, doctor?

–Vamos todos a bailar –dijo Teresa.

–¿Vienes? –le dijo el joven a Tomás.

–Pero ¿dónde? –preguntó Tomás.

El joven dio el nombre del pueblo vecino, en el que había una sala de baile.

–Vienes con nosotros –le ordenó al presidente y, como llevaba ya tres vasitos, añadió–: ¡Si *Mefisto* te añora, nos lo llevamos! ¡Llevaremos a dos marranos! ¡Todas las mujeres se van a caer sentadas cuando vean a dos marranos! –y volvió a reírse mucho.

–Si no les da vergüenza *Mefisto*, voy con ustedes –dijo el presidente y subieron todos al camión de Tomás.

Tomás se sentó al volante, Teresa a su lado y los dos hombres detrás con la botella de slivovice a medio beber. Hasta que no salieron del pueblo, el presidente no se acordó de que se habían dejado a *Mefisto*. Le gritó a Tomás que volvieran.

–No hace falta, con un marrano basta –le dijo el joven y el presidente quedó conforme.

Oscurecía. El camino trepaba por la montaña.

Llegaron a la ciudad y detuvieron el camión frente al hotel. Teresa y Tomás no habían estado nunca allí. Bajaron por la escalera al sótano, donde había una barra de bar, una pista de baile y varias mesas. Un señor de unos sesenta años tocaba el piano y una señora de la misma edad tocaba el violín. Interpretaban canciones que habían estado de moda hacía cuarenta años. En la pista bailaban unas cinco parejas.

El joven lanzó una mirada a su alrededor y dijo:

–No me vale ninguna de éstas –e inmediatamente invitó a bailar a Teresa.

El presidente se sentó con Tomás junto a una mesa libre y pidió una botella de vino.

–¡No puedo beber! ¡Soy el que conduce! –recordó Tomás.

–Tonterías –dijo el presidente–, nos quedaremos a pasar la noche –y fue inmediatamente a la recepción a reservar dos habitaciones.

Después volvió Teresa de la pista con el joven, la sacó a bailar el presidente y por último bailó con Tomás.

Mientras bailaban le dijo:

–Tomás, todo lo malo que hay en tu vida ha sido por mi culpa. Yo tengo la culpa de que hayas llegado hasta aquí. Tan bajo que ya no es posible ir a ninguna otra parte.

Tomás dijo:

–¿Estás loca? ¿De qué bajo hablas?

–Si nos hubiéramos quedado en Zurich, estarías operando a tus pacientes.

–Y tú estarías haciendo fotos.

–Ésa es una comparación tonta –dijo Teresa–. Para ti tu trabajo lo era todo, mientras que yo puedo hacer cualquier cosa y me da exactamente lo mismo. Yo no perdí nada. Tú lo perdiste todo.

–Teresa –dijo Tomás–, ¿no te has dado cuenta de que aquí soy feliz?

–Tu misión era operar –dijo.

–Teresa, la misión es una idiotez. No tengo ninguna misión. Nadie tiene ninguna misión. Y es un gran alivio sentir que eres libre, que no tienes una misión.

Era imposible no confiar en la sinceridad de su voz. Recordó la imagen de esa misma tarde: lo vio arreglando el camión y le pareció viejo. Ella había llegado a donde quería llegar: siempre había deseado que fuera viejo. Volvió a acordarse del conejito al que apretaba contra su cara en su habitación infantil.

¿Qué significa convertirse en conejito? Significa perder toda fuerza. Significa que uno ya no es más fuerte que el otro.

Daban pasos de baile al sonido del piano y el violín, y Teresa apoyaba la cabeza en su hombro. Así tenía la cabeza cuando iban en el avión que los llevaba a través de la niebla. Sentía ahora la misma extraña felicidad y la misma extraña tristeza que en aquella ocasión. Esa tristeza significaba: hemos llegado a la última estación. Esa felicidad significaba: estamos juntos. La tristeza era la forma y la felicidad, el contenido. La felicidad llenaba el espacio de la tristeza.

Volvieron a la mesa. Bailó otras dos veces con el presidente y una vez con el joven, que ya estaba tan cansado que se cayó con ella en la pista.

Después subieron todos y fueron a sus habitaciones.

Tomás dio vuelta al interruptor y encendió la lámpara. Ella vio dos camas juntas; al lado de una de ellas, una mesa de noche con una lámpara, de cuya pantalla, espantada por la luz, voló una mariposa nocturna que se puso a dar vueltas por la habitación. De abajo llegaba tenue el sonido del piano y el violín.